Le denier de chair

Du même auteur
aux Éditions J'ai lu

Le septième cercle, *Librio* 312
La Dormeuse en rouge, *Librio* 550
La voyageuse, *J'ai lu* 5705
Petits meurtres entre femmes, *J'ai lu* 5986
Et le desert…, J'ai lu 6137
Le ventre des lucioles, J'ai lu 6361

Andrea H. Japp

Le denier de chair

J'AI LU

A pound of man's flesh, taken from a man,
is not so estimable, profitable neither,
as flesh of muttons, beefs or goats[1].

William SHAKESPEARE, *The Merchant of Venice*,
Acte I, scène 3.

1. Une livre de chair d'homme, prise d'un homme, n'est pas si précieuse ou profitable que celle d'un mouton, d'un bœuf, ou d'une chèvre.

CHAPITRE 1

Quelle soirée ! Cela faisait longtemps que Brad ne s'était pas senti aussi bien, une petite éternité. L'impression presque magique d'exister au plein de ses possibilités. La vie revenait. Elle s'était d'abord frayé un chemin hésitant, confidentiel, et ce soir, elle avait enfin décidé de brûler. Mais finalement, que savait-il de la vie et de ses extravagances ? Elle l'avait si peu visité jusqu'ici.

Il avait ri comme un fou, et il était un peu ivre. Un peu beaucoup, même.

Il jeta un regard à Azy, somnolant contre son épaule sur la banquette arrière du taxi qui les ramenait chez lui. Elle souriait, pouffant parfois sans qu'il comprenne la raison de son hilarité. Après tout, il s'en foutait : ses bourrasques de gaieté lui faisaient du bien et c'était tout ce qui comptait. Il la serra davantage contre lui. Elle se laissa aller, son corps mince et musclé rejoignant le sien, sans condition, sans arrière-pensée.

Brad enfouit son visage dans la chevelure épaisse et brune de la jeune femme. L'odeur de magnolia de son shampoing lui fit fermer les yeux de bonheur. Il songea qu'il aurait pu rester là un siècle.

Azy sécrétait une part du miracle de sa vie, pourtant il ne la connaissait que depuis deux jours. Il l'avait rencontrée dans la minuscule boutique encombrée de Sully, située au bas des marches de Government Center où il achetait tous les matins, avant de rejoindre son bureau, un gobelet de mauvais café et le *Boston Globe*. Parfois aussi un paquet de dix cigarettes, une tolérance bihebdomadaire.

Ce matin-là, celui de l'avant-veille, Sully, le patron de ce petit capharnaüm, semblait au bord de la crise de nerfs : il tentait d'expliquer à une jeune femme dont Brad n'apercevait que les cheveux mi-longs et le dos, que les guides pour touristes n'ont pas tous le même prix parce qu'ils ne sont pas tous de la même qualité. Le concept semblait ardu à avaler, d'autant que les deux protagonistes ne parlaient pas la même langue. En bref, la cliente souhaitait qu'on lui vende le somptueux guide illustré, avec photos et index thématique, au prix du petit dépliant de base.

Brad s'était avancé vers le comptoir pour payer son café et son journal. Sans doute ne serait-il pas intervenu si, exaspérée, la jeune femme ne s'était pas tournée brusquement vers lui. Elle était si belle, une de ces beautés déroutantes, décalée dans le temps. Un visage d'icône, peut-être même d'héroïne du XIXe siècle. Elle portait une robe beige, un peu cintrée, qui lui tombait à mi-mollets, et des espadrilles vert sombre dont les longs lacets entouraient ses chevilles. Elle avait murmuré à son intention quelque chose qu'il n'avait pas compris, dans une langue dont il n'avait aucun souvenir. Pourtant quelques intonations lui avaient évoqué l'italien, à ceci près que les mots n'avaient aucune autre familiarité.

Sully avait éructé :

— Elle me gonfle, la petite dame ! Enfin, c'est pourtant pas compliqué à comprendre ! Je peux pas lui vendre cinq dollars un bouquin qui en vaut trente. Ça saute aux yeux la différence, non ? Y en a un qui a des chouettes photos en couleurs et deux cents pages de cartes et d'explications historiques. L'autre, c'est de la merde, donc c'est moins cher : normal.

Les yeux verts de la femme n'avaient pas lâché Brad. Soudain, elle avait laissé échapper un long soupir désespéré, paupières fermées, et lui avait tendu les deux ouvrages. Ils étaient indiscutablement différents. Sans trop s'en apercevoir, il avait décidé :

— Sully, je prends celui-ci. Le beau.

Le patron avait secoué la tête en riant :

— Encore un couillon. Tous pareils, on ne résiste pas à une jolie fille au bord des larmes. Mais bon... les meilleurs moments de la vie, c'est sans doute lorsqu'on joue les couillons, n'est-ce pas ? Suffit d'en être conscient. Je lui fais un paquet cadeau ?

— Ce ne sera pas nécessaire.

Brad avait réglé l'ensemble avant de se tourner vers la jeune femme immobile.

— Tenez, c'est pour vous. Bonne visite de la ville.

Il était sorti précipitamment de la boutique parce que quelque chose devenait compliqué dans cette histoire en apparence amusante et bénigne. Il y réfléchirait plus tard, lorsqu'il serait installé derrière son bureau, lorsqu'il serait trop tard pour changer quoi que ce soit.

Une course derrière lui, un souffle contre son omoplate, une main fine qui s'était posée sur le bras de sa chemise, mate sur le coton blanc. Il s'était immobilisé, craignant un geste qui risquerait de tout casser.

Elle l'avait contourné, brandissant le guide :

— Merci, c'est le meilleur, vous savez ? Je m'appelle Azy.

Son anglais était fluide, coloré d'un accent indéfinissable, mélangeant gaiement les accents toniques. Tout ce qu'il avait été foutu de répondre était un minable « Moi, c'est Brad ».

L'empreinte tiède de sa paume irradiait le long de tout son bras. Il ne s'était pas dégagé. Azy avait poursuivi :

— Vous êtes intervenu juste un peu trop tôt, j'allais l'avoir à l'usure. Sully, c'est bien son nom ? Tenez...

Les doigts d'Azy avaient lâché sa manche et il en avait ressenti une gêne. Elle avait fouillé dans l'énorme sac besace qui pendait à son épaule pour en sortir un portefeuille dont elle avait extrait trois billets de dix dollars.

— Tenez. C'était gentil de vouloir me l'offrir. Vraiment... mais inutile.

Brad lui en avait voulu de gommer son petit moment de plaisir, de le réduire à l'inutilité. Parce que lui, ces quelques instants dans la boutique, ce foutu guide, l'avaient mis de bonne humeur pour toute la journée. D'accord... il n'avait pas risqué sa peau pour secourir une frêle princesse en détresse, mais quand même, il avait eu durant quelques secondes le sentiment de faire un truc étonnant, joli, gratuit.

L'avait-elle compris à l'ennui qui se peignait sur le visage de Brad, toujours est-il qu'elle avait fourré les billets en vrac dans son sac avant de déclarer :

— Non, j'ai une bien meilleure idée. Ce café a l'air épouvantable. Je vous invite à petit-déjeuner. Mais peut-être êtes-vous pressé ?

Oui, il était pressé, il était déjà pas mal en retard. Mais, à cette minute précise, qu'y avait-il de plus important entre la journée de routine d'un juriste de banque et une aberration statistique aux yeux verts dont l'épaule s'effondrait sous le poids d'un sac en cuir noir plus lourd qu'elle ?

— Non, je passerai un coup de fil.

— Génial, je suis ravie !

Il s'était senti devenir timide, parce qu'elle en avait vraiment l'air, et en avait conclu qu'elle venait d'Europe.

— Venez, on marche. Ce n'est pas très loin. Je séjourne au Hyatt, sur la Charles River. Ils servent des petites brioches... mais des brioches... et une confiture d'abricots...

Le Hyatt est un des hôtels les plus luxueux de Boston, une réussite architecturale en dépit de ses vingt ans d'âge. L'élégance insolente de cet épiderme de verre collant à des squelettes métalliques, se greffant parfois sur des lambeaux d'acier ou de pierre, mérite encore qu'on la remarque.

Il n'y avait presque plus personne dans la grande salle de restaurant. Azy avait commandé un petit-déjeuner capable de rassasier une horde affamée.

Elle s'était lancée dans la narration de ses premières visites : John Hancock Tower, longue aiguille bleu glacé, Old North Church, la plus célèbre église du Massachusetts, et bien sûr l'aquarium, dont l'architecture entraîne n'importe quel visiteur vers les grands fonds, sans qu'il y prenne garde. Elle avait commenté la chaleur lourde qui s'abattait dès les premières heures du matin sur la ville, reprenant son souffle de façon anarchique, au beau milieu des phrases. Elle l'avait fait rire aux éclats parce qu'elle tronquait les expressions ou les mélangeait. Ainsi « avoir le beurre et l'argent du beurre » devenait « avoir le beurre et la cerise sur le gâteau ». Chaque fois qu'il l'avait reprise, elle s'était inquiétée :

— Ça change quelque chose au sens ?

— Non, mais c'est drôle.

— Alors ça va.

Lorsqu'il lui avait demandé la raison de son acharnement chez Sully, sa réponse avait semblé surprise :

— Le jeu, bien sûr. L'idée... je veux dire ce qui est marrant... c'est d'amener quelqu'un à céder, sans utiliser autre chose que son énervement, et quelques sourires.

Il était presque onze heures lorsqu'elle s'était levée de sa chaise. Trois heures venaient de s'écouler depuis leur rencontre, trois heures si rapides que Brad s'en était voulu de ne pas les avoir vues passer. Elle avait tapé dans ses mains, avant de proposer, soudain pressée :

— On va se balader dans le quartier italien ?

— Vous êtes italienne ?

— Non.

— C'était quoi cette langue, dans la boutique ?

— C'est... (Se ravisant, elle lui avait adressé un petit clin d'œil.) Non, il faut deviner. Je ne dirai rien. Je monte changer de chaussures. Je vous rejoins à la réception.

Brad en avait profité pour appeler la banque, expliquer, vaguement coupable, qu'il se sentait patraque. Son assiduité coutumière avait accrédité la thèse d'un malaise passager sans qu'il doive trop s'enfoncer dans les mensonges.

Ils avaient déjeuné dans un petit restaurant typique du Northend, non loin de Salem Street. Alors qu'il la regardait engloutir ses côtes de veau au vinaigre et ses *penne* avec une franche voracité, il s'était rendu compte avec une sorte de plaisante inquiétude qu'il était sous le charme. Il aurait sans doute dû se secouer, mais une flemme confortable l'en empêchait.

La journée avait passé si vite, s'achevant par un dîner de fruits de mer et de vin blanc français dans Quincy Market. Azy avait reposé sa serviette, exhalant longuement avant de s'enfoncer dans le dossier de la banquette. Paupières closes, elle avait murmuré :

— C'est épuisant les excellentes journées, n'est-ce pas ? Je suis... vidée. Je pourrais m'endormir ici.

— On va prendre un taxi. Je vous raccompagne à l'hôtel avant de rentrer chez moi.

Lorsque le portier en livrée du Hyatt avait ouvert la portière, Azy avait fixé Brad de ce long regard vert mouvant.

— Paie-le. Viens.

Un éblouissement presque douloureux qui n'avait cédé qu'au petit matin. À un moment, il lui avait semblé qu'il ne parviendrait jamais à remonter dans la vraie vie. Il coulait où elle le menait, ne reprenant conscience, ou son souffle, que lorsqu'elle l'y forçait... Une impression fugace, parce qu'il s'en foutait. Cela était au-delà, cela était un rêve qu'il avait attendu si longtemps sans trop pouvoir le définir. L'idée confuse que le sexe n'est pas qu'une interminable répétition, dont on persiste à croire qu'un jour elle fera un effort de magie. L'idée que parfois ce mélange de peaux peut respirer comme une révolution parce qu'il n'existe plus rien d'autre.

La courbature qui électrisait ses épaules l'avait réveillé. Azy le contemplait, debout, nue, souriante.

Il avait tenté de s'étirer en gémissant.

— Rien de tel qu'un bon petit-déjeuner pour se rétablir. (Après un regard sur sa montre, elle avait rectifié.) Ou alors un déjeuner, il est presque une heure.

Brad avait ri :

— Mais tu ne penses qu'à manger ?

— Non, pas seulement... mais souvent. Je me dépense beaucoup.

Cet après-midi-là, après un déjeuner plantureux, il était passé à la banque pour relever ses messages et dissiper les inquiétudes de sa secrétaire sur son état de santé :

— Mais c'est vrai que vous n'avez pas l'air bien... vous êtes livide.

— Maggie, je crois que je vais me reposer quelques jours avant les bilans. Je suis crevé. Ça fait plus d'un an que je ne me suis pas arrêté. Si quelque chose d'urgent survenait, laissez un message chez moi ou sur mon mobile.

— Ça marche.

Ils avaient ensuite visité le campus d'Harvard University, et les petites rues effervescentes de Harvard Square, Brad tentant à plusieurs reprises de l'interroger sur sa vie, son pays. À chaque fois, quelque chose avait attiré l'attention d'Azy et il était resté sans réponse autre que celles qu'il avait dénichées tout seul : elle était belle, magique, sensuelle, intelligente, cultivée. Sans doute n'avait-elle pas trente ans, et elle jouissait d'un appétit d'ogresse.

Le taxi s'arrêta en bas de chez lui et il abandonna à regret le parfum de magnolias.

Lorsqu'il ouvrit la porte palière, il crut bon de préciser :

— C'est moins luxueux que le Hyatt, tu sais.

— Mais le lit est confortable, j'espère ?

Un miaulement péremptoire fit lever la tête à Brad.

— Salut, qu'est-ce que tu fais là, Jonah ? Tu m'as encore filé entre les pattes ? (Il précisa pour Azy.) C'est mon chat, il est tout jeune. Un fugueur. Il doit mourir de faim. J'aurais dû m'en apercevoir lorsque je suis passé ce matin prendre une chemise.

Le chat angora noir bâilla d'exaspération, découvrant une petite langue rose, retenue par de longs crocs d'un blanc bleuté.

— Il est craquant. J'aime beaucoup les chats.

Azy monta quatre à quatre les marches, et tendit la main au petit félin.

— Comment vas-tu, Jonah ? On va te nourrir. Mais les chats sont si futés qu'ils se débrouillent toujours, non ?

Jonah posa son menton prognathe dans la paume offerte et un ronronnement rythmé prit de l'ampleur.

— Viens, le chat.

Elle souleva la petite bête et la serra dans ses bras.

Brad ouvrit la porte de son appartement et tendit la main vers l'interrupteur. Il ne comprit d'abord pas ce qui le tirait si brutalement vers l'intérieur. La porte claqua derrière lui. Une main lourde, gantée, s'abattit sur sa bouche. Un coup violent à la tempe lui fit perdre l'équilibre. Il tomba, sonné. Quelqu'un alluma la lampe de bureau en bois sombre qui faisait office de veilleuse dans le couloir menant aux chambres. Un homme. Un autre, agenouillé à ses côtés, tira un truc contre ses lèvres. Un bâillon collant.

Brad fit un effort gigantesque pour tourner la tête vers l'entrée. Merde, Azy, ces tordus étaient capables de la violer avant de le dévaliser !

Azy tenait toujours Jonah contre elle. Elle expliqua gentiment à l'angora en le caressant derrière les oreilles :

— Viens, petit matou. Nous allons dans la cuisine. Je vais te nourrir et on jouera. Ce ne sont pas des choses pour les gentils chats.

Putain, mais qui étaient ces mecs ? Que foutait Azy ? Brad se tordit sur le tapis. Un truc très dur, très douloureux s'enfonça dans son dos. Son hurlement cogna contre l'adhésif et la panique le fit sangloter. Une énorme bulle de sang remonta dans sa gorge.

CHAPITRE 2

Il y avait eu des semaines de désert.

La peau qui se rétracte le long des maxillaires, de l'arête du nez, anticipant son futur mortuaire.

Ce soleil qu'il supportait si mal, qui coulait sur lui comme une punition sans fin.

L'idée que sa vie se fondait dans un éclat de lumière blanc, chaud, insupportable.

Le fallait-il ? Fallait-il aller au-devant, provoquer cette souffrance ? Sans doute pas. Sans doute n'était-ce qu'une manifestation de prétention, d'infinie revendication sur la fragilité de la chair : je suis plus fort que ce qui ne tolère pas l'Homme, la vie. Je suis esprit, l'esprit domine la viande et ses douleurs. Foutaise ! Pathétique, infantile, encore avait-il fallu ces semaines de sueur, de soif, pour le sentir. Mieux, l'admettre enfin.

Aussi, l'idée très sotte que ce désert avait autrefois, une éternité plutôt, accueilli la vie. Que donc la vie pouvait encore le dompter. Ce vide stérile et parfait, si beau. Une effroyable mais esthétique métaphore de l'avenir de l'Homme, qui extermine, démolit, sans comprendre qu'il est la finale victime de l'hécatombe qu'il a programmée.

John King avait levé les yeux vers l'ombre qui s'interposait entre lui et cette lumière violente et assassine. Elle lui souriait. Dans la paume qu'elle tendait vers lui, de gros cristaux opaques blanchissaient, se trempant de sa sueur. Elle avait désigné le verre de thé bouillant posé à côté de son genou.

— C'est du sel, avalez. Ça passe mal mais ça retient l'eau cellulaire.

Il avait baissé un peu le regard et sourit à son ventre tendu, un ventre de soleil.

Lorsqu'il l'avait rencontrée, une semaine auparavant, l'obstination de cette Californienne si blonde et rose l'avait exaspérée. On ne traverse pas, à dos de chameau, le désert le plus chaud du monde en plein mois d'août, sauf lorsque l'on souhaite s'y blesser ou s'y perdre. Sauf lorsque l'on espère, peut-être, un peu s'y retrouver. Une femme enceinte de sept mois n'a droit ni à l'un ni à l'autre. Elle n'a le droit qu'à la conservation.

Un matin, alors que le soleil du désert de mica s'appliquait au meurtre, elle avait entrepris avec King l'ascension de ce chapelet de marches taillées dans le roc de Massada qui conduit à la cité haute d'Hérode. Elle soulevait son ventre à deux mains pour gravir ce petit supplice à répétition. Il sentait son souffle, s'étonnant de sa puissance, de sa régularité. Nelle, elle s'appelait Nelle, lui avait parlé de ce bébé qu'elle attendait comme une obligation. Elle était venue le chercher ou plutôt le revendiquer jusqu'ici, avec Mark, son mari, dans un hôpital de Tel Aviv, une fécondation *in vitro*, la septième, la dernière selon son pacte. Celle-ci devait la dédommager de ses déceptions, de ses chagrins terribles de Paris, de Genève, de Moscou, de New York, de tous ces endroits où elle avait attendu une promesse, toujours refusée, volée. Ce désert était une sorte de paiement, un ex-voto crétin mais superstitieux.

Très vite, la gentille caravane de touristes, d'abord proprets, avait été assommée par la fatigue, la chaleur, les gastro-entérites, la vermine inévitable des chameaux. Ils gémissaient couchés sous une tente dont la peau high-tech leur garantissait un peu de fraîcheur et les préservait des odeurs étouffantes d'humanité des nomades qui les entouraient. Les mignons Occidentaux ne résistaient plus que grâce au souvenir de leur hôtel, à l'anticipation de leur retour dans leurs belles chambres conditionnées. Ils avaient cahoté toute la journée, souffert au beau milieu d'une des plus vieilles histoires humaines. Pourtant, toutes leurs conversations du soir tournaient autour des cocktails que l'on servait au bord d'une des trois piscines d'eau de la mer Rouge de l'hôtel, de leur maison, là-bas, n'importe où, ou encore d'anciennes ou futures vacances. Certains avaient « fait » le Kenya, la terre Adélie ou le Cap-Vert comme on fait son lit ou la vaisselle. Ils s'endormaient ensuite, s'écroulant la tête vidée, le ventre torturé de spasmes, songeant, vaguement rassérénés, que c'était une journée de moins avant leur retour à la civilisation.

La femme Nelle demeurait debout, souriante, improbable survivante, main tendue vers lui, fraîche et rose de la santé de son ventre.

Dix jours plus tard, ils étaient repartis vers leur splendide hôtel climatisé et leurs piscines à vaguelettes, la blonde Californienne remorquant son ventre et un mari épuisé par une sorte de dysenterie.

Elle l'avait aidé à monter dans le car luxueux, le poussant presque. Et puis, elle s'était retournée vers King qui les avait accompagnés. Elle l'avait fixé durant quelques secondes et il avait presque senti sa tête dans la sienne.

— Vous êtes certain de ne pas vouloir rentrer avec nous ?

— Oui, je profiterai du prochain convoi de touristes. J'ai encore besoin d'une semaine.

— Pour aller au bout ?

Le regard bleu pâle de King avait caressé celui, ambré, de Nelle.

— C'est un peu cela, oui. Mais je ne sais pas vraiment où se trouve ce bout.

— Moi non plus. Ce doit être assez lointain. Si Mark n'était pas si mal fichu, je l'aurais tenté avec vous.

— Bonne chance, Nelle.

— À vous aussi, John.

John King était resté.

Il rentrait au soir tombant, sous une tente berbère qui l'accueillait contre quelques billets et sa présence imperceptible. Sans doute avaient-ils senti, ces nomades, son étrangeté. Il avait tenté d'expliquer qu'il avait été prêtre, avant. L'imperfection de cette conjugaison ne les avait sans doute pas troublés puisque, selon eux, on ne quittait pas Dieu. Qu'il fût un homme de Dieu, d'un Dieu différent et puissant, les avait engagés à lui céder un peu de place sous la mosaïque de peaux de chèvres qui les abritaient.

Parfois, lorsque la pénombre gagnait, les femmes préparaient une sorte d'onguent fait de graisse, de lait de chèvre et de cendres dont elles enduisaient l'intérieur de la grande peau pour lutter contre son dessèchement. Durant ces quelques heures d'humidité, l'intérieur de la tente s'alourdissait d'odeurs de bête au milieu desquelles John King se recroquevillait. Le claquement des pierres qui refroidissaient sous l'onde soudaine de la nuit, les blatèrements agacés des chameaux, la course heurtée des rats de désert, le souffle de sommeil des hommes qui lui souriaient parfois sans songer à lui parler le berçaient au travers de ces heures de prérêve.

Deux semaines plus tard, une toute petite fille mourut dans la nuit sous l'une des tentes. Au matin, il s'approcha du menu cadavre veillé par une longue adolescente raide, la mère. Pour la première fois, elle leva le regard vers cet homme étrange qu'elle croisait en s'efforçant de ne pas le voir. Un soupir, profond comme une fin de monde. Pas de larmes, elles sont inutiles, encore plus ici qu'ailleurs. Et John King comprit toute la vaine stupidité du minuscule martyre qu'il s'infligeait : son bout n'était pas ici, pas maintenant. De surcroît, il ne lui appartenait pas de le chercher, et encore moins de le rejoindre.

Il effleura des doigts le front mat de l'enfant, ridé de déshydratation, et se baissa pour ramasser un caillou. Celui de la petite fille sans nom. Une étrange pyramide de mica, dont l'une des faces en éclat était si brillante qu'elle semblait polie. Elle irait bientôt rejoindre les autres, cette collection minérale qui témoignait de toutes les vies qu'il avait gardées en lui[1]. Elle irait rejoindre le caillou rose,

1. *Le Silence des survivants*, Le Masque, le Livre de Poche, 2000.

parsemé de minuscules incrustations grises, de Samantha. Le petit galet anthracite qui attestait du désespoir d'Isaac, si rond qu'on aurait cru une lame circulaire. Elle frôlerait dans sa poche ce gros éclat de verre, sans doute un morceau du culot d'une bouteille ancienne. Celui-là, c'était Cindy telle qu'il se l'était imaginée puisqu'elle était déjà morte lorsque le bout de sa grosse chaussure de cuir avait tapé sur l'artefact. Et puis cette petite pierre ronde, comme un oursin hérissé de stalactites de silice, son souvenir de la vie de Laurel, une préadolescente noire qui relevait ses cheveux grâce à un gros nœud de satin. La nouvelle pyramide de mica caresserait-elle les deux autres, ses pierres les plus précieuses ? Celles qu'il conservait séparées des autres dans un mouchoir en papier ? Il n'en était pas certain. Celles-là avaient phagocyté une partie de son âme et il n'avait pas l'intention de leur réclamer. Celle de Simon, un éclat trapu de granit, et surtout celle d'Isabel, une boule de terre tassée d'un brun presque noir, fragile, mais dont tout pouvait toujours renaître.

L'idée que Nelle avait arraché ici un impossible bébé pour l'emporter très loin alors qu'il venait d'en mourir un autre le figea. S'agissait-il d'une hypothèse idiote, ou existait-il une sorte d'équivalence inacceptable, comme une gigantesque comptabilité de vies ?

L'envie de fuir, d'arrêter enfin de penser. Que les questions cessent puisqu'elles n'avaient pas de réponse convaincante. L'idée que sa quête demeurerait inepte tant qu'il serait incapable de lui trouver une forme, un nom qui puisse la justifier.

Une nuit de fièvre l'avait passé à tabac, l'abandonnant au petit matin, grelottant, épuisé, les mains en sang d'avoir tant serré ses pierres douloureuses et les lèvres si sèches qu'elles se fendaient lorsqu'il tentait de les étirer.

Il était encore resté.

CHAPITRE 3

Gris. Tout est gris.
Belle, les couleurs sont mortes.
Savais-tu que tu emmènerais les couleurs ?
Je me colle aux murs. Des placards à moitié arrachés, dilués par la pluie, y évoquent une star du blues de passage en ville. Il y a trois mois de cela, je crois. C'était une femme. La grande dame noire du blues est grise. J'ai oublié son nom. Peu importe.
La voix grise d'un mec me parle de toi, mais je ne comprends plus. Les sons sont devenus gris, eux aussi. Des gris sur d'autres gris.
Belle, tu cours derrière ce garnement qui exerce ses petites jambes parce qu'il les découvre. Tu cours et tu ris. Il est drôle, le garnement. Et je ris aussi dans la voiture, je vous piste du regard. Vous êtes si beaux tous les deux. Blond, rouge, vert, brun, avec une tache jaune qui saute contre ton flanc : ton sac, celui dans lequel tu bourres tant de trucs, dans lequel tu ne retrouves jamais rien.
Et le type dans son camion bleu pétrole. Il hurle. Je sais qu'il hurle comme si j'étais dans la cabine,

avec lui. Et les pneus hurlent, les freins hurlent et la radio hurle, et lui aussi hurle, et moi aussi.
Je ne me souviens pas si tu as hurlé.
Le gris est venu comme une vague, ma Belle. Il a tout recouvert avant même que je descende de voiture.
J'ai su, en ouvrant cette portière, que ma vie serait grise à partir de maintenant. Pour toujours.
Une nappe blonde au milieu de cette rue de nulle part, où rien ne devait nous conduire, ma Belle.
Une nappe blond, rouge, vert et brun. Et puis le gris qui remontait. Il escaladait mon corps, grimpant jusqu'à mon menton, me prenant les joues, pénétrant dans mes yeux, s'infiltrant sous mon front. J'ai perdu son itinéraire ensuite.
Ma Belle, je n'ai jamais été seul, jamais eu peur, je n'ai jamais pleuré, parce que je n'ai jamais été sans toi.
Je m'adosse aux murs gris de cette ville. J'ai froid.
C'est le gris, je crois. Je tends la main, mais je la perds de vue parce qu'elle est de la même absence de couleur. Alors, je la fourre vite dans ma poche.
Comme ça, je sais où elle est.
La nappe blond et vert qu'inonde le gris, c'est Belle, c'est ma femme. À côté, cet éclat de rouge et de brun qui s'estompe, c'est mon fils. Si... je vous assure. J'en suis certain parce qu'ils ont porté les couleurs de ma vie. Toutes.
Gris le pavé de la rue, grise cette ville, gris le mur contre lequel je me laisse aller pour retrouver l'espoir de marcher encore.
J'ai peur, ma Belle. Je me dis que si tu viens me chercher, tu vas avoir beaucoup de peine à me

retrouver. Comment me reconnaîtras-tu dans tout ce gris ?
J'ai mal, ma Belle. La seule idée d'une couleur qui me reste, c'est le rouge. Le rouge qui dégoulinait de tes lèvres sur le gris de ta joue, de ton cou, sur le gris de ta robe verte.
Il faut que tu reviennes, ma Belle, je suis si seul. J'ai peur et j'ai mal. Si mal.
Je t'en prie, viens me chercher, ma Belle.

Chapitre 4

Le professeur Valerie Rumbelow se redressa sur sa haute chaise pivotante. Elle avait pris cette détestable habitude de se vautrer comme un sac pour s'approcher au maximum de la paillasse et terminait le plus souvent ses journées pliée par une barre qui lui martyrisait les reins. L'âge, quelle humiliation. Trente ans plutôt, elle avait passé des nuits dans les salles désertes du laboratoire, repoussant au-delà du raisonnable la fatigue qui lui collait aux épaules, s'endormant au petit matin le front contre son bureau. Un minuteur agressif la réveillait, une ou deux heures plus tard, pour la contraindre à reprendre le fil d'une incubation, ou d'une cinétique. Elle n'avait jamais regretté ces années d'acharnement, ni les traces inévitables qu'elles avaient laissées. Elle se foutait de ses rides, de ses cheveux gris qu'elle coupait très court pour minimiser le temps consacré à leur entretien. Elle se foutait même de l'échec calme de ses deux mariages qui, après tout, ne lui avaient pas amené le plus important. À plus de cinquante ans, elle pouvait enfin l'affirmer : ses doutes les plus amers, ses défaites les plus dévastatrices, mais ses victoires les plus éclatantes, elle les avait obtenus ici. Ces couloirs, ces salles dont elle connaissait les odeurs mieux que celle de sa propre peau, avaient été le témoin de ses quelques moments de pur bonheur, lorsqu'elle tenait un début de solution et qu'elle sentait l'univers s'entrouvrir pour elle. Peut-être quinze ans auparavant avait-elle pensé que la décision de sa fille de retourner vivre avec son père allait lui saccager le cœur de façon irrémédiable. Elle avait eu tort. L'humiliation digérée, elle avait admis qu'elle n'était sans doute pas la mère idéale pour une adolescente lymphatique mais revancharde qu'elle comprenait à peine. L'énergie qu'il fallait déployer pour convaincre Catlin de la moindre banalité, pour la forcer à secouer sa flemme, à travailler un peu en évitant les pires conneries l'épuisait. L'image de mère trop occupée par son travail, donc égoïste et dénaturée, que lui renvoyait la jeune fille avec un machiavélisme consommé, l'empoisonnait progressivement. Valerie était certaine que son ex-mari n'était pas étranger à cette stratégie de dévalorisation et de culpabilisation, puisqu'il lui avait reproché les mêmes choses durant leur mariage. Pourquoi aurait-elle dû tout abandonner afin de permettre au père puis à la fille de vivre comme eux le souhaitaient ? Qu'obtiendrait-elle de leur satisfaction au bout du compte ? La délectation du sacrifice ? Il s'agissait d'un accolement de mots qu'elle avait décidé d'exclure de son lexique personnel, la vie est trop courte. Catlin avait donc rejoint son père après une scène assez théâtrale l'opposant à sa mère, au cours de laquelle elle lui avait balancé tant d'horreurs pêle-mêle que Valerie avait fini par éclater de rire. S'il avait d'abord été ravi de cette imbécile victoire sur son ex-femme, la lune de miel filiale et paternelle avait vite cédé la place aux tempêtes. Catlin avait compris, à son cuisant déplaisir, que le père attendait de sa fille ce qu'il ne tolérait pas chez sa femme : une réussite universitaire et professionnelle. La paresse et l'intelligence modeste de son unique rejeton l'avaient déçu puis exaspéré, sans doute parce qu'il en découvrait l'ampleur. Les punitions de sortie ou d'argent n'ayant pas grand impact, il s'était vite désintéressé de sa fille. Catlin avait « pris la route » sans qu'aucun de ses parents sache très bien ce qu'elle entendait par là. Elle s'était mariée très jeune, voyant dans cette union la dernière solution joignant liberté et mollesse. La jovialité généreuse du garçon avait rassuré Valerie. Le couple vivait maintenant en Californie.

Valerie s'était d'abord contentée des nouvelles qu'elle recevait parfois, et puis Catlin avait décidé de lui mettre sous le nez le pire d'elle-même, et c'était au moins une chose pour laquelle elle possédait un indéniable talent. Ce jour-là, autour de la table ovale, le déballage haineux et mercenaire de cette grande jeune femme qu'elle avait porté neuf mois, et soulevé des années durant, avait dévasté Valerie. Elle était soudain parvenue à la conclusion que si elle résistait à cela, elle deviendrait à jamais une femme stérile, excluant d'elle les germes les plus meurtriers de la douleur : ceux qui naissaient de ses propres cellules, Catlin. Valerie avait résisté. Le lendemain, elle avait jeté les minuscules souvenirs qui la retenaient à sa fille : les photos, quelques dessins, un cendrier orange en pâte à modeler, un bavoir brodé d'une oursonne enrubannée et une crise de larmes épuisante.

Valerie s'était calmée, lentement, pour s'offrir une célébration, celle de sa nouvelle maxime, laquelle valait bien une bouteille de champagne : « la maternité n'est pas une permanente baffe dans la figure ».

Valerie Rumbelow éteignit la hotte à flux laminaire et retira les grosses lunettes qui protégeaient les manipulateurs contre le déluge d'ultraviolets qui en stérilisait en permanence l'intérieur.

Deux heures de l'après-midi. Elle n'avait pas vu le temps passer, répondant machinalement à ses collègues et étudiants qui passaient lui proposer de se joindre à eux pour un déjeuner sommaire debout devant une des fourgonnettes garées sur le campus :

— Euh… non, je vous rejoins, je n'en ai pas pour longtemps. C'est quoi le programme du jour ? Mama's pizza dégoulinante de graille, chinois de banlieue ou salade au faux homard canadien ? En tout cas, évitons le suicide collectif avec les hot-dogs noyés sous une petite tonne de vieux gruyère fondu. Une fois suffit.

Sans doute lui avaient-ils répondu, mais elle n'avait pas enregistré le point de rendez-vous. De toute façon, il était trop tard.

Le ronron anesthésiant qui inondait en permanence la salle de culture l'endormait. Mélange de la climatisation, du bruissement des hottes, du sifflement léger des hautes bouteilles de gaz, avec pour rythme un râle incongru : sa respiration gênée par le masque.

Valerie essuya d'un revers de manche de blouse la sueur qui dégoulinait le long de son nez et décida qu'elle devait s'aérer un peu avant de commettre une bourde de concentration faiblissante. Les moindres erreurs peuvent prendre des proportions colossales lorsque l'on travaille avec des produits hors de prix et potentiellement dangereux.

Elle adorait ce terme de « hasards biologiques » dont on affublait l'ensemble des risques qui pouvaient leur tomber dessus. Le vivant comme une série de hasards menaçants, exaspérante métaphore pour quelqu'un dont tout le savoir, l'entraînement, la forme d'esprit consistaient justement à comprendre et ordonner l'improbable et, pourquoi pas, le merveilleux. Car, c'était bien cela : trente ans de recherche, de lourdes responsabilités dans l'une des plus prestigieuses institutions dédiées à la connaissance des mécanismes de la vie – la Harvard School of Medicine – pour en rester à la même admiration dévorante envers ce qui constitue la Vie.

Elle arracha la charlotte en fin plastique bleu qui couvrait son crâne, ses protections de chaussures et sortit, refermant derrière elle la lourde porte du P3 que ses travaux avaient fini par arracher à la pingrerie des gestionnaires. C'était une installation sécurisée dont rien ne devait sortir avant décontamination. L'air, comme l'eau, circulait au travers de systèmes complexes de filtres superposés qui garantissaient leur pureté pour l'intérieur de la pièce et leur innocuité pour l'extérieur. Tous les déchets expérimentaux passaient par un sas pour être collectés dans de grosses chaussettes en matériau totalement imperméable aux bactéries, ou aux virus. La chaussette était ensuite scellée à la chaleur puis enfouie dans un conteneur en épais carton triplé de plastique et d'aluminium qui serait incinéré. Une petite fortune, quelques mètres carrés au prix d'un bel appartement sur Commonwealth Avenue.

Valerie activa le digicode sécurisé et pouffa. Ils n'avaient encore rien vu, les financiers ! Ils allaient bientôt se traîner à ses pieds, la supplier d'accepter leur fric plutôt que de la contraindre à des courbettes et à d'interminables dossiers de demande de crédits.

En attendant, elle allait se caler avec deux barres chocolatées et un paquet de chips arrosés d'un quelconque soda. Consternant lorsque l'on distribue des cours de nutrition et de toxicologie alimentaire à l'usage des première et deuxième années comme s'il s'agissait de petits éclats de sagesse divine. Elle rejoignit son bureau, récupéra sous un monceau de paperasse un paquet de cigarettes aplati et se planta devant l'unique fenêtre qui donnait sur une des pelouses amoureusement entretenues du campus de Harvard. L'odeur de tabac brûlé l'apaisa et la première longue bouffée la détendit. Ça aussi, ça fait un peu désordre lorsque l'on travaille en cancérologie. Mais les chercheurs ne sont pas des sortes de paradigmes à pattes. Ils sont là pour ouvrir des portes, à peine pour les franchir. Chaque porte mène à un nouveau morceau de connaissance, permet à cette intelligence humaine si puissante et pourtant si épaisse de ses peurs d'avancer d'un pas.

Soudain, la sensation d'un désordre des lieux, une nouvelle présence. Elle se tourna, et reconnaissant la lourde stature de l'homme en jogging noir, sourit :

— Ezechias... vous m'avez fait peur. Je rêvassais.

— Bonjour, professeur Rumbelow. Je pensais que vous étiez sortie déjeuner. Ils sont tous partis ?

— Oui, ils en avaient assez de m'attendre, ils mouraient de faim. Je crois que je vais descendre au sous-sol et dévaliser la machine à cochonneries pleines de calories.

— Il faut manger équilibré, c'est important pour conserver sa force, et sa santé.

— À qui le dites-vous, c'est le sujet du module que j'anime !

Il était bien, cet Ezechias Bayley, même si, six mois plutôt, à son arrivée dans le département qu'elle dirigeait, Valerie l'avait jugé un peu lent. En réalité, il faisait partie de ces gens peu bavards, voire sinistres, calmes et efficaces. Il avait remplacé au pied levé le vieux Patrick dont elle ne supportait plus les bévues, les absences et les cuites à répétition. Responsable de la maintenance. Un titre ronflant dont le but principal était de flatter le petit personnel qu'on rémunérait par ailleurs assez mal. C'était en réalité un super-homme de ménage manutentionnaire, chargé en plus de toute l'exaspérante paperasserie que la centrale d'achats de l'université avait pris l'habitude d'exiger pour la moindre commande. Cela étant, l'écologie d'un laboratoire est assez exigeante pour requérir de vraies compétences, même dans les tâches les moins gratifiantes ou les plus obscures. Ezechias Bayley s'en acquittait avec un sérieux et une probité qui avaient fait taire les premiers doutes de Valerie.

Il s'avança dans le bureau et elle remarqua qu'il portait toujours ses gants noirs, montants jusqu'aux coudes. En épais plastique, renforcés d'une fine cote de mailles, ils offraient une sécurité maximum lors du nettoyage des poubelles spéciales dans lesquelles étaient jetées aiguilles, lames de scalpel, bref tout objet capable de provoquer une plaie et d'y installer une contamination. Les animaliers les utilisaient aussi parfois pour se prémunir contre les redoutables incisives de rats.

— Ce n'est pas bien, ce que vous faites, professeur Rumbelow.

Elle jeta un regard coupable à sa cigarette à moitié consumée et l'écrasa dans une boîte de Petri qui faisait office de cendrier en s'excusant :

— Je sais. Je devrais donner l'exemple.

— Oui. C'est aux gens comme vous, diplômés, savants, de donner l'exemple. Vous devez être la vitrine de notre monde.

Elle songea brièvement qu'il se faisait de la recherche une image un peu idéalisée, pour ne pas dire aberrante, mais ils avaient tous pris l'habitude du discours pesant et sentencieux d'Ezechias. D'un autre côté, elle ne tenait pas à le vexer, aussi abonda-t-elle dans son sens. Ça ne mangeait pas de pain et ça le flattait en le convainquant qu'on l'écoutait :

— Je sais, Ezechias. Vous avez raison, c'est juste que parfois... C'est sans doute plus reposant de se laisser un peu aller... Je vous concède que cela n'excuse rien.

Valerie fut assez contente d'elle. Son ton grave, contrit mais ferme faisait merveille dans les amphithéâtres. La tête lui tourna un peu, sans doute la conséquence de la rafale de nicotine dans son organisme qui jeûnait depuis la veille au soir. Le gargouillement pénible de son estomac l'agaça. Merde, il fallait vraiment qu'elle mange quelque chose. Mais Ezechias s'incrustait. Il soupira et s'avança d'un pas, reprenant d'un ton triste, presque désespéré :

— En effet, cela n'excuse rien. Et le monde s'effondre. Partout, ce n'est plus que mensonges, calculs, fric, trahison... Tout ce qu'il y avait de beau est souillé, démoli. Et Notre Seigneur Jésus saigne et nous regarde. « Ma maison sera appelée une maison de prières pour toutes les nations et vous en avez fait un repaire de brigands[1]. »

Mais de quoi parlait-il ? Pas d'une malheureuse clope, quand même ? De son second divorce qui s'éternisait parce que Elliott, son bientôt ex-deuxième mari, avait de la communauté de biens une conception assez particulière ? Le professeur Valerie Rumbelow ouvrit la bouche mais il l'interrompit d'un mouvement sec de la main :

— Comment pouvez-vous faire cela ?

— Écoutez, Ezechias... je ne vous suis plus...

— Comment pouvez-vous faire ce que vous faites en ces lieux ? Ne comprenez-vous pas que c'est mal ? Qui vous a donné le droit d'utiliser la Création pour votre gloire personnelle ?

Une masse de questions défila à toute vitesse dans la tête de Valerie. Quoi ? Leurs travaux n'avaient rien à voir avec le clonage ou l'outillage humain à partir d'autres humains spécialement conçus pour servir de réserve vivante d'organes, domaines qui suscitaient de virulentes polémiques parmi les scientifiques. Qui peut avoir l'inexcusable cynisme de décider qu'un être naîtra pour servir de pièces détachées à un autre ? C'était la position que défendait Valerie, non sans agressivité. Ils n'utilisaient plus d'animaux, la mouvance actuelle

1. « Les marchands chassés du Temple », Évangile selon saint Marc, 21, 17.

prônant les modèles cellulaires. Ils ne travaillaient pas pour l'armée, et encore moins avec les services d'intelligence. Leurs crédits provenaient pour une bonne part du gouvernement et pour le reste de dons de particuliers ou de subventions de firmes pharmaceutiques ayant pignon sur rue. Ce n'était certes pas une garantie d'humanisme, mais on trouve l'argent où on peut, pourvu qu'il soit légal et engendre aussi peu de compromissions que possible. En tout état de cause, elle n'avait jamais vendu son âme, à laquelle elle avait la prétention d'attacher un prix exorbitant... Il est vrai qu'on ne la lui avait encore jamais demandée ! En pleine incompréhension, elle contre-attaqua :

— Mais Ezechias... nous travaillons pour le bien de l'Homme. Nos recherches sont toutes centrées sur les mécanismes enzymatiques de la cancérisation. Je veux dire... vous ne vous rendez pas compte. Si nous parvenions à une réponse fiable, nous pourrions prévenir ou anticiper cette affreuse maladie qui tue tant de gens. Par exemple, en ce moment, j'épluche un tas d'enzymes. Il existe de grandes différences d'un individu à l'autre, et il semble que certaines de ces différences puissent retarder la survenue d'un cancer.

Elle pensa lui expliquer les récents travaux parus sur la cancérisation pulmonaire, mais renonça. Trop de notions inconnues de lui. Savait-il seulement ce qu'était une enzyme ou le gène qui codait pour elle ?

— Pas de cette façon. Pas en vous prenant pour le Créateur. Seul Lui décide de qui vit et pour quel projet.

Merde, ah non... un bigot obscurantiste ! Il ne manquait que cela. Inutile de s'enferrer dans un débat philosophique. Comment lui faire rentrer dans le crâne que si l'Homme est doté d'une intelligence supérieure, c'est pour s'en servir ? Comment le convaincre sans s'énerver que si la connaissance fait peur à tant de gens, c'est parce qu'elle est source de libération, de contre-pouvoir, sans omettre la douleur qui les accompagne et sans s'aveugler sur ses dérapages possibles ? Après tout, rien à foutre. Pour l'instant, il convenait de se débarrasser de Bayley et d'aller manger. Elle réglerait ensuite son compte avec l'administration centrale. Elle ne pouvait se permettre la présence d'un employé qui risquait de saboter des mois de travail s'il pétait un jour les plombs. Reprenant le ton péremptoire qu'elle réservait d'habitude aux administratifs, elle ordonna en contournant son bureau :

— Écoutez, Ezechias, nous allons en rester là pour aujourd'hui. Nous en reparlerons, je vous le promets. Je crois que certains aspects vous échappent. La Science fait le plus souvent très bon ménage avec l'Éthique... elle donne les outils pour comprendre toutes les facettes d'un...

Sa phrase mourut, coupée par la lourde main gantée qui s'abattit sur sa gorge. Elle se sentit soulevée du sol et ne tenta même pas de crier lorsque l'herbe vert tendre de la pelouse se rapprocha d'elle, encore séparée par l'épais vitrage de la fenêtre contre laquelle son front s'écrasa.

Chapitre 5

Le lieutenant Oliver Davies repoussa du bout incandescent de sa cigarette l'amoncellement de mégots qui s'épaississait dans le fond d'une tasse. Il allait devoir se lever pour la vider avant d'éteindre celle qu'il terminait, sans quoi il risquait de foutre le feu aux filtres des précédentes, et ça pue.

Il soupira, se décidant à bouger.

— Un cendrier, c'est bien aussi… surtout dans un endroit non-fumeurs.

Il leva le regard vers le joli petit museau de Caroline Knight et déclara de cette voix métallique et sèche qu'il cultivait :

— Vous me faites tous marrer. On bousille des gens à tour de bras partout sur la planète, la banquise fond et tout le monde la ferme, mais la moindre fumée de clope vous donne des envies d'exécution punitive ! Pendant ce temps-là, vous passez des heures le cul scotché dans vos bagnoles, à respirer des vapeurs d'essence ou de diesel, mais ça, c'est normal : après tout, vous avez une voiture ou deux !

— Justement, autant ne pas en rajouter !

Caroline ne l'aimait pas, c'était d'autant plus évident qu'elle ne faisait rien pour le dissimuler. Davies s'en foutait. Il la jugeait pontifiante et pleine de bons sentiments de bazar, ce qui dans son esprit traduisait un manque de neurones. Il préférait, et de loin, l'intelligence retorse et sans illusions du commandant Amy Fairfax, qui dirigeait une des sections « homicides » du Boston Police Department.

Fairfax lui avait un jour avoué :

— Je suis assez satisfaite de moi. Je suis parvenue à fourguer la sous-section « mineurs » à Gary McKinney ! Ça valait beaucoup mieux... mon principe de Peter.

Davies avait levé un sourcil. Elle avait poursuivi :

— Oui, ce fameux principe d'incompétence, que l'on atteint nécessairement lorsqu'on oublie ses limites, ou qu'on les évalue mal. Ma limite, c'est la rage. C'est un état dans lequel je deviens infoutue de me contrôler. Les violeurs et tabasseurs pédophiles, les vendeurs de sexes de bébés et d'enfants me donnent toujours la rage.

Oliver Davies avait répondu :

— Moi, c'est les violeurs, tabasseurs, sadiques, vendeurs de viande humaine tout court.

— Ça fait trop de monde pour moi... Un état permanent de rage, de quoi y laisser sa santé mentale ou sa peau assez vite.

Davies traîna la semelle jusqu'aux toilettes où il balança ses mégots avant d'actionner la chasse d'eau. Il soupira : deux ou trois clopes persistaient à flotter. Quelqu'un allait encore lui tomber dessus en hurlant que c'était dégueulasse d'installer son derrière au-dessus d'une cuvette où nageaient des bouts de filtres et des filaments noirâtres de tabac. À quoi il répondrait qu'au moins, on était certain de ne pas provoquer d'incendie. À quoi on lui rétorquerait que, s'il ne fumait pas, le problème ne se poserait plus.

Il revint s'affaler derrière son bureau, finissant machinalement le fond de café froid qui stagnait dans son gobelet.

Caroline Knight s'étira, les bras tendus au-dessus de sa tête. Bordel, il était déjà neuf heures du soir. Elle n'avait pas eu le temps de faire quelques courses et elle en serait encore réduite à s'offrir un sandwich au *delicatessen* grec situé non loin de chez elle, ou à tenter une expédition d'exploration dans les placards de sa cuisine dans l'espoir d'y avoir oublié quelque chose de consommable. Elle jeta un regard de biais vers le profil de Davies. Ils travaillaient en binôme depuis plus de six mois, sans que parvienne à s'installer entre eux cette si précieuse connivence qui solidifie les équipes de flics. Pourtant, en dépit de son peu d'affection pour le bonhomme, elle avait confiance en lui, certaine qu'il ne la lâcherait jamais en cas de danger, et c'était finalement le principal.

Le départ, un an plus tôt, de son ancien partenaire Barry Watson[1] avait été un rude choc, une mauvaise gifle, sans doute parce qu'elle était un peu amoureuse de lui. Un peu beaucoup. Elle avait remâché cette mutation durant des semaines, l'associant à un injuste abandon, à une trahison, jusqu'à ce que Fairfax la fasse appeler. L'entrevue dans le grand bureau qui ressemblait à une cage de verre avait été brève et désagréable. Le commandant Fairfax ne faisait pas dans la dentelle, pour per-

1. *Le Silence des survivants*, Le Masque, le Livre de Poche, 2000.

sonne, et c'était une des raisons de l'admiration que lui portaient ses hommes, ce qui incluait donc ses femmes.

— Vous nous prenez la tête avec votre veuvage, Knight.

— Je vous demande pardon, commandant ?

— Vous savez très bien de quoi je parle, mais je vais quand même vous offrir une synthèse. Barry Watson a suivi une fille en Arkansas. J'ai appuyé sa mutation vers la police locale du bled qu'il avait choisi parce que ce n'était pas le meilleur des éléments pour nous. Loin s'en faut. Il aimait l'uniforme, parler aux gens, les aider, mais son petit monde n'avait rien à voir avec la merde dans laquelle les grandes villes s'enfoncent. Vous aviez un gros béguin pour lui ? Ça arrive aux meilleures d'entre nous, mais croyez-moi, on s'en remet. Barry avait besoin de protéger une gentille et jolie petite femme sans grand problème et leurs futurs charmants bambins alors que vous vous sentiez des possibilités de tigresse à son égard. C'est incompatible. En d'autres termes, votre grande histoire d'amour à sens unique se serait soldée par quelques nuits de baise plus ou moins réussies et une gigantesque amertume des deux côtés. Il ressort de ce qui précède que vous n'êtes ni une femme abandonnée ni une veuve éplorée. Vous êtes un flic. Reprenez-vous, et vite. Ce sera tout, Knight.

Caroline était restée quelques instants figée dans le couloir, résistant à l'envie de foncer à nouveau dans le bureau de Fairfax pour lui balancer deux trois amabilités bien senties. Mais la justesse de ce qu'elle venait de prendre en pleine figure s'était imposée. Elle avait fantasmé durant des mois sur un mec pas trop futé parce qu'il avait une bouille de bon garçon crédule, une rareté dans leurs murs. En admettant même qu'il se soit décidé, aurait-il pu lui faire oublier le monde dans lequel elle évoluait depuis des années, un univers de saloperies, de méchanceté, de cupidité ? Aurait-il été capable de la convaincre que la dignité, la compassion, l'amour n'étaient pas devenus des données virtuelles que l'on s'échangeait presque en cachette entre initiés ? Sans doute pas. Le mignon Barry n'avait pas la carrure requise.

Elle s'était accordé une cuite mémorable ce soir-là. Assise au milieu de sa cuisine, la bouteille de Scotch entre ses jambes écartées, elle avait sangloté sur son rêve démoli... sur la fin de son beau chagrin aussi. Puis un fou rire l'avait pliée lorsqu'elle avait revu Fairfax conclure, en levant le sourcil et en fronçant le front d'exaspération :

— On se fout que les fantasmes et les rêves soient du pipeau, si ça permet de continuer à vivre ! La seule chose, c'est qu'il ne faut jamais l'oublier, ou pousser la bêtise jusqu'à y croire vraiment.

Caroline Knight revint au bureau qu'elle partageait avec Davies. Avec celui-là, pas de danger de tomber amoureuse, mais du même coup elle pouvait se rhabiller pour le rêve. Finalement, un animal, ce n'est pas si mal. Un chat. Ça ne se sort pas. Il suffit de le nourrir, de changer sa litière et de bien le soigner. Ça vous ronronne dans le cou les soirs de débâcle et ça croit toujours que vous êtes jolie et que vous avez raison. Bon, assez pour ce soir, il fallait se décider à rentrer afin de pouvoir s'écrouler sur son lit. Davies lança :

— Tu n'as pas envie d'un jeune chat ?

— Quoi ?

— Un chat, angora noir, mâle, castré. Je ne peux pas le prendre, j'ai déjà Sly, celui de ma femme, et c'est un possessif. Elle n'avait plus de place pour l'embarquer, pourtant elle a réussi à caser toute la vaisselle, la télé, le magnétoscope, la chaîne laser et tous les CD.

Merde, avait-elle parlé tout haut ? Elle bafouilla :

— C'est quoi, ce chat ?

— Qui. Pas quoi. Je t'assure que quand tu vis avec un chat, tu apprends vite que c'est un « qui ».

— Je ne savais pas que tu aimais les animaux.

— A priori, je n'avais pas une passion particulière. Mais Sly et moi divorçons de la même femme, ça crée des liens. Alors, il t'intéresse ou pas ?

— D'où sort-il ?

— D'une boucherie. Tu sais, le type qui s'est fait massacrer dans Tremont, il y a quelques jours. Brad Pierce, un juriste de banque.

— Ah oui.

— Il avait un jeune chat, Jonah. C'est la voisine qui l'a recueilli, pour quelques jours. Si on ne lui trouve pas de point de chute, elle le confiera à la SPA.

— Ben, mon bail interdit les animaux... mais j'ai rendu quelques involontaires services à ma proprio. Elle s'est répandue dans tout le coin sur le fait qu'elle hébergeait un flic, un vrai, un dur ! Elle prétend que depuis on l'emmerde moins. Renvoi d'ascenseur.

— Ouh là... on n'est pas loin de la corruption... (Convaincu que toute forme d'humour faisait défaut à sa partenaire, il précisa.) Je plaisantais.

Knight hésita : signe ou coïncidence ? Elle opta pour le premier parce que les signes sont quand même plus gratifiants que les probabilités. On a l'impression trompeuse d'avoir été choisi pour une révélation, si bénigne soit-elle.

— Je le prends. Ça fait longtemps que j'y pense. Mais je vais changer son nom. Jonah, c'est l'histoire de la baleine. Fish, oui, j'aime bien Fish.

— C'est crétin Fish pour un chat, d'autant que les baleines sont des mammifères.

Elle leva la tête d'un mouvement brusque, prête à l'envoyer sur les roses, mais elle rencontra son regard et se rendit compte qu'il avait un beau sourire.

— Je téléphone à la dame et j'irai le chercher demain. Tu devrais rentrer et te pieuter. Tu as l'air crevé.

Caroline ne commenta pas ce qui ressemblait de loin à la seule gentillesse en six mois de collaboration. Elle préféra se limiter à leurs dossiers :

— C'est nous, ce Brad Pierce ?

— Pas de façon spécifique. C'est le service, c'est sûr. En ce moment, la pression est surtout sur cette femme d'Harvard. Le suicide paraît peu plausible, quant à l'accident, il est exclu, étant entendu la puissance de l'impact de son front sur le double vitrage.

— Pierce a été massacré, c'est cela ?

— Oui, jeudi de la semaine dernière. Mais je te dis que notre priorité, c'est ce professeur Valerie Rumbelow, une cancérologue. Tu sais, la quinquagénaire défenestrée lundi.

— Pourquoi c'est la priorité ?

— La meilleure réponse, c'est que ce sont les ordres ! Il faut préciser que la bonne femme en question jouissait d'une réputation internationale dans son domaine. Éminents travaux, quelques bouquins spécialisés dans le genre imbitable, prof de fac, expert dans plein de trucs, directrice d'un gros labo de la Harvard School of Medicine, et surtout, la presque ex-femme de l'avocat général Elliott Braumann.

— Et à qui doit-on cette priorité, à sa carrière à elle ou à la prudence qu'inspire son presque ex-mari ?

— Où veux-tu en venir, là ? demanda Davies, soudain méfiant.

— À rien. Moi, tu vois, j'ai dans l'idée qu'une victime est une victime, et je me torche avec les aigreurs de Braumann. (Elle explosa.) Non, mais c'est dingue… Ils divorçaient, mais le meurtre de sa femme est quand même sur la top-liste parce que son ex-mari est un homme important ! Quoi ? On faisait cadeau de ses impôts à Brad Pierce, pour qu'il soit considéré comme une vieille chaussette à peine refroidi ? Quant à la respectabilité et à la prééminence sociale, ce sont des maladies sexuellement transmissibles dans le sens homme-femme, et pas l'inverse ?

Oliver Davies ne retint que la fin de sa dernière phrase. Il éructa :

— Ah ça y est… le couplet « vous êtes tous des porcs de machos »… ça manquait au tableau. Mais tu ne t'es pas regardée, ma vieille ! Ça bavait devant un connard de plouc qu'on ne pouvait même pas accuser de machisme parce qu'il ne comprenait pas le contenu du mot. Lui, il trouvait normal qu'une fille lui apporte sa virginité comme rançon du mariage, qu'elle fasse des gosses en s'occupant de ses bégonias et en lui préparant des petits plats. Même pas normal, puisque la question ne l'avait pas effleuré. Je veux dire, ce mollasson n'avait jamais pensé que, peut-être, une femme pouvait avoir envie d'autre chose.

Caroline respira à fond. Si elle ouvrait la bouche maintenant, elle allait lui balancer d'irréparables commentaires sur sa vie privée et son attitude. Elle se contenta d'un glacial :

— Je t'emmerde, Davies, occupe-toi de tes fesses.

Elle fit pivoter sa chaise et plissa les yeux en cherchant le dossier de Brad Pierce sur son ordinateur. Quelques minutes de silence agressif passèrent. Enfin, il s'éclaircit la gorge.

— Knight... il vaudrait mieux... que tu ailles dormir. On ne va pas s'y coller maintenant.

Il était embarrassé, elle le percevait à l'hésitation de ses mots. Elle temporisa :

— Non, non... je veux juste me rafraîchir la mémoire.

La fiche de Brad Pierce, décédé à la suite de blessures multiples à l'arme blanche, s'installa.

Pierce, race caucasienne, blond moyen, yeux marron, taille un mètre quatre-vingt-deux, était âgé de 32 ans. Baptiste, non-pratiquant, célibataire, juriste dans une banque d'affaires, aucune trace d'affiliation suspecte à des sectes ou mouvements extrémistes n'était remontée à la surface. Il était presque propriétaire de l'appartement de trois pièces situé au 1452 Tremont Street dans lequel on avait découvert son cadavre. Suivait une description du logement. Grande cuisine, petite salle d'eau, salon-salle à manger de belles proportions, une chambre et une sorte de grande pièce intermédiaire entre dressing, fourre-tout, bureau et lieu d'exercice puisqu'on y avait répertorié un *glider*, une planche à abdominaux, des haltères, un vélo d'appartement, sans oublier un punching-ball. Les photos jointes au texte témoignaient de goûts agréables et assez conventionnels. Ameublement pseudo-american folk dans le salon-salle à manger, faux mobilier de bateau en acajou ou simili pour une chambre masculine, bordel organisé sur des étagères en bois plaqué bouleau en ce qui concernait le fourre-tout. Quelques livres, une belle chaîne laser et un téléviseur 16/9 équipé d'un magnétoscope et d'un lecteur DVD. Une installation informatique de bonne qualité. Deux tapis d'inspiration persane et une sorte de kilim dans les tons rouge-brun. Peu de bibelots, si l'on en croyait l'inventaire joint : quelques gravures encadrées mettant en scène des personnages de la tradition orientale, une assez jolie sculpture en terre représentant un nu féminin de dos, bras levés, un énorme cendrier de cristal taillé, deux chats en porcelaine bleu et blanc, sans omettre quelques autres babioles sans grand intérêt.

Le compte en banque et les placements confortables-sans-excès de Brad Pierce traduisaient un appréciable confort pécuniaire sans laisser soupçonner d'accointance avec le banditisme en général ou les traficotages en col blanc en particulier. Selon ses voisins, il s'agissait d'un homme serviable, courtois et discret, son jeune chat semblant avoir hérité de la placidité polie de son maître. Même son de cloche sur son lieu de travail. M. Pierce était assez peu disert sur sa vie personnelle, c'était un excellent juriste et un parfait employé. Nul ne pouvait se répandre sur sa vie privée, sa famille, ses engagements politiques, religieux ou sociaux. Il aimait les voyages, la randonnée, un peu le sport – surtout le tennis –, et ne dédaignait pas les petits plats et le bon vin, tout cela avec modération.

Caroline songea que ce type devait être d'un ennui affligeant, ce qui, selon elle, expliquait un célibat prolongé en dépit d'incontestables points en sa faveur.

A priori rien n'expliquait ce meurtre sauvage, sauf une coïncidence, une de ces rencontres aléatoires qui peuvent mettre un terme à n'importe quelle vie. En ce qui concernait la soirée du meurtre, aucun témoignage, aucune précision ne débouchait sur une quelconque piste. Seule étrangeté – le mot était un peu fort, bien que rassurant dans ce déluge de banalités –, Pierce s'était fait porter pâle pendant trois jours. La chose semblait inhabituelle, d'autant qu'il avait fort peu rendu visite à son appartement durant ce laps de temps.

Caroline Knight soupira : d'accord le mec avait menti, prétextant une indisposition passagère afin de s'accorder quelques petites vacances. La belle affaire ! Si ce genre de détail anodin pouvait expliquer un meurtre, les trois quarts de l'Amérique disparaîtraient du jour au lendemain, elle incluse.

Les empreintes relevées sur la scène du crime appartenaient toutes à Pierce, à l'exception de quelques-unes dont le propriétaire avait été rapidement retrouvé : sa femme de ménage qui officiait tous les lundis et mercredis matin. Si l'on se fiait à la position du corps, étendu non loin de la porte palière et toujours vêtu d'un imperméable, Pierce venait de pénétrer chez lui lorsqu'il avait été attaqué. Le vol ne semblait pas être le mobile du meurtre. Grâce à la liste fournie par sa femme de ménage, il avait été aisé de vérifier que rien ne manquait chez lui. Le Boston PD avait retrouvé une montre assez luxueuse au poignet de la victime ainsi qu'une lourde chaîne en or et une chevalière d'étudiant dans une boîte à cigarettes en os peint.

Un détail arrêta Caroline Knight dans sa lecture, et elle revint quelques lignes en arrière : les marques de prises sur ses avant-bras et ses poignets indiquaient qu'il s'était défendu avec l'énergie du désespoir. Comment un agresseur peut-il porter des coups de cette violence en maintenant à terre une victime masculine, de respectable carrure et de toute évidence sportive, le tout en lui emprisonnant les deux mains ? Elle griffonna quelques notes sur un petit calepin jaune et enfonça la touche fléchée, faisant défiler le texte.

Le rapport du légiste suivait cette méticuleuse et bien plate description de la vie d'un homme dont la seule exception jusque-là était l'assassinat.

La cause de la mort de Brad Pierce était une hémorragie profuse, provoquée sans aucun doute par quatre profondes blessures, toutes dorsales. Le légiste insistait sur le fait que les coups avaient été portés *ante mortem*, ainsi que l'attestait l'infiltration hémorragique du bord des plaies. Leur aspect, à bords nets et réguliers, évoquait sans contestation possible l'agent causal. L'examen des berges et des extrémités précisait le sens dans lequel les coups avaient été infligés : début abrupt et fin effilée dite en « queue de rat ». Cet examen visuel signait l'utilisation d'un objet tranchant, probablement une lame large et lisse. L'évolution des zones tissulaires lésées permettait de préciser approximativement l'heure du décès. Une à trois heures après l'hémorragie locale et la coagulation, un flux de polynucléaires s'installe, suivi quelques heures plus tard de cellules mononucléées. Les tissus se nécrosent ensuite. Le lendemain du décès commencent à apparaître des fibroblastes ainsi que des capillaires. Brad Pierce était mort douze à vingt-quatre heures avant que son corps ne soit découvert, cette estimation corroborée par la température rectale de 30 °C et les 23 °C qui régnaient dans l'appartement.

Les reins de la victime avaient été atteints en profondeur, cisaillés par les coups. L'artère rénale avait été sectionnée, expliquant la mort par exsanguination. Le foie n'avait pas été épargné, dans une moindre mesure toutefois. Caroline lut à voix basse : «... Le compartiment hépatique entrant en rapport avec la plus grande partie de la face antérieure du rein droit sur laquelle sa face inférieure est appliquée. » Elle fit un effort afin d'imaginer la position des deux organes, s'étonnant puisqu'elle aurait placé le foie plus haut dans le diaphragme et les reins plus bas. En d'autres termes, Brad Pierce avait été attaqué par-derrière mais sa fin n'avait été ni brève ni douce. La régurgitation du contenu gastrique accompagnée une pneumopathie de déglutition attestait une agonie dont la durée avait été impossible à préciser. Ladite régurgitation avait permis de préciser que Pierce avait mangé et bu raisonnablement, peu avant d'être massacré. Des fruits de mer.

Le tapis persan du salon, sur lequel on avait retrouvé le corps exsangue, était imbibé de sang, celui de la victime à l'exclusion de tout autre. Aucune substance illicite n'avait été détectée dans sa toxico.

À nouveau un détail l'intrigua : le labo avait retrouvé un résidu de colle sur et autour des lèvres de Pierce, et précisait que quelques poils labiaux avaient été extraits, ne provoquant aucune réaction épidermique si ce n'est l'apparition de petits cratères nets et propres. Le technicien concluait avec justesse à un bâillon en gros adhésif, arraché à la hâte après le décès.

Caroline relut les notes gribouillées plus tôt et déclara :

— Ils étaient au moins deux. Les agresseurs de Pierce, je veux dire.

— Qu'est-ce qui te fait dire cela ?

— Un type seul n'aurait pas pu le maîtriser et le blesser de la sorte. Tu sais... J'ai une impression bizarre... Je prends l'affaire. Je vais le demander à Fairfax dès demain.

Exaspéré, Oliver Davies rétorqua :

— Je t'ai dit que ce n'était pas notre priorité.

— Je m'en tape ! D'autant que cela ne m'empêche pas de m'occuper de Valerie Machin.

— Rumbelow. Ça va diviser nos forces.

— Foutaises. On a la force qu'on s'autorise.

— Tu as trouvé cette maxime d'une grande profondeur au dos d'un paquet de corn-flakes ?

— Non... Sur un emballage de serviettes périodiques, très absorbantes. Je te donnerai la marque, si tu veux.

Il tenta de la raisonner :

— Écoute, Knight, pourquoi t'obstines-tu ? De toute évidence, ce Brad Pierce a fait une mauvaise rencontre. Peut-être des mecs défoncés qu'il a bousculés et qui ont voulu se venger, ou alors carrément des loubards qui se sont trompés de cible et ont compris trop tard. La preuve, l'appartement n'a même pas été fouillé. Ça me fait penser à l'histoire de ce mec, tu sais, ce Latino, même nom, même adresse qu'un voisin dealer mauvais payeur, mais pas le même escalier. Les tueurs se sont plantés et ont descendu l'homonyme, et nous, nous avons pédalé dans la mélasse avant de défaire les nœuds.

Elle hésita puis avoua :

— Je ne sais plus... Il avait plutôt l'air d'un gentil, ce type. Je ne comprends pas... Je ne comprends pas pourquoi au moins deux types l'ont bâillonné avec du scotch alors qu'ils lui maintenaient les membres supérieurs à mains nues. Pourquoi ces blessures-là, il en existe de bien plus efficaces. Pourquoi a-t-on attendu qu'il soit mort pour quitter les lieux après avoir retiré le ruban de sa bouche ? Ajoute à cela qu'il ne s'agit pas d'un vol et encore moins de sévices sexuels. Ce que je veux dire... c'est qu'on dirait un truc qui n'arrive qu'à des gens spéciaux, qui ont fait quelque chose de particulier, que ce soit une saloperie ou autre. Pas le genre d'événement se produisant dans la vie bien plan-plan d'un Brad Pierce...

Elle le fixait, mais Davies sentit qu'elle ne le voyait plus. Il concéda :

— Jusque-là, je suis. Seulement, si Fairfax n'est pas d'accord, tu es mal...

Elle se leva, enfila le sweat-shirt qui couvrait le dossier de sa chaise et conclut :

— On verra. Après tout, je dois à ce M. Pierce mon prochain compagnon. Si ça se trouve, une très belle histoire d'amour va naître grâce à lui entre Fish et moi... Tu as raison, ce n'est pas génial, Fish, pas assez romantique, ça manque de sensualité pour un félin. Je vais réfléchir. À demain.

Une idée soudaine, plutôt jolie, presque inhabituelle, la poussa dans le couloir : acheter quelques boîtes d'aliments pour chats, des croquettes, un bac à litière, et puis aussi quelques jouets.

Une présence, une obligation qui pousse à rentrer, ne pas oublier, le fantasme d'une tendresse réciproque et permanente. Amy Fairfax aurait dit : « On se fout que les fantasmes soient du pipeau, si ça permet de continuer à vivre. »

Le prénom, présage de confort domestique même déplacé, fusa : Valentino. Jonah venait d'échapper à Fish et se nommerait dorénavant Valentino.

Chapitre 6

Robin s'arrêta à l'entrée de l'immense jardin d'hiver et contempla en souriant le dos de la femme assise à la table du petit-déjeuner. Elle portait un des déshabillés de soie crème qu'il aimait tant et ses cheveux étaient approximativement remontés, retenus par une longue épingle en corne sombre.

Il s'approcha sans bruit, sachant qu'elle percevait sa présence derrière elle. Il entoura de ses bras le cou pâle et si long de Dannah qui inclina la tête sur le côté, accueillant contre ses veines le front du jeune homme.

Elle ferma les yeux et soupira :

— Comment vas-tu, mon chéri ? Pardon, je ne t'ai pas entendu rentrer hier. Je voulais t'attendre mais je me suis écroulée – la chaleur m'épuise – et je suis montée dans ma chambre à dix heures du soir.

La voix grave, un peu essoufflée, lui répondit :

— Bien... pas assez dormi, un peu trop bu, mais bien. Allison est réveillée ?

— Oui, depuis longtemps.

— Était-elle en forme ? Elle transpirait cette nuit lorsque je suis allé dans sa chambre.

— Je sais. Elle est remontée se reposer après le petit-déjeuner. Nous irons lui tenir compagnie tout à l'heure. Je préfère qu'elle dorme un peu. Ta soirée s'est-elle bien passée ?

— Oui… au début du moins. Elle est charmante, sensuelle… ce petit côté feu sous la glace qui ne gâche rien. Mais, tu sais, je m'ennuie si vite lorsque je ne suis pas avec vous deux.

Robin tendit la main vers le visage de sa sœur. Elle y reposa sa joue durant un instant, fermant les yeux de soulagement. Lui seul avait l'étrange pouvoir de la calmer, de la rendre douce en ce moment.

Ils étaient étonnamment beaux, étonnamment similaires et parfaits. Longs, minces, presque irréels. Une peau pâle, de longs cheveux blond moyen, frisés, des yeux d'un bleu presque violet lorsqu'une émotion leur venait, ou bleu-blanc lorsqu'un rire se propageait. Un regard en amande droite, le coin interne des paupières se séparant avec une sorte de regret, des yeux d'enfants. Les sept ans qui les séparaient avaient eu la courtoisie de ne pas se manifester jusque-là. Dannah paraissait avoir les vingt-neuf ans de son frère. Seule une certaine profondeur, une rigidité dans son regard attestait une mémoire plus longue.

Il déposa un baiser sur le front de sa sœur, murmurant contre sa peau :

— Je t'aime, mon ange. Elle va aller mieux… bientôt.

Dannah leva les yeux vers son frère. Il souligna le bord de sa paupière du bout de l'index et ajouta :

— Chut, mon ange… chut, je le sais. Pas de larmes, elles ne seront jamais plus nécessaires, je te le promets.

Enfin, elle sourit. La paix, le souffle lui revenaient. C'était un des innombrables miracles de son frère. La vitalité de Robin semblait capable de soulever n'importe quel être, n'importe quelle vie. La sienne surtout. Celle d'Allison, sa fille, aussi. Puisqu'il affirmait qu'Allison allait se remettre, c'est qu'il en était certain.

Ils déjeunèrent, bercés par ce mutisme étrange qu'eux seuls savaient tisser, qui leur venait de si loin. Un silence complet, chacun connaissant par cœur les paroles de l'autre. Parfois, le bleu de leurs yeux se mêlait comme avant, lorsque l'étirement de leurs paupières avait été leur unique signe, leur seule antalgie.

Dannah reposa sa tasse et demanda :

— Que faisons-nous aujourd'hui, mon chéri ?

— Ça dépendra d'Ally. Si elle se sentait assez en forme, nous pourrions prendre la voiture pour remonter vers le Maine. J'ai entendu que les baleines avaient entamé leur périple vers le sud. On trouvera une petite auberge pour déjeuner. Pas mal sont équipées de lunettes panoramiques. Je ne crois pas qu'elle soit assez résistante pour supporter le voyage en chalutier, surtout par cette chaleur.

Elle prit la main de Robin par-dessus la nappe, serrant les longs doigts du jeune homme dans sa paume et déclara :

— C'est une excellente idée... Tu viens ? Montons pour lui proposer. Je suis certaine qu'elle va sauter de joie.

Ils traversèrent lentement la grande véranda, Robin passant un bras autour de la taille de sa sœur pour l'escorter.

Chapitre 7

Lorsque Amy Fairfax fit rappeler Caroline Knight par sa secrétaire, il était presque midi.

Davies venait de partir, équipé du panier en osier de Sly, afin de récupérer le bien nommé Valentino chez la voisine de Brad Pierce. Il n'avait pas manqué de seriner toute la matinée le même conseil à sa coéquipière :

— Ne le prends pas de haut avec Fairfax, ça ne marche pas et tu vas te faire jeter.

Caroline, excédée, avait fini par lancer :

— Je la connais, Davies, alors tu me lâches !

Acheter un panier à chat, ne pas oublier, ainsi qu'un griffoir. Elle avait aperçu chez *Friendly Yours* – une sorte de soldeur qui proposait des fins de séries aussi déroutantes qu'involontairement kitsch – des grosses branches d'arbre montées sur socle, emmaillotées d'épais cordage et surmontées de grelots marrants. Sur le coup, elle avait trouvé l'attirail crétin et haussé les épaules, mais c'était avant de friser la crise d'amour pour un chat qu'elle ne connaissait pas encore.

Caroline rectifia machinalement le col de son chemisier et noua la masse de ses cheveux auburn sombre en queue-de-cheval à l'aide de la grande barrette qui traînait dans son tiroir.

Elle traversa le couloir qui menait aux ascenseurs, s'encourageant à la mesure, répétant les phrases courtoises et modérées qu'elle prononcerait pour convaincre le commandant Fairfax. Elles se ressemblaient un peu et cette similitude flattait Caroline. La même pugnacité, frisant parfois l'obstination, le même courage, la générosité aussi. Grosse différence cependant, l'âge et l'habitude du pouvoir avaient appris à Amy Fairfax la patience, peut-être une sorte d'hypocrisie sociale capable d'arrondir les aspérités de son caractère, du moins de les dissimuler le temps nécessaire. De ce côté-là, Caroline avait encore pas mal de pain sur la planche.

Knight leva le regard vers le plafond et soupira. Les lattes gris métallisé des nouveaux locaux du Boston PD avaient remplacé les fresques de leur ancien havre néogothique, dérobant aux regards la hideur des câbles électriques et des tuyaux de distribution d'eau. Les pâles bergères alanguies devant un cours d'eau, offrant leurs moues complices aux jeunes chevaliers enrubannés, ou caressant d'un nœud de ruban bleu leurs moutons neigeux, s'étaient endormies dans la discrétion de quelques mémoires de flics, dont la sienne. Un jour, elles disparaîtraient tout à fait.

Le bâtiment moderne dans lequel les services de police venaient de s'installer, tout de brique rouge et de verre fumé, avait les avantages de pas mal de constructions récentes : la logique des espaces, l'air conditionné, des toilettes et des douches fonctionnelles. Il souffrait également des mêmes économies de génie et d'âme et vieillirait sans la grâce autoritaire et rassurante du gros gâteau de pierre et de marbre tarabiscoté qui les avait hébergés durant des décennies.

Caroline Knight s'engouffra dans l'ascenseur. Elle en avait tant voulu à la vilaine cage métallique verdâtre de leur ancien lieu d'avoir mis fin à l'élégante carrière de la nacelle de bois et de fer forgé qui l'avait précédée. Elle regrettait presque son animosité d'alors. Comment en vouloir à ce nouvel ascenseur ultramoderne dont la voix féminine vous annonçait les étages ? Comment le considérer comme autre chose qu'un simple ascenseur ?

Pendant la rapide ascension qui la menait à l'étage des chefs, lui vint l'idée que si les hommes imprègnent les lieux de leurs vies, la réciprocité du phénomène ne se constate que lorsqu'il cesse. Depuis combien de temps n'avait-elle pas entendu une de ces engueulades brouillonnes qui résonnaient parfois dans les dédales de l'ancien bâtiment, ou l'une de ces rigolades irrépressibles qui virent à l'hilarité générale sans que quiconque comprenne vraiment d'où naît la drôlerie de l'histoire ? Une monstrueuse anecdote lui revint, souvenir d'une des plus grosses crises de fou rire idiot de sa vie. Ils étaient tous épuisés cette nuit-là, ayant enchaîné les urgences et les gardes d'office. Le Boston University Hospital avait appelé pour leur signaler qu'un flic de patrouille venait d'être admis à la suite d'une fracture des deux malléoles, un accident survenu au cours d'une de ses rondes. Ray, un vieux de la vieille maintenant à la retraite, avait compati, s'enquérant des circonstances de l'accident. Il lui avait été répondu le plus sérieusement du monde que l'officier de police avait glissé sur un œil et fait une mauvaise chute sur le carrelage d'une cuisine.

Le premier moment de stupeur passé, Ray avait enclenché le haut-parleur de son poste téléphonique, et bafouillé :

— Il a glissé sur un œil ? Comme dans... Un œil, deux yeux ?

La voix de femme à l'autre bout avait renchéri :

— Oui, c'est cela, un œil, un œil d'orbite... Comme dans œil pour œil.

En pleine déroute, Ray s'était enfoncé :

— Mais qu'est-ce qu'il faisait là, cet œil, je veux dire sur le carrelage d'une cuisine ?

Exaspérée, la voix avait sifflé :

— Je n'en sais rien, monsieur ! Je n'étais pas sur place. Il y avait un cadavre non loin, sans doute l'œil en question en provenait-il ?

Un fou rire hystérique avait contaminé la salle entière par vagues, à l'exception du pauvre Ray, tétanisé sur son fauteuil. La femme de l'hôpital avait raccroché sur une grossièreté.

Leurs nouveaux locaux sécrétaient une réserve courtoise et anonyme qu'ils finissaient par adopter sans en avoir vraiment conscience, mais qui commençait à se traduire dans les détails les plus anodins. Plus de queue devant les machines à café minables, plus de bordées d'injures lorsqu'elles étaient en dérangement, ou que de l'eau bouillante giclait dans les gobelets à la place du café. Maintenant, ils avaient tous leur petite cafetière électrique ou leur pot de café instantané bouclés dans les casiers de leur bureau. Bientôt, elle rencontrerait des visages dont elle ignorerait l'identité ou l'occupation exacte. Un peu plus tard, elle baisserait les yeux comme les autres pour éviter de les saluer ou de leur sourire.

Ruth, la secrétaire de Fairfax, l'accueillit avec la moue méfiante qu'elle réservait à tous ceux qui sollicitaient un entretien avec son idole. Elle ne put s'empêcher de retenir son sempiternel :

— N'abusez pas de son temps, elle est archisurbookée !

Ceux qui la pratiquaient depuis un certain temps n'y prêtaient plus attention. Ruth vouait une admiration sans bornes au commandant Fairfax, qui remplissait pour elle le double rôle délicat de modèle féminin et de mère de remplacement. Knight songea qu'une telle dévotion et cet insatiable besoin d'adoption devaient embarrasser Fairfax. L'instinct maternel n'avait pas l'air d'étouffer leur chef. D'un autre côté, c'est la conclusion banale, et le plus souvent erronée, qui s'impose systématiquement au sujet des femmes sans enfants.

Ruth passa la tête par l'entrebâillement de la porte du bureau de Fairfax, maintenant d'un bras ferme le panneau contre elle, comme si elle craignait que Caroline ne force le passage. Elle se tourna ensuite et condescendit à lui faire signe de pénétrer dans le saint des saints.

Amy Fairfax avait son visage des mauvais jours. Sa peau fine de blonde semblait s'être rétrécie et se tendre sur ses maxillaires et le long de la courbure de son menton. La fatigue creusait des cernes mauves, soulignés par la monture métallique de ses lunettes. Plus que tout, ses narines pincées démentirent le bref sourire formel qu'elle adressa à Knight.

— Ah… Asseyez-vous.

— J'espère que je ne tombe pas au plus mauvais moment.

Le regard héliotrope de la femme l'épingla :

— Non... Vous savez, c'est le jour où quelqu'un tombera dans un bon moment que cela vaudra le coup de le mentionner. Vous vouliez me voir ? Parfait timing, j'avais des choses à vous demander.

— Voilà, madame, je sais que Davies et moi sommes affectés à l'enquête concernant le décès de cette scientifique de Harvard...

— Le professeur Valerie Rumbelow... En effet, c'est votre affectation prioritaire. Le décès en question est un meurtre.

— Eh bien... Voilà, j'aimerais également travailler sur le dossier Brad Pierce, le juriste assassiné à l'arme blanche.

Amy Fairfax croisa les mains sur son bureau, avançant le torse :

— La réponse est « non ».

— « Non » ?

— C'est cela : « non ».

Caroline se contraignit à prononcer lentement :

— Puis-je vous demander pourquoi ?

— Vous pouvez, mais je ne me sens pas obligée d'expliquer ma décision. Si j'en juge par le rapport préliminaire, le meurtre de Brad Pierce ne mérite pas d'occuper deux de mes bons éléments.

La jeune femme posa ses avant-bras sur les accoudoirs de son siège, mains bien à plat, consciente que la colère les faisait trembler. Elle dérapait, et sentait sa maîtrise lui échapper. D'un ton cassant qu'elle risquait de regretter, elle insista :

— Valerie Rumbelow est une priorité de service parce qu'il s'agissait d'une éminente scientifique ou parce que vous connaissez bien l'avocat général Braumann, son mari ?

Fairfax soupira en se laissant aller contre le dossier de son fauteuil de cuir noir :

— Je vous conseille d'abandonner le persiflage, Knight. C'est infantile et ça me tape sur les nerfs. Je connais peu Braumann. Valerie Rumbelow était un être exceptionnel... et ma meilleure amie, une amie de près de quarante ans. Si selon vous cela ne justifie pas une priorité absolue, rappelez-vous que je n'ai pas sollicité votre avis et que c'est moi qui donne les ordres dans cette maison.

Fairfax ferma les yeux, et la rage de Knight tomba d'un coup. Non, merde, pas de crise de larmes... pas elle. Un roc, elle devait rester un roc efficace, parfois désagréable, pour ceux d'entre eux qui se sentiraient couler dans le chagrin. Tous, un jour ou l'autre. Caroline, si souvent. Lui revint le souvenir de cette gifle avec laquelle Fairfax l'avait à moitié assommée. La toute jeune flic qu'elle était alors avait glissé au sol, étouffant dans ses sanglots. Barry et elle venaient de découvrir le corps supplicié d'une vieille dame, dans une maison coquette d'Harvard Square. La voix de Fairfax lui était parvenue dans une sorte de coma douloureux, l'ancrant afin de lui permettre de retrouver son chemin hors la démesure vomitive d'un serial killer d'une vingtaine d'années : « Chiale tout ce que tu peux, ma belle, et reviens avec nous. »

Paupières toujours closes, Fairfax murmura d'un ton doux, comme si elle lui confiait un des plus jolis moments de son existence :

— Nos parents étaient voisins, à Edison, New Jersey. Notre première rencontre avait été plutôt calamiteuse : je lui avais cassé une dent de devant en la faisant tomber de son vélo. C'était volontaire, je l'avais poussée de la selle. (Elle se sourit à elle-même, précisant :) J'étais une vraie terreur à l'époque… enfin… déjà. Elle, c'était plutôt le genre que je toisais du haut de mes dix ans : petite fille obéissante et réservée. Elle a foncé chez elle et j'ai cru qu'elle allait geindre auprès de sa mère. Ma victoire eût été complète ! Mais non, elle est ressortie armée de la batte de base-ball de son grand frère… elle n'avait pas l'air de rigoler.

Amy Fairfax ouvrit enfin les yeux mais Caroline eut la sensation qu'elle ne la voyait pas vraiment, que même le bureau s'était dilué dans ses souvenirs. Elle poursuivit :

— Mon père est intervenu pour prévenir un carnage. J'ai pris un savon, comble de l'humiliation, devant elle, et après m'être platement excusée, nous sommes devenues copines, puis amies… Qu'est-ce qu'on a pu rire, toutes ces années… Des petites âneries, pas bien méchantes ni trop futées, on n'était pas très délurées, à l'époque… Je crois que l'on perd cette faculté de rire d'un rien en vieillissant. Ensuite, nous avons fait des études très différentes, nous nous sommes mariées, la vie quoi… le lien s'est distendu, mais jamais cassé. C'est fou comme on peut entrer à nouveau dans certaines amitiés, même après de longues absences, reprendre le cours de la vie de l'autre comme si on l'avait quitté la veille.

Se rendant soudain compte qu'elle se laissait aller devant l'une de ses subalternes, elle se redressa sur son siège et conclut :

— C'était une femme éblouissante, si intelligente, pas la moindre lâcheté, jamais une malhonnêteté. Aucun être ne peut parvenir à tant de lucidité sans qu'aucun cynisme l'abîme. Elle, si. Valerie, c'est la seule belle mémoire que j'ai conservée de mon passé, la seule qui soit restée intacte en dépit des années. Une brute a pulvérisé cette mémoire contre une fenêtre... Et je vais lui faire payer cher, très cher. Politiquement, je ne peux pas passer directement à l'action, précisément parce qu'il s'agissait de ma meilleure amie... Cela, à la limite, je m'en fous. En revanche, je reconnais les situations dans lesquelles je ne peux pas me faire confiance... Et si j'avais ce mec en face de mon arme...

Caroline chercha ce qu'elle pourrait dire, en vain. Fairfax ne tolérerait aucune démonstration d'apitoiement, quant à la tendresse elle la jugerait déplacée venant de l'un de ses officiers. Elle se contenta d'un :

— Je vois. Je vous présente mes excuses, madame.

— Pourquoi ? D'autant que vous aviez raison : il s'agit d'une affaire personnelle pour moi. Bien, rien d'autre ?

Caroline hocha la tête en guise de réponse.

— Vous pouvez disposer, Knight.

La jeune femme se leva. La voix du commandant l'immobilisa alors qu'elle tendait la main vers la poignée de la porte.

— C'est d'accord pour Brad Pierce. Vous pouvez y consacrer un peu de votre temps, faites-vous aider. Soyons claires, je ne tolérerai pas que cela handicape l'enquête sur le meurtre de Valerie... Et c'est un euphémisme... Knight ? Je veux cet enfoiré, et je le veux vite !

— Nous l'aurons, madame... Merci, madame.

Caroline Knight opta pour l'escalier. Pas envie d'entendre la voix ravie de Mademoiselle l'ascenseur déclamant ses étages. Pas envie de risquer une présence à ses côtés, pire, un bavardage répétitif sur la canicule de ce mois d'août ou les nouveaux badges d'entrée de parking. Envie du seul écho de ses pas contre le ciment cru.

Elle s'en voulait d'avoir pris cette Valerie Rumbelow en grippe juste parce qu'elle avait conquis une certaine célébrité et que son mari était un notable redouté. Une réaction idiote de suspicion systématique envers ceux qui sortaient de leur lot commun. Comme si le succès et la réussite étaient indissociables de l'escroquerie et du mensonge. Comme si ces deux mots si enviés n'acceptaient plus pour seuls synonymes que le mercantilisme et la fraude. Comme si nul être ne méritait plus le crédit de l'innocence. Elle accéléra l'allure, il fallait qu'elle relise le dossier concernant cette enquête.

Au moment où elle tournait le coude du couloir, un vagissement déchirant la pétrifia. Que faisait ce môme ici, qui le brutalisait ? Elle fonça vers son bureau, dégrafant la patte de cuir qui maintenait son arme dans le holster d'aisselle, tout en songeant qu'elle était grotesque : qui aurait eu l'idée suicidaire de s'installer dans leurs murs pour maltraiter un enfant ?

Le regard désespéré de Davies l'arrêta. Le vagissement reprit, lui vrillant les tympans. Davies désigna d'un geste excédé le panier en osier :

— Ton Valentino. Si j'en juge par sa puissance pulmonaire, il a l'air en excellente santé. J'ai dû rentrer toutes fenêtres fermées. Il hurlait tellement dans la voiture que les passants se retournaient d'un air mauvais sur notre passage. Comme si j'étripais un chat dans une bagnole... Quoi que, dans son cas... Fais quelque chose, Knight, je craque !

Elle dégagea la longue tige qui maintenait le couvercle et extirpa du panier une boule à longs poils soyeux. La boule se tut instantanément et se détendit. Un immense regard myope, vague, vert d'eau la fixa. Un ronron résonna d'abord sous ses doigts plaqués contre la cage thoracique du petit animal, puis s'amplifia. Elle fondit :

— Oh, qu'il est mignon. Tu as vu, il a le nez tout noir.

— C'est bouleversant chez un chat noir ! Bon, tu le ramènes chez toi ? On ne va pas le garder ici toute la journée.

Caroline hésita :

— Ben, j'ai peur qu'il se sente seul et tout désorienté. Il ne connaît pas son nouveau chez-lui. Il a déjà subi pas mal de stress. Pauvre petite bête. Il faut le sécuriser d'abord.

— J'en étais sûr ! Je te rappelle que les animaux sont interdits dans l'immeuble, à l'exception des guides d'aveugle et des chiens policiers.

— Oui, mais là, c'est exceptionnel.

Sentant qu'il allait argumenter rien que pour le bonheur de lui donner tort, elle lui coupa l'herbe sous le pied :

— Fairfax est d'accord. Je peux consacrer un peu de mon temps à l'affaire Pierce si cela ne perturbe pas le boulot sur Valerie Rumbelow.

— Comment ça s'est passé ?

Elle n'avait aucune intention de raconter son entrevue dans le détail à un type comme lui. La typologie psychologique d'Oliver Davies ne faisant plus aucun doute dans son esprit : borné, cherchant tant à se convaincre de sa supériorité qu'il en devenait suspect. Et puis, un truc étrange, une sorte de connivence inattendue s'était produite un peu plus tôt dans le bureau de Fairfax. Elle avait admis privilégier l'enquête concernant le meurtre d'une amie. Une décision à la limite de la faute professionnelle, et le commandant le savait. Les fautes professionnelles sont versatiles : elles passent fort bien tant que l'on n'a pas décidé « en haut lieu », quel qu'il soit, de se débarrasser de vous. Dans le cas contraire, elles ressortent comme des vers des dossiers enfouis. Caroline imaginait très bien le bénéfice que pourrait en tirer un futur et probable adversaire de Fairfax : « Faire passer une amie devant les citoyens, c'est cela sa conception du service public, de la démocratie ? C'est une honte ! », tout cela assorti d'accents outrés, sans oublier quelques perfidies : « Elles avaient été très liées dans leur jeunesse, avant leur mariage, je crois ? Très, très liées... vous voyez ce que je veux dire ? » Pourtant, ce matin, la méfiance pathologique de Fairfax avait cédé devant l'envie de confier un peu de ses souvenirs fragiles, d'évoquer une part d'elle. Un moment de confiance, peut-être aussi une libération de trop de secret, d'enfermement.

Caroline se contenta d'un peu révélateur :

— Bien, je crois. Elle avait l'air crevé. Elle connaissait cette femme, une ancienne copine d'école, à ce qui m'a semblé.

— Bof, tous ces gens-là se connaissent toujours plus ou moins. Ils sortent des mêmes quartiers, des mêmes écoles et des mêmes camps de vacances.

Elle abonda dans son sens pour mettre un terme à la conversation.

— Sans doute. Bon, je m'y colle et j'épluche le fichier Rumbelow.

Sa tâche fut plus malaisée qu'elle ne l'avait imaginé, Valentino ayant décidé qu'une sieste parfaite nécessitait qu'il la passât allongé sur le clavier d'ordinateur de sa nouvelle maîtresse, ou au pire enroulé en écharpe autour de son cou.

Valerie Rumbelow, cinquante-trois ans, race caucasienne, un mètre soixante-huit. Deux mariages, une fille, Catlin, née d'un premier lit et âgée de 21 ans, vivant actuellement avec son mari en Californie.

Suivait une liste impressionnante de diplômes et de distinctions, de publications professionnelles ou de simili-vulgarisation, de responsabilités d'expert, de participations à des conseils scientifiques d'université ou d'entreprise. Le professeur Rumbelow était également un membre actif de différents comités sur la bioéthique et connue pour ses positions très fermes sur le respect de la personne humaine sans distinction de race, d'appartenance sociale ou autre. Suivaient des passages d'articles de journaux scannés que Caroline jugea édifiants. Valerie Rumbelow ne devait sans doute pas savoir épeler « langue de bois », accumulant quelques solides inimitiés au cours de sa carrière. Elle avait publiquement insulté un confrère lors d'un débat houleux sur les « groupes humains historiques », se précipitant sur lui pour l'alpaguer par la cravate. Le doyen de l'époque avait dû intervenir pour calmer les belligérants qui menaçaient de rouler au sol au beau milieu d'un des amphithéâtres de la vénérable institution.

Caroline leva la tête, manquant de propulser Valentino hors de son perchoir improvisé : ses épaules.

— Davies ? Tu as une idée de ce que sont les « groupes humains historiques » ?

— Euh, non… pourquoi ?

— Rien. Je vais me renseigner.

Elle replongea dans sa lecture. Valentino soupira d'aise et s'installa plus confortablement autour de son cou en étirant ses pattes.

Le souvenir d'enfance heureuse du commandant Fairfax prenait en substance. Valerie en était digne.

Six ans plutôt, le professeur Rumbelow s'était remariée avec Elliott Braumann, dont la carrière d'avocat général était déjà assurée. Le couple devait se rendre assez rapidement à l'évidence de leur incompatibilité. Sans être un harceleur, ni un érotomane notoire, Braumann avait la réputation d'aimer le beau sexe et il était peu probable qu'il parvienne à se contenter d'une seule de ses représentantes, surtout vieillissante. Une séparation courtoise était vite intervenue. Pourtant, le divorce traînait encore, retardé par un conflictuel partage de biens. Car Valerie Rumbelow était riche, sa voracité de travail n'ayant fait qu'accroître une très confortable fortune familiale.

Caroline Knight jeta un regard sur la liste de mots clés et de commentaires qu'elle avait gribouillée : « bioéthique, contre "l'homme comme outil de l'homme" (gros intérêts financiers et scientifiques en jeu), en faveur de la réduction de l'expérimentation animale, opposée à l'expérimentation animale en cosmétologie (ça ne doit pas arranger tout le monde !), premier divorce difficile (creuser au sujet du mari et de la fille), deuxième divorce conflictuel (mais Braumann ne se collerait jamais un meurtre sur le dos à moins d'être aux abois), grosse fortune (qui en hérite ?), expert dans des boîtes privées (avait-elle accès à des secrets industriels ?) »

Comme dans le cas de Pierce, le rapport médico-légal était inséré à la suite de cet étrange curriculum vitae *post mortem*. Dès les premières lignes, elle perçut une différence infime. Les mots étaient les mêmes, les précisions techniques n'épargnant aucun détail, mais une sorte d'émotion transparaissait. Celle d'un médecin-expert qui connaissait la victime ou sa réputation, et accompagnait cette plate autopsie d'un peu de douleur ou simplement d'un regret personnel. Caroline releva le nom : Harvey J. Gledhill.

Valerie Rumbelow était à jeun depuis au moins la veille au soir lorsqu'elle avait été propulsée contre la fenêtre. Sans doute ne se croyait-elle pas en danger : l'absence de marques de lutte prouvait qu'elle ne s'était pas défendue. Le légiste avait relevé de multiples déchirures cutanées sur le haut du visage démontrant qu'elle s'était écrasé la face contre le double vitrage. L'une d'entre elles, particulièrement importante, de bord inférieur vif alors que son bord supérieur était récliné vers le haut, découvrant la racine des cheveux, indiquait la zone principale d'impact. Le crâne avait été enfoncé. Selon le légiste, Valerie Rumbelow avait immédiatement perdu connaissance. Le fracas osseux résultant de l'extrême violence du choc avait repoussé la masse cérébrale vers le bas, provoquant l'aplatissement des circonvolutions et des cavités ventriculaires et la destruction des centres vitaux diencéphalo-mésencéphaliques. La mort avait dû survenir quelques secondes plus tard. Le corps avait été découvert peu après par l'un de ses assistants de retour de déjeuner.

Le docteur Harvey J. Gledhill concluait que l'agresseur était d'une force peu commune, sans doute amplifiée par un état de rage.

Une sorte de peine diffuse fit monter les larmes aux yeux de Caroline. Merde, tant d'années pour construire un beau cerveau, un cerveau puissant, utile aux autres. Un tordu avait réduit en quelques secondes ce rare agencement de neurones à une bouillie mêlée de sang, de cheveux arrachés et d'esquilles d'os !

L'identité de l'agresseur laissait peu de doutes : Ezechias Bayley, responsable de la maintenance du laboratoire dirigé par le professeur Rumbelow. À cela près que Bayley n'existait pas, que son adresse personnelle conduisait à la laverie automatique où il venait laver son linge toutes les semaines, et surtout, qu'il avait disparu juste après le meurtre. Les empreintes de Bayley, relevées un peu partout, notamment dans le casier métallique de la salle de repos où il rangeait ses affaires personnelles, ne correspondaient à aucune de celles enregistrées dans le gigantesque fichier national répertoriant la faune criminelle.

Les témoignages de l'ensemble du personnel du labo concluaient le fichier. Ezechias Bayley y était décrit comme un employé efficace et consciencieux. Une certaine Cindy Barnum, technicienne de paillasse, précisait qu'elle ne l'avait jamais beaucoup apprécié : « Il me mettait mal à l'aise.

Poli, mais jamais un mot personnel. Un peu un zombie, je dirai. Il arrivait derrière vous sans qu'on l'entende. Ce type sortait au maximum trois phrases par jour, toujours pour le boulot, et il se débrouillait pour prendre son repas ou son café seul. » Au bout du compte, à part un vague malaise ressenti par tous en présence du tueur présumé, nul n'avait été capable de fournir une précision intéressante, sauf peut-être Rennelle Beaumont, l'une des « assistantes de maintenance » qui travaillaient directement avec lui. Le témoin, une femme noire de cinquante-huit ans, était stupéfaite de la présomption de culpabilité qui pesait sur Bayley : « C'était un bon gars, pas marrant, c'est sûr, mais si tous les gens qui manquent d'humour devaient tuer leur prochain, on ne resterait pas nombreux. Moi, je me suis toujours dit que c'était quelqu'un de très triste. » À la question : « Selon vous, s'agissait-il d'un fondamentaliste ? », elle avait répondu, étonnée : « Il était pieux, c'est sûr. Moi aussi, mais c'est pas pour ça que je deviendrais une meurtrière, au contraire », avant d'ajouter : « Chez nous, la religion est encore très présente. » Le flic qui avait mené l'entrevue n'avait pas relevé, sans doute pressé d'en finir.

Caroline griffonna : « Où cela, chez nous ? Rennelle Beaumont : il s'agit d'un nom d'origine française. France, Canada, Hawaï, États du Sud ? Bayley parlait-il le moins possible afin de dissimuler un accent ? »

— Davies, je viens de parcourir les différents témoignages… je crois qu'on devrait retourner…

— … papoter avec cette Rennelle Beaumont ? l'interrompit-il en levant la tête du dossier qu'il annotait depuis un moment. Ouais, je suis assez d'accord.

Il replongea immédiatement dans sa lecture. Caroline détailla l'homme penché. Sa main gauche soutenait sa tête et la cigarette pincée entre l'index et le majeur vaporisait le haut de son front et la racine de ses cheveux d'une fumée bleutée. Des mots muets et tronqués se formaient sur ses lèvres, soliloque involontaire accompagnant sa concentration. Qu'il fût un bon flic n'étonnait pas la jeune femme. Oliver Davies était intelligent et retors, c'était aussi un observateur. Il était bel homme, la quarantaine musclée, grand, de beaux cheveux bruns coupés court. Elle se souvint que la première fois qu'elle l'avait rencontré, son regard l'avait rassurée : des yeux noisette de myope peu habitué à porter des lentilles de contact. Les myopes ont souvent un regard tendre presque flou. Est-ce parce que leur défaut de vision leur épargne les détails les plus crus, les plus menaçants ? Un regard émouvant. Elle devait vite se rendre à l'évidence : l'émotion dans le cas de Davies devenait une erreur. Il y avait chez lui quelque chose de si tranchant... non, pas tranchant. Trancher est un acte volontaire, une action qui peut cesser si on le décide. Redoutable convenait davantage, comme un état, une donnée fixe, constitutive presque. Un peu comme cette voix désagréable qui semblait capable de figer les mots des autres avant qu'ils soient prononcés.

Cette scène presque inconvenante, selon elle, quelques mois auparavant revint à la jeune femme. Ils discutaient d'une affaire en cours, chacun appuyé contre le bord de son bureau. Soudain, il avait jeté un regard à sa montre :

— Excuse-moi, il faut que je file. Je n'en ai pas pour longtemps, c'est mon jugement de divorce. Je voudrais dire au revoir à ma fille. Ma femme et elle descendent en Pennsylvanie. On reprendra tout cela à mon retour.

Le ton du monsieur qui va remettre des pièces dans son parcmètre pour s'éviter un autre PV. Caroline avait rencontré Rebecca, sa femme, à plusieurs reprises. Elles avaient même longuement discuté lors de la fête de Halloween où conjoints et enfants étaient conviés. Une jolie fille, sans doute pas une surdouée intellectuellement, mais une femme souriante et agréable qui semblait amoureuse de son mari. L'idée que pas une fois Davies n'ait fait allusion aux dissensions dans son couple, ou à une séparation alors qu'ils passaient leurs journées et parfois leurs nuits ensemble l'avait sidérée. Lorsqu'il était revenu moins de deux heures plus tard, Caroline avait tenté de déceler chez son partenaire l'indice d'un ravage intérieur, ou simplement d'un chagrin, voire d'une colère. Rien, et cette constatation l'avait tant navrée qu'elle avait insisté :

— Euh… je suis désolée. Je ne savais pas…

Rien n'avait changé dans le regard de Davies, rien n'avait altéré la crispation des muscles de son visage lorsqu'il avait déclaré :

— Normal, je ne t'ai rien dit. Bon, on reprend ?

Il ne s'agissait pas de cette réserve furieuse qu'adoptent parfois les hommes, lorsqu'ils ne savent pas jusqu'où ira leur peine, jusqu'où ils souffriront. Ils se glacent alors de l'extérieur pour empêcher une fuite de leur être ou même éviter qu'un autre, dehors, ne puisse témoigner de leur débâcle. Cela ne marche pas, bien sûr, mais la plupart d'entre eux l'ignorent. Non, Caroline connaissait cet inefficace mécanisme qui promet la guérison mais ne dispense qu'une apparence de survie. Elle l'avait parfois entraperçu lors d'autres défaites de flics et chez son père, juste après le décès de sa mère. D'une certaine façon, le cancer qui avait ravagé la femme aimée avait mis un terme à leurs deux vies. Son père s'était entouré de la glace de son chagrin si efficacement que nul n'était plus parvenu à l'atteindre vraiment. Son jeune frère et elle avaient tant dérapé contre cette carapace sans violence, si lisse, qu'elle l'aurait reniflée chez Davies aussi.

Que lui restait-il à découvrir de la complexe équation de cet homme avec lequel elle était contrainte de travailler, de vivre la majeure partie de son temps ? Pouvait-elle la résoudre à un simple jugement d'indifférence ? L'indifférence est un mot générique que l'on attribue volontiers aux autres lorsqu'ils ne ressentent pas comme nous. Or, qui peut se prétendre l'étalon de la douleur ou du bonheur et de leurs manifestations ? Pour affirmer que Davies était un être indifférent, il aurait fallu qu'elle le connaisse bien davantage, que donc il accepte de la laisser approcher, et elle n'était pas certaine d'en avoir envie.

CHAPITRE 8

Rupert Linklater regarda sa montre pour la cinquième fois en quelques minutes. Mince... seulement dix-huit heures ! Encore deux longues heures à patienter. Il réprima un rire, ne sachant plus ce qui l'emportait chez lui, de l'agacement de l'attente ou du bonheur de l'anticipation.

Jamais, vraiment jamais, il n'aurait cru qu'une telle chose fût possible. Pire, il n'aurait même pas osé l'imaginer dans ses fantasmes les plus arrogants.

Il ressassa pour la centième fois cette liste dont l'invraisemblable conclusion le mettait en joie depuis exactement dix jours, un tout petit peu moins. Dix jours dans quelques heures. D'un côté les « plus », certains très satisfaisants, de l'autre les gros « moins », dont quelques-uns si irrémédiables à ses yeux qu'ils engendraient une probable défaite. Les « plus » d'abord : il était médecin, jeune chirurgien promis à un bel avenir. Sans être riche, il vivait plus que confortablement et n'avait pas dit son dernier mot en la matière. Il était intelligent, drôle lorsque l'occasion s'en présentait, et sa culture artistique et littéraire, bien que superficielle, lui permettait de participer à une discussion de « bon genre », comme les appelait sa mère. Il était généreux et plutôt facile à vivre. Les « moins », car il fallait y passer : il traînait depuis l'adolescence un physique poupin que les dames d'un certain âge jugeaient charmant mais qui n'était certes pas adapté à ses envies de séduction. De taille assez moyenne, blondinet et rose, rond en dépit d'un embonpoint normal pour sa taille. Sa mère, encore elle, concluait toujours : « C'est parce que nous avons les attaches fines. » Autre point négatif pesant : une incontestable propension au romantisme le plus mièvre associée à un appétit sexuel qu'il ne parvenait à rassasier qu'occasionnellement et qui le culpabilisait, encore un coup de sa mère. Mais le « moins » dévastateur était sans conteste qu'il – lui, Arthur – se foutait totalement des « plus » laborieux de Rupert. Du reste, connaissait-il seulement l'existence de ce genre de listes pénibles, lui ? Se rendait-il compte de la stupéfiante injustice qui l'avait dessiné ? Sans doute pas. Lorsque Rupert avait rencontré Arthur, il en avait eu le souffle coupé. Une sorte de miracle parfait, de mirage improbable. Un de ces êtres dont on se demande quelle génétique, quelle chimie ou quelle puissance supérieure a toléré la production. Ce soir-là, Rupert avait si peu ouvert la bouche qu'il avait dû passer pour un imbécile courtois. Il s'en était ensuite voulu durant des jours, se cramponnant à l'une de ces consolations bidons que l'on se serine en pareil cas : la beauté ne fait pas tout, on a déjà vu des couples très inégaux esthétiquement, l'humour et l'intelligence de l'un complétant l'ahurissante beauté de l'autre, et blablabla... De surcroît, ladite consolation avait été de courte durée puisque le miracle en question ajoutait l'intelligence et le charme au reste. Rupert avait donc opté pour une retraite prudente avec assez peu de succès. Il n'arrêtait pas de penser à cet homme. Il en rêvait même. Une sottise adolescente l'avait poussé à visiter les endroits où il pouvait le rencontrer, une salle de sport, un bar, la promenade de Memorial Drive sur la berge droite de la Charles River – entre Longfellow Bridge et Harvard Bridge –, parcours prisé par les joggeurs matinaux. Il avait alors poussé la malhonnêteté intime jusqu'à se convaincre qu'il n'agissait que par curiosité et qu'après tout, un peu de jogging ne pouvait pas lui faire de mal.

Melissa Collins répéta sa question :

— Docteur Linklater… ?

Rupert sursauta et rougit de confusion. Merde, il recommençait ! Il fallait qu'il se reprenne, qu'il se concentre. Le personnel commençait à glousser de ses moments d'absence à répétition, d'autant plus surprenants à leurs yeux qu'ils l'avaient toujours connu méticuleux, précis, pour ne pas dire tatillon jusqu'au vice.

Il fixa l'infirmière en chef, tentant un peu convaincant :

— Pardon, Nurse Collins, je repensais à la gangrène de M. Goldstein. À surveiller de près, c'est un diabétique.

Melissa songea qu'il n'y avait pas là de quoi sourire aux anges, mais se garda de tout commentaire. Après tout, c'était le patron. Elle acquiesça d'un signe de tête et enchaîna :

— Nous nous demandions s'il ne valait pas mieux commencer par la prostate demain matin. Mrs Kennedy est très grasse, pas en excellente forme, d'autant qu'elle panique, et l'anesthésiste ne veut pas brusquer sa péridurale. Cela reviendrait donc à intervertir les deux premières interventions.

— Euh… Ce n'est peut-être pas plus mal. C'est la même salle ?

— Oui. La 3.

— Alors faisons comme cela.

— D'accord, je modifie le planning. Merci, monsieur.

Nurse Collins n'avait pas refermé la porte du grand bureau directorial, que la rêverie entraînait à nouveau Rupert, comme si elle avait attendu que son cerveau offre un peu moins de résistance.

C'est dans ce bar à dim sum très en vogue de Newbury Street, non loin du Boston Architectural Center, que Rupert avait de nouveau rencontré Arthur, dix jours auparavant. Il l'avait immédiatement repéré dans la grande salle, élégant compromis entre l'hyper-modernisme et la nostalgie d'un club londonien. L'armée de décorateurs était parvenue à suggérer la Chine – quelques massives armoires de ce bois jaune paille dont Rupert ignorait le nom, quelques bronzes, quelques laques explosant de la violence raffinée de leurs tons rouges contre l'austérité des murs – sans verser dans les chinoiseries de pacotille.

Arthur était assis dans l'un des fauteuils carrés et bas en cuir et bois roux, faisant face à une jeune femme brune qui lui souriait. Une houle de tristesse avait submergé Rupert. Le tableau était parfait. Bien qu'il fût trop loin pour les entendre, leur conversation semblait gaie et paisible. Elle était très jolie lorsqu'elle penchait le buste vers lui pour répondre à l'une de ses phrases. Et lui, lui était saisissant. Ce jour-là, il portait une chemise en coton bleu dépassant sur un pantalon noir et ses pieds nus étaient chaussés de simples mocassins. Pourtant, à côté de lui, tous les autres convives en onéreuses fringues de designers avaient l'air de veaux.

Rupert avait suivi durant quelques instants le fastidieux ballet des regards, qu'ils fussent féminins ou masculins. Arthur se rendait-il compte que tous convergeaient vers lui, repartant ailleurs chercher un alibi, pour revenir, furtifs mais cajoleurs ou envieux ? La jeune femme en était consciente, c'était évident à la façon dont parfois ses yeux épinglaient l'une de ces insistances. Elle relevait alors la tête d'un petit mouvement brutal pour contraindre son auteur à baisser les paupières.

Rupert avait avalé d'un trait le whisky qu'il venait de commander au bar en interminable arrondi, et la brûlure de l'alcool dans sa gorge lui avait fait monter les larmes aux yeux. C'était du moins l'explication qu'il avait choisie. Et puis, sans trop savoir comment, il s'était retrouvé debout devant la lourde table basse en bois foncé occupée par le couple. D'un ton dont la jovialité l'avait surpris, il s'était lancé :

— Bonjour, c'est une surprise de vous rencontrer ici… Je ne sais pas si vous… Euh… Rupert Linklater, de la clinique…

L'homme s'était levé, un sourire radieux aux lèvres :

— Tout à fait. Comment allez-vous ? (Se tournant vers la jeune femme, il avait poursuivi.) Melanie, je te présente le docteur Linklater, un chirurgien qui monte.

Rupert avait serré la main que lui tendait la jeune femme, plaisantant avec une aisance dont il avait songé qu'il la regretterait sûrement :

— Rupert suffira. Mais… je ne vais pas vous importuner plus longtemps. J'ai été ravi de vous revoir.

Une main sur la manche de son veston, une main qui lui avait fait trembler le ventre :

— Vous déjeunez seul, Rupert ? Joignez-vous à nous. C'est sinistre, les repas en solitaire.

La peur de tout perdre, la terreur d'être rejeté avaient alors opéré leur redoutable alchimie, celle dont on ignore le plus souvent si elle va vous clouer au sol ou vous permettre de voler. L'impression déroutante de n'être qu'un spectateur n'avait pas quitté Rupert de tout le déjeuner. Il avait été drôle, charmant, vif, intelligent sans parvenir à investir tout à fait sa tête. Une sorte de bienveillante dissociation.

Après qu'il eut réglé l'addition, Melanie s'était excusée. Arthur avait tourné la tête pour la suivre du regard jusqu'au grand escalier de fines marches d'ardoise retenues par des filins d'acier qui conduisait aux toilettes. Puis, un sourire, un soupir si long que Rupert avait baissé les yeux. L'adrénaline le lâchait, l'épuisement et le découragement le prenaient à nouveau d'assaut.

— Je raccompagne Melanie à Brookline. J'en ai pour une heure, environ. Que faisons-nous ensuite ?

Rupert avait plongé les yeux dans le regard amusé mais si calme, incapable de répondre, pétrifié à l'idée qu'il allait fondre en larmes comme un petit garçon. L'homme avait poursuivi d'un ton doux :

— Est-ce si inattendu que cela ? Du reste, cela a-t-il la moindre importance ? Voulez-vous que nous nous retrouvions ici à cinq heures ? Nous verrons ensuite...

Arthur s'était levé pour accueillir le retour de Melanie.

Rupert se renversa dans son fauteuil, les mains pressant ses tempes. Quelle trouille il avait eue, mon Dieu, quelle trouille ! La trouille qu'Arthur ne soit pas au rendez-vous, ou qu'il vienne, la panique à l'idée de gâcher d'une maladresse ce qui devenait la chose la plus importante de son existence à mesure que passaient les minutes. Mais il était là, souriant, sans hésitation.

Dix jours durant lesquels Rupert avait songé que la vie était enfin à sa portée, dix jours de tension heureuse, d'épuisements aussi. Le sexe comme une révélation alors qu'il croyait tout en connaître, une fringale constante. Ce corps parfait, sans honte, sans économie dont Rupert devenait fou au point de souhaiter parfois le mettre au monde. L'idée terrible que si un jour il ne pouvait plus se perdre dans ce regard, s'accrocher à ce sourire, il en mourrait. Parce qu'il avait peur, il s'était interdit de penser à demain, à plus tard, à ailleurs, concentrant sa vie sur des phrases talisman « il m'a dit à demain » ou « il a téléphoné qu'il aurait un peu de retard, c'est donc qu'il vient ».

Il se redressa sur son siège, furieux contre lui-même. Arrêter de penser à ces conneries dévastatrices. Certes, ils étaient rarement du même avis, ne partageant ni convictions politiques ni encore moins religieuses. Arthur tenait parfois des raisonnements qui, s'ils avaient été accouchés par d'autres esprits, auraient ahuri Rupert. Une fois, ils avaient même frôlé la fâcherie, lorsque cet homme qui le chavirait lui avait lancé d'un ton presque méprisant :

— Ma parole, tu es un vrai puritain ! Et la logique, docteur Linklater, qu'en fais-tu ?

Mais dans une heure et demie, il le rejoindrait. Commenceraient alors quelques heures de pur bonheur, de perfection. Prendre les moments les uns derrière les autres, les ajouter en priant pour qu'ils finissent par faire un bout de vie, gommer tous les détails qui insistent pour prétendre le contraire.

Rupert força son esprit à évacuer ces germes de peur qui l'affaiblissaient, passant en revue les petits souvenirs drôles. Leur première cuite, et la découverte du végétarisme militant d'Arthur devant le repas qu'il avait amoureusement préparé durant des heures. Des cailles farcies de morilles et de veau enrobées d'une fine tranche de bacon devaient prendre la suite d'une mousse de foie gras. Il pouffa, se remémorant sa tête lorsque Arthur avait déclaré d'un ton suave :

— Et si nous allions plutôt dîner au dim sum bar ? Quel sens de l'observation, cher docteur. (Éclatant de rire, il avait éclairé un Rupert au bord de l'évanouissement.) Je suis végétarien.

— Mais... et les dim sum...

— Je dois être leur seul client à ne commander que les beignets aux légumes ou au riz soufflé.

Le lendemain, Rupert avait téléphoné à Scott, dans le Maine, pour lui conter sa mésaventure. Scott, un ancien amant ayant passé avec succès la métamorphose en véritable ami, avait commenté :

— Mais, enfin... c'est un truc qu'il faut toujours repérer. Quand nous le présentes-tu, cet homme divin ?

— Jamais... Je n'ai pas envie que vous baviez toutes dessus comme des folles hystériques !

— Oh, et un Italien... C'est toujours les autres qui ont du pot, ce n'est pas juste. Latin lover, œil de braise, et mains de velours, cloué au matelas... yum-yum...

— Il n'est pas italien, seulement d'origine...

— Ça reste dans les gènes !

Rupert poursuivit sa visite de leurs heures communes, y trouvant l'exorcisme qui l'apaisait. La recherche de prénoms. Arthur y tenait, évoquant le jeu mais aussi la prudence, chacun d'eux évoluant dans des milieux où la discrétion se récompense par un aveuglement poli. Rupert était vite devenu Nigel. Le nouveau baptême d'Arthur avait été beaucoup plus difficile. Rupert changeait de proposition toutes les heures, se trompant, cherchant les plus jolis prénoms, jusqu'à ce qu'un sourire de l'homme précieux tranche :

— Dernière tentative... j'adopte le prochain prénom que tu prononces. Si tu laisses échapper un Bo ou un Buddy, considère que tu es un homme mort.

Deux doigts plaqués sur la bouche pour prévenir toute sortie intempestive, Rupert avait enfin débusqué « Le Prénom » :

— Arthur.

— Arthur ?

— Oui... comme Rimbaud.

Cette généalogie lui avait valu un de ces baisers qui vous prennent d'abord les lèvres, puis la bouche jusqu'à y concentrer tout votre corps.

Rupert sauta de la douche et fonça dans son dressing. Arthur avait dit :

— C'est une surprise. L'utilisation du substantif « surprise » implique que tu n'insistes pas parce que mes lèvres sont scellées. Tu nous la fais sport-mais-pas-trop.

Donc une chemise blanche, une veste légère en lin noir et un jean. Il lui fallut tout de même un bon quart d'heure d'hésitation avant d'opter pour la ceinture en cuir tressé.

Il n'eut que le temps de sortir la bouteille de Krug du réfrigérateur avant les trois petits coups de sonnerie d'interphone qui annonçaient l'arrivée d'Arthur. Il était... il était... encore au-delà des souvenirs de la veille emmagasinés par Rupert pour tenir toute la journée. Une casquette de base-ball bleu clair couvrait ses cheveux. Un large pull en laine blanche légère, un pantalon de cuir havane, une paire de tennis, un blouson en jean épuisé posé sur ses épaules, c'est tout. Pourtant, toute la soirée, où qu'ils aillent, une multitude de visages le suivraient, se demandant si le petit mec qui l'accompagnait n'était pas un vague cousin de province. Arthur s'extasia :

— Ah, une coupe... Tout ce dont j'avais besoin.

Il se laissa tomber dans le canapé avec cette grâce involontaire qui n'avait rien de féminin et tira une enveloppe de la poche intérieure de son blouson :

— C'est quoi, cela, cher docteur Nigel ? Un voyage en amoureux à Venise ?

— Pas encore... trop loin pour ce soir. Mais l'Italie est concernée...

— Ne me dis pas que tu t'es procuré des places ?

— Si… deux, cinquième rang d'orchestre, le top, quoi.

Rupert n'en revenait pas. Il avait eu beau supplier, faire appel à toutes ses connaissances, la représentation était complète deux heures après son annonce, le marché noir ayant été saturé peu après. Une unique apparition de Pavarotti au Symphony Hall.

— Comment as-tu fait ?

— J'ai triché, menti, séduit, corrompu, menacé… bref, tout !

Rupert plaisanta :

— Ça ne m'étonne pas de toi.

— Moi non plus. Et ensuite… Manger. Et si on essayait ce nouvel italien sur Boylston Street, après le spectacle ? Hummm… *le pasta, le pasta, mi piacciono da morire* ! *Luciano, le pasta, un ottimo vino e un enorme fetta di tiramisu… Que chiedere di piu*[1] ?

Rupert n'avait pas pu le retenir, le mot voulait être prononcé :

— Toi.

— Mais je suis là.

Il s'était enfoncé :

— Pour combien de temps ?

Arthur avait incliné la tête et répondu en douceur :

— Il ne faut jamais poser ces questions-là… Au demeurant, ma philosophie consiste à ne poser que les questions dont je suis certain d'aimer les réponses.

Rupert avait cru à l'une de ces facéties de mots que maniait à merveille Arthur. Ce n'est qu'ensuite

---

1. Les pâtes, les pâtes, j'adore les pâtes ! Luciano, des pâtes, un excellent vin et une énorme part de tiramisu, que désirer de plus ?

qu'il avait ressenti l'effroyable manque que cette fausse boutade pourrait traduire bientôt.

Il était presque dix heures lorsqu'un public déchaîné, alternant les larmes et les hurlements de joie, avait enfin accepté de lâcher un Pavarotti ruisselant, épuisé, et adulé. Il avait reproduit pour eux ses plus magiques apparitions lorsque tous retenaient leur souffle pour permettre à cette voix unique de s'envoler, les charmant de quelques mots et de cette générosité des idoles incontestées, ou jouant de son mouchoir large comme une nappe.

Rupert avait décidé d'oublier la phrase meurtrière prononcée par Arthur un peu plus tôt afin de profiter de ces moments :

— Tu te rends compte ? Deux heures. Il doit être sur le flanc.

— Ce genre d'artiste est au-delà. Ils se shootent à l'adrénaline. La leur et celle du public. C'est comme une vague qui les porte.

Le restaurant était encore bruissant de convives sortis des salles de théâtre ou des cinémas, certains bruyants de l'excellent moment passé, quelques-uns remâchant une déception. Une ravissante jeune femme à cheveux platine très courts ralentit à hauteur de leur table, assez pour adresser un sourire conquérant à Arthur. Il n'y répondit pas.

— Tu vois toujours Melanie ?

Rupert se mordit la lèvre, merde, quel con ! Arthur le contempla quelques instants avant de répondre :

— Oui, c'est une excellente amie.

Il était trop tard. Dix jours de non-questions, dix jours à évacuer les prémices dévastatrices d'une probable rupture. Il valait mieux savoir maintenant, avant de s'installer complètement dans ce qui pouvait n'être qu'un rêve douloureux.

— Vous baisez ensemble ?

— C'est élégant... surtout au sujet de Melanie. Nous faisons parfois l'amour, en effet. Écoute, Rupert... pardon, Nigel, la scène de jalousie que je sens poindre est grotesque et je n'ai pas l'intention de m'y soumettre. Des êtres m'attirent, j'en aime certains, peu importe qu'il s'agisse de femmes ou d'hommes, de bruns ou de blonds, de Blancs, d'Asiatiques ou de Noirs. Je n'ai jamais cru à vos schémas, en fait, j'ai toujours pensé qu'ils ne s'appliquaient pas à ma vie. Selon moi, vous agencez votre peur, vos lâchetés en système moral. Ça vous permet de les supporter sans vous détester. Je n'ai peur de rien, je n'ai pas besoin de système lénifiant. Cela me rappelle la discussion que nous avons eue la dernière fois. Ta hargne, ton recours à l'éthique, la déontologie... de la trouille, c'est tout. La trouille que la logique efficace n'ait raison, que vos constructions moralisatrices ne soient une escroquerie confortable.

— En l'occurrence, ce soir-là, j'avais raison, j'en suis certain, sans la moindre hésitation... Et puis, d'ailleurs, pourquoi reviens-tu là-dessus ? J'ai assez peu de certitudes mais c'en est une. Je n'ai pas l'intention de tolérer qu'un truc comme celui-ci se produise. Est-ce que tu tentes de changer de sujet, de protéger Melanie ?

L'ombre qui pesait sur le visage d'Arthur disparut, l'espièglerie revint, entrouvrant sa bouche :

— Non. Je veux passer une excellente soirée, c'est tout.

Rupert en profita pour revenir à son fantasme du moment : un voyage à deux en Italie. Il admit en riant que s'y mêlaient son côté midinette « Roméo et Juliette » et l'envie d'un souvenir unique puisqu'il avait toujours remis ce voyage, attendant l'exception qui le justifie. Ils discutèrent longtemps, amusés l'un de l'autre.

La soirée, d'abord menacée, fut un enchantement, et Rupert ne supportait pas l'idée qu'elle cesse déjà. Arthur non plus puisqu'il déclara en reposant la petite tasse vide de son expresso :

— Et si nous découchions ? Attends... Je viens d'avoir une très bonne idée. J'emmène le docteur Nigel dans un endroit de perdition, de quoi faire hérisser ses jolis cheveux sur sa tête.

— Quoi ?

— The Duke. Un bar cuir, à Roxbury, dans Cabot Street.

— Tu fréquentes ces endroits ? couina presque Rupert, dans un mélange de réprobation bon teint et de curiosité mal acceptée.

— Parfois. Ils sont plutôt chaleureux et distrayants. Contrairement à ce qui se passe dans la vraie vie, on n'y tabasse et on n'y viole que des gens consentants, tu ne savais pas ?

Le chauffeur de taxi, un bon gros livide de sa soirée de boulot dans une ville qui mute à la nuit tombée, fit quelques difficultés pour les déposer à l'adresse qu'indiqua Arthur. Mais un sourire et la vue des dix dollars de pourboire le convainquirent. Rupert était si bien, Arthur, appuyé contre la cloison de séparation en plexiglas de la voiture, ne le quittait pas du regard. Il regretta presque l'arrêt du véhicule.

Le coin était sinistre et cradingue. Rupert commença à regretter son mouvement d'extravagance jusqu'à ce qu'Arthur enveloppe ses épaules de son bras, murmurant avec cet accent lourd des rues :

— Pas de panique, chéri, je te protège des vilains garçons en casquette de cuir et bottes cloutées.

Rupert était sidéré par l'aptitude d'Arthur à se fondre dans le microcosme de la boîte bondée. Les charges de décibels propulsées par le hard rock rendaient toute conversation inaudible à moins de hurler, et encore. Ils n'étaient pas installés au bar, coincés au milieu d'une houle de gilets de cuir résiduels destinés à mettre en valeur des pectoraux et des biceps travaillés avec soin, que des convoitises sans faux-semblants entourèrent Arthur. Il s'en débarrassa avec une sorte de tendresse qui étonna Rupert.

Cinq whiskys plus tard, celui ci avait presque oublié ses préventions vis-à-vis de ce qu'il considérait au mieux comme une pathologie, au pire comme un vice inavouable. C'est vrai qu'ils étaient chaleureux, et même si pour rien au monde il n'aurait accepté un détour par la backroom située en diagonale de la grande arène de danse, aucun indice trop lourd ne lui avait donné envie de fuir. Il était un peu soûl, pas mal même. Arthur aussi, lui sembla-t-il. Envie de rentrer, de toucher ce ventre de ses lèvres, de sa peau. Envie de se noyer dedans. Arthur le lut dans son regard et se leva :

— On y va. On devrait trouver un taxi sur Columbus Avenue. Dix minutes de marche ne peuvent pas nuire à notre état.

L'homme parfait salua quelques rencontres de la soirée, promettant qu'il reviendrait. L'air frais du plein de la nuit fit grelotter Rupert. Arthur le serra contre lui :

— Tu as froid ? C'est l'alcool.

— Oui, je crois que je suis pas mal imbibé. J'opère demain.

— Ouh là... On va couper, la contre-allée débouche sur Ruggles Street, Columbus est juste à gauche. Et puis, gros dodo pour le docteur Nigel.

— Mais non... je...

— Non, non, je n'accepte pas la coresponsabilité d'une bavure médicale.

Rupert trébucha contre un couvercle de poubelle et gloussa en constatant que les murs des deux immeubles qui délimitaient l'étroite contre-allée se rapprochaient de lui en gondolant par endroits. Il bafouilla : « À moi les murs, la terre m'abandonne. » Arthur le propulsa gentiment devant lui, le retenant par les hanches lorsqu'il tanguait. Rupert parvint à articuler un « je t'aime tant » entre deux inspirations heurtées par l'ivresse. Arthur ne répondit pas. Il venait de se baisser pour récupérer un truc tombé derrière une grosse benne en plastique orange exhalant des relents de bouffe en décomposition qui firent remonter un trop-plein de whisky dilué de sucs gastriques dans la bouche de Rupert. Il attendait que son escorte lui reprenne la taille pour le guider vers l'avenue, jambes écartées pour résister au roulis qui lui interdisait de marcher droit.

Le coup le fit tomber à genoux, cracher une pénible régurgitation d'alcool qui l'étouffa, le suffoquant. Merde, qu'est-ce qu'il se passait ? Une phrase, juste une phrase, triste et tendre :

— Je suis désolé, Nigel.

Le second coup défonça l'écaille occipitale, à l'arrière du crâne. La mort fut instantanée, mais l'agresseur s'acharna sur le cadavre, martyrisant son visage, ses épaules et ses mains.

Un soupir, un choc sec sur le ciment de l'allée résonna dans le silence. Le marteau en acier bleuté ricocha avant de se coucher dans la mare d'urine libérée par le relâchement des sphincters. Arthur détailla l'union paresseuse de l'onde rouge dans le liquide jaune, plus aqueux. Il se pencha, dégrafa le bracelet de la précieuse montre de son ancien amant, puis fouilla dans sa veste, à la recherche de son portefeuille.

Il secoua la tête, désolé, puis rebroussa chemin, fourrant ses gants dans la poche de son pantalon.

Chapitre 9

Caroline Knight se laissa tomber dans le fauteuil en cuir bordeaux de la chambre de Brad Pierce. Le labo ayant collecté le moindre indice, elle pouvait fouiner à sa guise, sans prendre de précaution particulière. Oliver Davies avait refusé de l'accompagner, ce qui l'arrangeait, bien que la raison de son obstination l'intriguât. Quoi ? Peur de déplaire à Fairfax en cautionnant de son aide le « caprice » de sa partenaire, ou envie qu'elle se plante ? Sans doute un mélange des deux. Elle s'en tapait. Ces années dans la police l'avaient immunisée, lui permettant de développer d'efficaces anticorps contre l'hostilité des autres – les citoyens, les médias, certains collègues. Un franc et économique succès si on le comparait à l'échec de ses cinq ans de psychothérapie. Caroline était parvenue à concentrer son syndrome de « gentille-petite-fille- qui-ramène-des-bons-points-à-papa-maman-pour-être- aimée » sur un seul objet : Fairfax. On était encore loin de la grande maîtrise, mais les choses s'acheminaient vers l'habitable, du moins devenaient-elles plus gérables. Encore quelques efforts et peut-être admettrait-elle ce qu'elle avait compris. On ne peut pas racheter la parcimonie d'amour et d'attention.

Aucun bon point n'y suffit, si prestigieux soit-il. Grandir, c'est parvenir à faire le deuil de cette avarice injuste. C'est mener l'enfant qui pleure encore parfois vers une acceptation : le non-amour ne se transmute pas en précieux métal. Il restera ce qu'il fut toujours : terne, stérile, blessant. Espérer le contraire est un leurre dévastateur. La jeune femme soupira, lèvres pincées. De là à en faire enfin usage, il faudrait un petit miracle, mais pourquoi pas ? Elle réfléchit à ce salutaire ménage. Après tout, qui disait que les pénibles placards de sa mémoire n'avaient pas été entrouverts par les petites phrases sans complaisance, souvent drôles, parfois perfides mais toujours adéquates de sa psy, permettant au reste de s'y engouffrer ?

Caroline se releva, mains sur les hanches, réprimant un gloussement. Pour l'instant, papa-maman étaient donc Amy Fairfax. Le commandant aurait des suées d'angoisse si un jour elle comptabilisait le nombre de filles et de fils adoptants que lui valaient sa stature autoritaire mais aussi sa force fiable, et cette tendresse musclée capable de résister aux pires cauchemars. Knight devait faire plaisir à cette unique image paternelle-maternelle qui lui avait fait confiance en la soutenant, ce qui équivalait presque à de l'amour. En conséquence de quoi elle se bougeait les fesses, et plus vite que ça !

Elle se promena plus d'une heure dans le trois-pièces, ouvrant un tiroir, soulevant un matelas, retournant un livre ou une cassette vidéo afin de meubler les minutes qui passaient. Si quelque chose était important, elle ne le découvrirait pas dans un inventaire précis. Ce dernier avait été scrupuleusement mené par les techniciens du Boston PB et elle le connaissait presque par cœur. Ce qu'elle cherchait, c'était Brad Pierce, en s'aidant des « recettes » dispensées lors des formations dirigées par le FBI, notamment celles de ce type sombre et si ailleurs, comment s'appelait-il déjà ? King. John King.

Il ne s'agissait pas d'un meurtre crapuleux et bordélique, tout le lui soufflait. La porte n'avait pas été forcée, mais ouverte puis refermée, l'appartement n'avait pas été retourné et rien n'avait été dérobé. Selon toute vraisemblance, Brad Pierce avait ouvert à ses agresseurs, juste après être rentré chez lui puisqu'il n'avait pas eu le temps de se débarrasser de son imperméable. Pourquoi ? Les connaissait-il ? Il avait été abattu dans le couloir qui menait aux différentes pièces d'habitation. Elle demeura quelques instants debout devant l'entrée, le buste penché vers le tapis persan rouge sombre. La large ombre brunâtre abandonnée par le sang oxydé épousait les teintes du dessin géométrique. Ces mèches de laine et ces nœuds précis avaient absorbé la vie d'un homme. Elle s'avança vers le mur, évitant, sans même y penser, de poser le pied sur la tache. De jolies gravures orientales étaient suspendues des deux côtés de la porte palière. Une sorte de calife sur un âne, deux animaux, dont un ressemblant à un lion, au milieu d'une arène de spectateurs, une scène de cour colorée des vêtements de courtisans enturbannés. Caroline essuya d'un revers de main la poudre grise à empreinte qui recouvrait les cadres et les détailla. Toutes de même provenance, mais elle était incapable de la préciser. Elle les décrocha et revint vers le salon. L'opération qui consistait à arracher le gros ruban adhésif maintenant l'arrière du cadre plaqué contre la glace lui prit plusieurs minutes parce qu'elle craignait d'abîmer les gravures. Une petite carte imprimée était collée au dos de chacune. L'écriture était romaine mais n'évoquait rien. Elle lut : « Nasrettin Hoca II » au dos de l'homme chevauchant l'âne. Une main, peut-être celle de Pierce, avait tracé au stylo bleu : « miniature dont l'original se trouve au musée de Topkapi ». Le nom Topkapi lui évoquait vaguement quelque chose, un nom entendu un jour et dont la sonorité inhabituelle se retient. L'autre animal de la deuxième gravure était un buffle, c'était du moins ce que la main avait écrit : « Ali Celebi : Lutte entre un lion – cadeau du sultan de la Tunisie – et un buffle en présence de Bayezit II. Miniature dont l'original se trouve au musée de Topkapi. » La carte de la dernière gravure indiquait « Nakkas Osman » sans qu'elle devine s'il s'agissait de son auteur ou du personnage central, vêtu de rouge, raide en dépit de l'énorme turban surmonté d'une aigrette qui coiffait son crâne. La petite écriture bleue précisait : « Accession au trône de Mehmed I en Anatolie. Miniature dont l'original se trouve au musée de Topkapi ». L'Anatolie, c'est en Turquie, cela elle le savait grâce à un magnifique reportage sur les aigles qu'elle avait enregistré récemment. Des ombres noires, sereines et larges, nageant si haut sans presque d'effort. Si on lui avait posé le genre de questions idiotes qui terminent les molles soirées entre voisins : « si vous étiez une couleur ? », « si vous étiez un animal ? », elle aurait répondu sans hésitation : « Noir. Un aigle d'Anatolie. » Voler, voler très haut, au-dessus de la mêlée humaine dont elle ne comprenait toujours ni les rites ni les règles. Trompeter dans le ciel d'un bleu glacial pour le privilège de ce son sans limites, sans plus. Et puis fondre vers la terre, sans y abandonner d'autre permanence qu'un besoin de survie. Repartir aussitôt, frôler la cime des montagnes. Asociale, version fantasmophage, mais assez disciplinée pour fonctionner dans l'univers des humains. Un lourd diagnostic, une tare irréparable en ce siècle bavard où plus personne ne supporte l'autre mais où nombre tentent de se convaincre d'une parenté en multipliant groupes de parole, et interminables talk-shows dont le but inavoué est avant tout le monologue. Étaler soi et soi seulement. La logorrhée comme absolution, version égotiste des Indulgences, en plus pratique puisqu'on se les accorde. L'exhibition verbale comme démonstration normative. Le choix du silence soupçonné de perversité, catalogué comme maladie honteuse.

Ce gros type suant, lors du procès d'un voisin accusé du meurtre de sa femme. L'accusation reposait sur un fil ténu. Le gros type n'apportait aucune preuve, mais son « intime conviction » avait fait basculer un jury encore indécis. Le mari suspect était « asocial ». Il ne répondait au salut des voisins que par monosyllabes, n'invitant personne chez lui, ne participant à aucune des innombrables réunions de quartier, et évitant de s'attarder en papotages lorsqu'il sortait ses poubelles le soir. Devant cet accablant tableau clinique, signant à l'évidence une lourde pathologie psychiatrique, le doute concernant une culpabilité de meurtre prémédité avait vacillé, d'autant que l'accusé se tenait figé lors des audiences, sans effondrement ni larmes. Il avait plongé, pour vingt ans.

Caroline souhaita qu'aucun crime ne frappe son entourage. Pas une chance : elle se qualifiait à merveille comme asociale, silencieuse... sauf qu'elle avait appris à jouer son rôle dans la comédie relationnelle... Peut-être une petite chance.

Elle posa les gravures à plat sur la moquette gris anthracite et décida de reprendre sa visite. La pièce dressing-bureau-salle-de-sport-débarras l'intéressait. Il y régnait une sorte de désordre aimable qui laissait espérer des découvertes. Elle retourna tout, feuilletant les livres, ouvrant les boîtiers de CD qui traînaient sur les étagères en bouleau laiteux, retournant les pieds de lampe, scrutant chaque détail sans rien percevoir de nouveau. Elle passa dans la salle de bains. Pierce prenait soin de lui sans ostentation ni obsession narcissique. Du reste, ce qui étonnait le plus était ce manque de passion qui se dévoilait un peu partout. Ni collection, ni abondance étrange de photos de famille ou d'enfance, ni entassement d'ouvrages sur un cinéaste, la musique baroque ou les bonzaïs. Brad Pierce était-il véritablement l'homme aussi plat que le laissaient envisager son intérieur confortable, ses placements sérieux, les témoignages anodins recueillis sur sa vie, ses lectures ? Bien sûr, le romantisme délétère de la mort violente influençait Caroline. On a toujours le sentiment que seuls des êtres exceptionnels meurent sous la morsure d'une lame ou la perforation d'un projectile. Souvent à tort.

Elle avait soif et se dirigea vers la cuisine, espérant que l'eau n'ait pas été coupée. Elle ouvrit les placards situés au-dessus de la plaque de cuisson et de l'évier. Pierce était un homme organisé qui devait souvent prendre ses repas chez lui et aurait pu lui donner des leçons d'économie domestique. Des paquets de pâtes, de riz étaient soigneusement rangés à côté des corn-flakes, suivaient les épices, les condiments et le thon à l'huile d'olive. Une chouette petite épicerie à laquelle presque rien ne faisait défaut. Son regard tomba sur les piles nettes de Whiskers et de croquettes pour chats – celles de Jonah devenu Valentino – puis dévia vers le carrelage, la serpillière sur laquelle étaient posés la petite gamelle et le bol en plastique jaune. Elle s'accroupit et considéra le résidu marron encore odorant. Une pâtée à base de poissons, elle devenait connaisseuse grâce à l'intrusion dans sa vie d'une boule de poils soyeux. Elle avança la main vers l'assiette mais se retint de justesse. Une impulsion la jeta dans le salon. Caroline sortit le dossier cartonné de son sac à dos en vinyle noir et étala les photos sur la moquette. Elle les passa en revue, tentant de calmer la tension qu'elle sentait monter. Une photo de la cuisine dont le but était d'insister sur un évier libre de vaisselle. En bas à droite, l'assiette de Jonah. La bouffe était fraîche, on apercevait distinctement le jus beige-marron dans lequel baignaient les boulettes. Elle se précipita à nouveau vers la cuisine, ouvrant sans ménagement les portes des placards inférieurs. Un soupir de soulagement lui échappa lorsqu'une bouffée malodorante se répandit dans la pièce. Coup de bol, la poubelle n'avait pas été vidée. Elle répandit le contenu sur le sol, et, réprimant les haut-le-cœur que les remugles provoquaient, repêcha à l'aide d'une fourchette toutes les boîtes de conserve vides de nourriture pour animaux pour les fourrer dans un sac plastique, accompagnées de l'assiette et du bol. Lorsque l'assiette avait été photographiée involontairement par les gars du labo, la pâtée venait d'être versée. Brad Pierce n'avait presque pas mis les pieds chez lui de trois jours, selon les témoignages recueillis. Il portait toujours son imperméable lorsqu'il avait été agressé, preuve qu'il avait fait pénétrer chez lui ses agresseurs dès son arrivée. En d'autres termes, quelqu'un d'autre avait nourri le chat, avant ou après le meurtre. Un des agresseurs ? Après le meurtre ? Les mains maculées de sang ? Éclair de générosité vis-à-vis d'un chat paniqué par l'intrusion et les tentatives défensives de son maître, donc sans doute réfugié sous un meuble et invisible ? Non, on aurait retrouvé des traces, et les tueurs n'avaient eu qu'une hâte : quitter les lieux au plus vite. Alors avant, juste avant. Mais qui ? La personne qui l'avait hébergé durant ces trois jours ? Qui pouvait motiver un exceptionnel et frauduleux arrêt maladie chez un être aussi lisse et respectueux que Pierce ? Une femme ? Si cette personne était présente au moment de l'agression, pourquoi n'avait-elle pas tenté d'appeler au secours, pourquoi n'avait-elle pas été éliminée ? S'était-elle cachée dans la cuisine ou était-elle complice du meurtre ?

Caroline Knight ferma le sac poubelle du mieux qu'elle le put et se dirigea vers le téléphone. Le Boston PD avait relevé les messages du répondeur. Une confirmation de rendez-vous chez le dentiste et un appel de la secrétaire de Pierce pour l'informer que tout allait bien et que tous lui souhaitaient un court repos mérité. Merde, encore un de ces nouveaux appareils électroniques sans bande magnétique, vraiment muets une fois la touche d'effacement enfoncée.

Les flics du Boston PD étaient partis de l'idée que Brad Pierce avait été assassiné par des loubards déjantés ou faisant erreur sur leur victime. En tout cas, pas des petits casseurs à la recherche de cent dollars, d'une montre ou d'un poste de télé. Du coup, tous les indices avaient été analysés dans ce sens. Un biais courant, presque inévitable.

Reprendre tout de zéro. Et si Brad Pierce était bien la victime désignée ? Et s'il s'agissait d'un scénario méticuleusement préparé et exécuté sans fausse note ?

Elle composa le numéro inscrit à l'intérieur du dossier. Une voix agréable lui répondit presque immédiatement :

— Maggie Moran ? Je suis le sergent Knight, du Boston PD. Je me trouve en ce moment chez votre ancien patron, dans son appartement. J'aimerais vous poser deux ou trois questions.

La voix toujours affable mais beaucoup plus méfiante rétorqua :

— Écoutez... je ne mets pas en doute ce que vous me dites, mais d'un autre côté... Enfin, cela me gêne de répondre téléphoniquement à quelqu'un dont... enfin, que je ne connais pas.

— Et c'est tout à votre honneur. Je peux passer, ce n'est pas loin de la banque, ou alors vous rappelez le numéro de M. Pierce. L'appartement est sous scellés... peu de gens peuvent s'y introduire maintenant, à part des flics.

Soulagée, la femme accepta :

— Je vous rappelle tout de suite.

Caroline décrocha avant que ne se termine la première sonnerie.

— C'est bien moi. Vous êtes prête ?

— Oui, bien sûr, mais j'ai déjà répondu à vos collègues et...

— C'est une autre approche. Lorsque vous avez vu M. Pierce pour la dernière fois, il passait en coup de vent à son bureau, c'est bien cela ?

— Oui, il avait été absent la veille, et je m'étais un peu inquiétée jusqu'à ce qu'il m'appelle au début de l'après-midi. Ce n'était vraiment pas dans ses habitudes.

— Quel sentiment vous a-t-il laissé ? Je veux dire, semblait-il malade, tendu, angoissé ?

— Non, pas du tout. Il était pâle, ce que j'ai mis sur le compte de son malaise passager, mais plutôt serein, presque joyeux. (Un petit rire timide parvint à Caroline.) Cela, c'était inhabituel. Il faut vous dire que Brad n'était pas un boute-en-train. C'était un garçon sérieux, travailleur, mais bon... pas l'idéal pour une sortie. Pourtant, je trouvais qu'il allait mieux depuis quelque temps.

— Depuis combien de temps ? Qu'il allait mieux, comment cela ?

— Oh, depuis pas mal de temps, deux trois ans, je dirai... Attendez... au retour de son dernier beau grand voyage, c'est cela. On aimait tous les deux les beaux voyages. Il était moins... lourd, pesant. Avant, on avait toujours l'impression qu'il portait le monde sur ses épaules, vous voyez ce que je veux dire ?

— Oui, je crois. C'était quand ces vacances ?

— Je ne me souviens plus bien, je dirai deux ou trois ans.

— Où ?

— Un grand périple au Canada, retour par le Montana et autres.

— Et donc, lorsqu'il est passé la semaine dernière…

— Il avait l'air fatigué, mais paisible, je ne sais pas comment dire. À tel point que je me suis dit que sa journée de repos lui avait fait le plus grand bien.

— Vous n'avez pas la moindre idée d'où il a pu passer ces trois dernières journées ?

— Pas la moindre, j'ai été surprise lorsqu'un de vos collègues m'a posé la même question. Ce n'était pas le genre à découcher, Brad. Plutôt casanier. Je crois qu'il aimait bien son petit train-train quotidien. Le café-journal chez Sully en bas tous les matins, le bureau, une pause d'une heure le midi qui lui permettait de déjeuner chez lui, à nouveau le bureau jusqu'au soir. Il faisait partie de ces gens que l'impondérable perturbe.

— Je vois. Selon vous, avait-il une liaison ou des passades ?

— Sans doute, enfin je le souhaite, mais Brad ne parlait jamais de ses affaires personnelles. Les conversations se limitaient aux films que nous avions vus, à nos petits achats, aux grands voyages qu'on rêvait de faire et plus récemment aux bêtises du chat. Pour tout vous dire, je ne crois pas qu'il m'ait jamais parlé d'une fille ou de sa famille.

— Il était hétérosexuel ?

— Je ne me suis jamais posé la question. A priori, je répondrais oui. D'un autre côté, les banques d'affaires ne sont sans doute pas les milieux les plus progressistes de la planète. Si cela n'avait pas été le cas, il aurait eu tout intérêt à ne pas le divulguer.

D'autres questions n'apprirent rien de plus à Caroline, aussi prit-elle congé d'une Maggie qui bien qu'ayant travaillé plusieurs années avec cet homme, paraissait vaguement peinée par sa mort. Sans plus.

Une impression fugace et pas très réconfortante. Le sentiment que ce Brad Pierce avait effectué un passage éclair sur la planète sans y abandonner beaucoup de lui-même.

CHAPITRE 10

Sous l'œil réprobateur de quelques hommes assis non loin sous une tente, John King aida l'adolescente bédouine, orpheline de sa petite fille, à débâter une chamelle rétive.

Tout chez ces animaux l'impressionnait : leur morgue caractérielle, leur solidité, et leur odeur si tenace qu'elle se déposait sur vos mains ou vos vêtements pour s'y incruster durant des jours.

Les cordes tissées qui retenaient les lourds paquets lui meurtrirent les doigts, mais la très jeune fille avançait sans plier et il s'efforça de calquer son allure. Une sueur presque fraîche dans la fournaise de ce début d'après-midi lui trempa le dos et le ventre, collant son tee-shirt à longues manches contre sa peau.

Lorsqu'ils eurent fini d'empiler les paquets et les boîtes à l'entrée d'une des tentes, elle le remercia d'un léger signe de tête et d'un regard châtaigne parsemé d'éclats dorés, sans sourire. Se désignant de la main, elle annonça :

— Ouarda.

— John.

Ses mains se joignirent à hauteur de sa bouche, puis s'évasèrent en pivotant doucement, comme deux pétales. Elle répéta :

— Ouarda.

— Fleur ?

Elle disparut sous la tente.

Il hésita mais ne la suivit pas. À quoi bon ? Elle n'aurait pas envie de lui parler, du reste qu'aurait-elle pu lui dire qu'il ne sente déjà ? Il risquait au contraire de lui attirer la désapprobation des hommes et des autres femmes.

John King chercha un endroit ombré à l'écart et s'installa assis en tailleur, attendant il ne savait trop quoi. Depuis combien de temps était-il ici, quelle heure au juste pouvait-il bien être ? Quelle importance ?

Sa mémoire vagua, filtrant quelques morceaux épars de son passé. Il lui sembla qu'elle lui ramenait surtout des visages, des histoires de femmes. Magdalena de Boston, Lucy de Central Park, Emily de Portland Maine et, bien sûr, Isabel-Sok Bopah de quelque part au Cambodge. Un homme à femmes, de femmes, même s'il était un homme abandonné par le désir de chair. Elles étaient la seule chose qui lui donnât encore parfois envie de rire ou de sangloter. Rire pour le miracle de leurs folies, de leur force, et de leur amour que rien n'avait amoindri, et puis aussi sangloter sur leur courage.

Une frêle chimiste thaïlandaise qui bravait les multinationales pour imposer des médicaments génériques contre le sida. Une Américaine abattue parce qu'elle tentait de préserver un peu de la perfection de gorilles dont on tranchait les mains pour en faire des cendriers à touristes. Une petite blonde française, médecin, cramponnée au bébé qu'elle tenait contre elle – petit masque ridé et décharné de presque mort –, ne reculant pas devant les mitraillettes pointées vers sa tête. Ce fantôme bleu, une caméra dissimulée sous sa burka, risquant la lapidation pour témoigner de l'exécution d'une autre femme, à genoux dans un stade afghan. Tant d'autres qu'il ne connaissait pas, dont il ignorait les victoires ou les assassinats.

Il n'y aurait pas de bout, encore moins de révélation. La femme Nelle l'avait sans doute senti, elle qui ne venait rien chercher, juste donner ou rendre un peu. Au fond, ce n'était pas pour cela que John King avait fait ce voyage. Jamais le fol espoir d'une élection de cet ordre ne l'avait effleuré, peut-être même la redoutait-il. Le fantasme d'une conviction, de l'inébranlable certitude, enfin, qu'il ne s'était pas fourvoyé l'avait motivé. Ne persistait aujourd'hui que la crainte de l'avoir ratée de peu.

Il y aurait encore des mois de chaleur, de soleil incendiaire lorsqu'il se réverbérait sur les pierres de mica. Il y aurait encore sa peau de Blanc craquelant de déshydratation, gerçant à saigner. Le désert n'était même plus hostile. Il n'était rien d'autre que l'amplification sans pitié de ce qu'il y avait déposé.

Ce qu'il devait apprendre s'était proposé à son entendement, il en était maintenant convaincu. Tant pis pour lui s'il avait été incapable de le comprendre, de s'en saisir.

John King décida de rentrer.

Chapitre 11

Caroline referma la porte derrière elle et recolla avec soin la bande jaune et noir des scellés.

Elle descendit par l'escalier, se donnant le temps de reconnecter son portable et son *biper*, lequel résonna instantanément. Davies ! Davies ne supportant pas son absence alors qu'il avait refusé de l'accompagner, la soupçonnant peut-être de se planquer au fond d'une salle de cinéma pour passer le temps !

Elle forma son numéro et beugla dès qu'il décrocha :

— Quoi encore ?

— Rien, si ce n'est que pendant que tu perds ton temps, je me retrouve avec un nouveau macchabée issu de la notabilité bostonienne sur les bras.

— J'arrive. Je passe d'abord au labo. Je suis en bas de chez Pierce, dans Tremont Street.

— Ouais, c'est cela, rapplique si ça ne te fait pas un trop grand détour.

Elle murmura un « fais chier… » qu'il dut entendre puisqu'il raccrocha sur un « et réciproquement ».

Il l'attendait, le derrière posé sur le bord de son bureau, les bras croisés sous sa poitrine, une cigarette aux lèvres, pliée d'avoir été mordue.

Caroline déposa son sac à dos sur sa chaise et se tourna vers lui :

— C'est qui ? Quand ? Comment ?

— T'as qu'à lire le rapport papier. J'assure pas ton secrétariat, Knight.

— Et moi ni le ménage de tes cendriers dégueulasses ni tes vapeurs de gueule d'empeigne !

Il persifla :

— On s'aime bien, hein ?

À quoi elle répondit en plongeant dans la lecture des quelques feuilles :

— Ouais… ça va finir par un mariage, je le sens gros comme une maison.

Rupert Linklater, 34 ans, chirurgien. Bostonien de souche, famille très aisée, père médecin, mère avocat. Brillantes études de médecine, puis de spécialisation. Un long stage en cardiologie à l'hôpital St. Hope du Colorado, un autre à Vienne, Autriche, en chirurgie digestive, un poste de chef de service à la clinique Curtis de Boston, puis rapidement la direction au décès de son prédécesseur et propriétaire de l'établissement, le docteur William Fowles, deux ans auparavant. La clinique Curtis jouissait d'une excellente réputation. Menacée un temps par le déferlement de nouvelles techniques nécessitant la mise en place d'appareils très onéreux et d'un personnel qualifié, elle avait vite remonté la pente grâce à la création d'un des meilleurs services de chirurgie plastique ou reconstructrice de la côte Est. Caroline se souvenait que sa petite sœur avait ouvert deux ou trois ans plutôt dans le New Jersey.

Rupert Linklater ne cachait son homosexualité ni à sa famille ni à ses proches amis. Il avait été retrouvé à l'aube par des éboueurs. Il gisait dans une contre-allée de Roxbury, non loin de Ruggles Street, le crâne, le visage, le haut du corps et les mains défoncés par des coups violents, sauvages. Il avait été dévalisé, sans doute le mobile du meurtre. La proximité du Duke, une boîte cuir qui ne recrutait pas parmi les touristes en mal de frissons inoffensifs, mais faisait dans la clientèle d'initiés, avait été vite rapprochée des orientations « alternatives » de Linklater. Le mot faisait toujours sourire Caroline, lui évoquant un courant électrique : continu *versus* alternatif. L'art d'éviter de nommer un chat. Comme cette mère de famille new-yorkaise qui avait protesté après avoir constaté que les plus grands textes classiques destinés à l'éducation de son enfant étaient épurés de toute connotation raciale, religieuse, sexuelle ou sociale. Un texte d'Isaac Singer, décrivant une scène entre femmes juives, frisait l'ubuesque, « femme » et « juive » en ayant été gommés. La raison de ce massacre littéraire valait son pesant d'aspirine : ne pas heurter les sensibilités des groupes concernés. À quand la Bible sans juif, sans Égyptien, sans chrétien, sans homme ni femme nommés, sans riche et sans pauvre ? Si l'hypocrisie verbale et son maniérisme suffisaient à asphyxier les discriminations, à ouvrir la conscience et la bienveillance humaine, la chose aurait eu des répercussions depuis pas mal de temps !

Les deux propriétaires du Duke avaient été convoqués dans les locaux du Boston PD pour le lendemain après-midi. Caroline se demanda s'ils se présenteraient en civil ou en vêtements « professionnels », et gloussa à la pensée du planton voyant débouler de gros pectoraux gonflés, sanglés dans des harnais de cuir noir et pourquoi pas des chaps dénudant des fessiers conquérants.

Les tests avancés faisaient état d'un taux d'alcoolémie très élevé chez la victime. Le reste de la toxico suivrait plus tard.

Caroline Knight leva la tête. Davies n'avait pas bougé, la détaillant avec une moue qu'elle identifia comme du déplaisir mâtiné de mépris.

— Pourquoi tu devais passer au labo ?

Elle répondit d'un ton plat, en posant son sac devant elle :

— Parce qu'il le fallait.

— C'est au sujet de Pierce.

— Quel pouvoir de déduction !

— Tu as trouvé quelque chose ?

— T'occupe ! Je suis une conne obstinée qui n'en fait qu'à sa tête, qu'elle a bien plus petite que le grand cerveau de son binôme ? Eh bien, on le joue comme ça ! (Teigneuse, elle poursuivit.) Ce n'est pas ton enquête. Je ne ramène pas de juteux nonosse à mon partenaire pour qu'il se pavane. Je bosse seule sur ce coup et je n'ai de comptes à rendre qu'à Fairfax, vu ?

Un silence accompagné de la crispation nerveuse des maxillaires de Davies lui répondit d'abord. Enfin, il siffla :

— Vu. Démerde-toi.

Suave, elle susurra :

— Merci, ô grand chef blanc. Votre autorisation fait toute la différence... je respire.

Il tira une cigarette du paquet plaqué dans sa poche de poitrine, l'alluma avec une lenteur destinée à exaspérer Caroline, puis jeta le briquet sur son bureau avant de quitter la salle.

Rigolo. C'était de notoriété publique : les filles vont au charbon pour obtenir la reconnaissance et les compliments des flics mecs, prouver qu'elles ne sont pas des poules mouillées. Pourtant, en termes d'avancement, ce sont surtout eux qui en profitent le plus... Sans elle. Elle avait déjà donné. Sans doute aurait-elle continué sur cette lancée pour le bénéfice de Barry Watson, mais elle était amoureuse de celui-là, donc prête à s'écraser. Pas Davies. Elle ne jouerait pas le rôle de l'« assistante », de la « collaboratrice », bref, une doublure sans identité. Elle n'aimait pas Davies, pas du tout. À ses yeux, il s'agissait d'une justification suffisante pour revendiquer la maternité de son boulot.

Elle s'absorba dans la rédaction d'un rapport destiné au commandant où elle relatait télégraphiquement ses impressions au sujet de la visite de l'appartement de Pierce, et commentait les analyses qu'elle venait de requérir auprès du labo. Élargissement du quart inférieur droit d'une des photos de la cuisine avec augmentation numérique des contrastes, analyse d'humidité et d'empreintes de l'assiette et du bol du chat. Pour faire bonne mesure ou ajouter la goutte légendaire qui ferait déborder le vase de Davies, elle conclut par sa plus récente trouvaille, née quelques secondes plus tôt : la famille Fowles. Elle expédia le rapport à l'adresse e-mail d'Amy Fairfax et leva les yeux, un peu gênée. Davies était revenu de sa promenade toilettes-fumoir. D'accord, elle venait de lui faire un enfant dans le dos, et outre qu'elle n'en était pas aussi satisfaite qu'elle l'avait espéré, il risquait d'assez mal le prendre. Après tout, c'était de sa faute. À force de lui chercher des poux dans la tête, il la rendait mauvaise.

— J'ai expédié mon rapport à Fairfax concernant Pierce. (Elle minimisa, consciente de l'infantilisme de sa minuscule revanche.) Ah... tu n'étais pas là... J'en ai profité pour lui faire part de mon étonnement... Fowles, le docteur, apparaît dans les deux meurtres : celui de Valerie Rumbelow et celui de Linklater. Je sais... Selon toi, tous ces notables friqués se connaissent, mais quand même, Boston n'est pas un mouchoir de poche.

Il se raidit et aboya :

— Quoi ?

— Boston élargi à ses immédiates banlieues compte plusieurs millions de personnes.

— Pas ça... Fowles ?

— Son nom est plus ou moins directement impliqué dans les deux enquêtes. C'est d'autant plus remarquable qu'il est décédé deux ans auparavant.

— Bordel, tu ne pouvais pas m'en parler ?

Agressive parce qu'elle se sentait coupable, elle hurla :

— Lequel des deux n'est pas rémunéré pour faire le secrétariat de l'autre ? T'as qu'à suivre tes conseils et lire les rapports.

Oliver Davies la foudroya du regard et lâcha :

— Ça ne t'ennuie jamais de te conduire comme une collégienne ? Tu n'as jamais envie de devenir une femme certains jours ?

Toujours hargneuse, elle rétorqua :

— Ça veut dire quoi dans ton lexique ? C'est synonyme de « victime consentante » ?

Il respira avec lenteur et s'étira dans son fauteuil avant de répondre d'un ton las :

— Victime consentante ? Tu sais, il y a environ deux ans, j'ai rencontré une femme, Isabel, une survivante des camps khmers, une guerrière. Putain, quelle bonne femme ! Elle est morte, une fois qu'elle a eu terminé ce qu'elle avait à faire. C'était comme cela qu'elle l'avait décidé. Ils sont tous morts, d'ailleurs. C'est toi et ta pauvre cloche de Watson qui avez découvert le corps d'une des victimes de son fils, à Harvard Square. Quand je sens que je glisse, je pense à elle, ça va tout de suite mieux. Dans la famille « grandes bonnes femmes », je peux aussi te sortir la mère Fairfax, plus quelques autres que tu ne connais pas... Tu n'as aucun gène commun avec cette race-là, Knight, ou alors tu les planques bien. Tu es une sale pisseuse. Tu as voulu me plomber auprès du commandant, c'est cela ? (Il réfléchit et poursuivit.) Tu crois que parce que tu seras aussi nulle que les enfoirés mâles qui sont prêts à vendre leur âme ou leur mère pour arriver, tu deviendras quelqu'un ? Après tout, pourquoi pas, ça se voit tous les jours dans le camp des mecs... (Il se leva et lança.) Bon, je vais prendre l'air. Tu veux savoir pour quelle raison ? Parce que tu es quand même de genre féminin. La preuve, c'est que mon vieux m'a toujours seriné qu'on n'aplatissait pas son poing sur la gueule d'une femme, à moins d'être un pauvre type... quoi qu'elle ait fait. Et je ne suis pas un pauvre type, enfin du moins pas dans ce sens-là.

Caroline Knight le fixa, le visage rigide, regrettant qu'il ne se rue pas sur elle pour lui assener le fameux coup de poing du pauvre type, ou qu'il ne l'insulte pas, si possible de façon ordurière. Une réaction violente, identifiable, qu'il faut parer, pas ce mépris dévastateur. Un truc glacé avait pris d'assaut son crâne depuis quelques secondes et elle avait envie de vomir, de pleurer, de disparaître. Elle articula :

— Fowles. William Fowles. Médecin, chirurgien. Grosse fortune. Propriétaire de la clinique Curtis, c'était le nom de jeune fille de sa mère. Premier mari de Valerie Rumbelow, père de sa fille. Employeur de Rupert Linklater, lequel a pris sa succession après son décès dans un accident de voiture, il y a deux ans.

— Tu as raison, j'aurais dû me consacrer davantage à mes devoirs. Merci, Knight.

Lorsqu'il revint moins d'un quart d'heure plus tard, Caroline n'avait pas bougé de son siège. Le col de la chemise bleue de Davies était trempé et ses cheveux bruns luisaient de l'eau dont il s'était aspergé le visage. Sans prêter attention à sa coéquipière, il s'installa derrière son bureau. Inerte, elle le vit décrocher le téléphone, l'entendit plaisanter en dépit de son visage de fin du monde :

— Bonjour Ruth, comment allez-vous ?.... Oh, je suis sûr que vous exagérez... Ce n'est pas très agréable les femmes planche à pain, vous savez. Trois kilos ? Mais ce n'est rien, vous supprimez les gâteaux et, en quinze jours, tout redevient normal... Voilà, Ruth, je me demandais si, à titre exceptionnel, vous ne pourriez pas me coincer quelques minutes d'entretien avec le commandant... Je sais... je sais qu'elle est surbookée, mais je n'abuserai pas, je vous le promets... Bof... juste lui demander de trouver un coéquipier plus performant que moi pour Knight. Elle a de l'avenir et j'ai le sentiment que le mien est derrière moi, un peu *has been*, quoi... D'accord... Vous êtes une perle... Si, si, j'insiste... Je monte.

Caroline suivit la scène comme dans un rêve, n'osant pas ouvrir la bouche parce qu'une absurde sensation de soif lui collait les joues contre les gencives. Son cœur cognait si fort qu'elle s'étoufferait avant d'avoir pu prononcer une phrase complète. Davies enfila la veste qui pendait au dossier de son fauteuil et passa une main dans ses cheveux. Il quitta le bureau sans un mot, sans même un autre regard.

Dix minutes plus tard, elle sanglotait toujours au-dessus de la cuvette des W-C dans lesquels elle s'était enfermée. Les spasmes qui lui avaient pulvérisé l'estomac s'atténuaient. À un moment, elle avait eu l'idée saugrenue de débouler dans le bureau de Fairfax, afin de s'excuser platement. C'est une chose de balancer des vacheries à un coéquipier, c'est même une stratégie qui vise à maintenir un semblant d'individualité. C'en est une autre, très différente, de lui savonner la planche sans provocation de sa part.

Caroline se contempla dans le long miroir qui surmontait les trois lavabos scellés au mur, se mouchant dans des feuilles de papier hygiénique. Pas les mêmes gènes que Fairfax ou cette Isabel. Bordel, il aurait été plus digérable de s'entendre traiter de salope, de connasse, ou d'enfoirée. Ce sont les mots-refuge de la hargne et ils ne veulent plus rien dire à force d'avoir été employés pour blesser et soumettre.

Lorsqu'elle revint à son bureau, Davies pianotait devant son écran. Le petit témoin rouge de son poste téléphonique clignotait. Un message de Fairfax, en direct : « Knight, je vous attends immédiatement dans mon bureau. »

Dans l'ascenseur qui la conduisait à l'étage des chefs, elle espéra que Davies s'était répandu en reproches à son égard… sans parvenir à y croire. Ruth la fit pénétrer sans commentaire dans le bureau du commandant.

Fairfax se tenait droite, une épaule appuyée contre le double vitrage blindé de la baie. Glaciale, elle attaqua :

— J'ai eu votre rapport par mail. Bon boulot chez Pierce. Knight, vous allez m'épargner les conneries avec Davies, parce que, pour tout vous avouer, je n'ai pas trop le temps. C'est un excellent flic et un type bien. C'est pour cela que j'ai constitué votre équipe.

Caroline tenta sa dernière carte :

— Il s'est plaint de mon travail ?

Un silence, puis Fairfax s'avança vers elle :

— Il vaudrait mieux la jouer repentante, Knight, à moins d'une appétence particulière pour les emmerdements ! Non, il ne s'est pas plaint de vous, au contraire. Il a émis l'avis qu'il vous freinait. Sans entrer dans des détails qui ne vous concernent pas, à moins de confidences de sa part, il a invoqué son actuel marasme conjugal et paternel pour vous chercher des excuses.

Sans quitter son officier des yeux, Fairfax rejoignit son fauteuil et s'y laissa tomber avant de poursuivre :

— Knight, vous êtes jeune, mais je crois que vous êtes un bon élément. À moins de problèmes fragilisants donc menaçants pour tous, nous sommes ici dans un département de police. Pas dans un groupe de psychothérapie. Davies réagit avec courage afin que ses crabes personnels ne perturbent pas son boulot de flic, je vous demanderai de trouver le même. Davies n'est pas un sale macho. Je le saurais et, croyez-moi, je ne l'aurais pas raté. J'ai le pouvoir et je m'en sers, mais j'ai appris comment éviter les conneries les plus traditionnelles. Je ne vais pas vous resservir le couplet sur l'absolue nécessité des équipes de flics, la complémentarité et surtout cette force, lorsque le partenaire, n'importe lequel du binôme, cramponne l'autre pour l'empêcher de déraper, lui tient la tête hors de l'eau le temps qu'il se reprenne. C'est pourtant la vérité, et ce n'est une nouvelle ni pour vous ni pour moi. Ce sera tout, Knight. Agissez en conséquence.

— Bien, madame.

— C'est un acquiescement ?

— Oui, madame.

— De simple obéissance ou de compréhension ?

— De compréhension, madame… Merde, je me suis conduite comme une nulle… la totale !

— Pas la totale puisque vous allez me récupérer tout cela. Merci, Knight.

En dépit de l'envie qu'elle avait d'appuyer sur la touche du rez-de-chaussée et de rentrer chez elle, de prendre une douche, une cuite et de se coucher dans cet ordre, elle s'arrêta au troisième.

Des hormones, Knight, des hormones et on y va, on se démerde avec les nullités qu'on a pondues. Elle se planta devant le bureau de Davies qui ne leva pas la tête de ses dossiers.

— Si tu peux me consacrer quelques minutes… Euh… je voudrais te parler, Oliver.

L'utilisation très inhabituelle de son prénom le tira de son inertie. Son air défait, si triste, ne lui facilita pas le travail.

— Je me... enfin, je m'en veux et je te prie d'accepter mes excuses. Je me suis mal conduite... pas seulement aujourd'hui.

— Non... C'est de ma faute. Je n'aurais jamais dû tolérer ce genre de relation conflictuelle. Je voulais sans doute avoir le dernier mot, je l'admets. À ma décharge, je trouvais cela plutôt marrant au début, et surtout, je n'ai jamais pensé qu'on en arriverait à ce point d'animosité. Fairfax t'a trouvé un autre coéquipier ?

— Non. Je ne l'ai pas souhaité. De toute façon, elle ne l'a pas évoqué.

Elle décida de se porter l'estocade :

— Ça m'a fait chier ce que tu disais au sujet de Barry Watson... Parce que tu avais raison. C'était un gentil crétin, mignon mais crétin quand même. Sauf que sur le moment... enfin, bref, je voulais te le faire payer.

— C'était réussi.

— Oui, la démolition ça me connaît... je l'ai longtemps pratiquée sur moi... Et puis aussi... ton divorce.

— Mon divorce ?

— Oui, ton silence à ce sujet, pas un mot. Comme si j'étais infoutue de comprendre, comme si j'étais inexistante et que je ne pouvais t'être d'aucune aide.

— C'est pas toi qui répètes que les gens se répandent, qu'ils s'écoutent parler à tort et à travers ?

— Si... Mais il existe sans doute un juste milieu. Je veux dire certains silences sont préférables, d'autres vous intoxiquent et finissent par vous pourrir la tête.

Le front de Davies plongea vers son bureau, son poing s'abattit avec une telle violence sur la plaque en aggloméré marron qu'elle sursauta, redoutant qu'il ne se soit pété quelque chose. Elle l'entendit murmurer :

— Bordel... Elles me manquent... J'en veux tant à Rebecca. Je ne l'ai pas vu venir, pas un instant ! (Il releva la tête et tenta une boutade.) J'ai bien Sly, mais son vocabulaire est limité et, une fois qu'il a bien bouffé, il part dormir... Je me sens comme un vrai con dans cette maison, le soir. Le pire, c'est que je ne sais plus lequel des deux a fait faux bond à l'autre. Au début, c'était plus simple, j'étais certain que c'était elle la fautive... J'ai cru qu'elle était heureuse, satisfaite parce que j'étais un bon mari, un gentil père, présent et tout. On vivait confortablement, enfin... pas de gros problèmes. Tu sais, Caroline, il n'y a jamais eu d'autres femmes dans ma vie. Juste deux ou trois nanas, des soirs difficiles, rien d'autre. Elle ne s'en est jamais doutée, parce que ce n'était que cela : un pansement ponctuel. Parfois, il vaut mieux que le corps se lâche, que ça reste épidermique avant de creuser plus loin, plus dur. C'est moins grave parce que ça passe vite... Je ne prétends pas que c'est une excuse. Au fond, je crois que j'ai fait l'impasse sur le rêve... Je ne savais pas. Tu comprends ?

— Oh oui... Le rêve, mais parfois, on oublie que ce n'est que cela. Et puis qui dit que si nos rêves se réalisaient enfin, nous ne serions pas terriblement déçus ? Écoute... euh... je me demandais...

Elle regarda, étonnée, le mouchoir en papier qu'il sortait du paquet rangé dans son tiroir, qu'il avançait vers son visage pour essuyer sa joue, sans qu'elle songe à se reculer. Elle avait à peine eu conscience qu'un truc mouillé traçait son chemin le long de son nez. Curieusement, elle en fut soulagée et poursuivit en reniflant :

— Je me demandais si tu voulais revoir le chat, comment il est installé ?

— Le chat ?

— Oui, ex-Jonah, ex-Fish, Valentino, quoi. Je fais bien certains trucs. À bouffer. Ça me ferait plaisir que tu viennes dîner, on aurait plus de temps pour parler.

Il considéra le mouchoir en papier comme si de ses fibres naissait la réponse, et accepta :

— Ça marche, quand ?

Un début d'allégresse, d'envie de se bouger calma aussitôt le chagrin de Caroline. Elle embraya :

— Ce soir si tu veux... Je ne te ferai pas mon *very best*, faute de temps, mais je peux nous concocter un petit dîner sympa quand même.

— Avec plaisir... je veux dire, ça me fait vachement plaisir. J'apporte le vin.

Lorsque Oliver Davies se réveilla le lendemain, il lui fallut quelques secondes avant de récupérer l'usage de ses neurones. La pièce au milieu de laquelle il avait dormi ne lui rappelait en rien le désordre pénible de sa chambre ou de son *dining room*. Il était couché dans le canapé de Caroline. Il se redressa et la barre qui lui plombait les tempes et la racine du nez le fit gémir. Très prometteur indice d'une sacrée gueule de bois. La journée serait pénible.

C'était une pièce agréable, dont le sol recouvert d'une moquette bleu-gris s'égayait de tapis mexicains dans les tons jaune et brique. Des lithographies chinoises, la plupart figurant des poissons stylisés, occupaient les murs. Il redécouvrait l'espace, ayant conservé un souvenir assez flou de la fin de soirée.

Une vague odeur l'intrigua. Son regard tomba sur le relief coloré amassé à la surface de la table basse en chêne clair. Un grand saladier dans lequel achevait de dessécher un reste de salade au thon, au céleri et aux pommes acides, une multitude de petits os rougis de sauce piquante, derniers vestiges des *spare ribs* qu'ils avaient engloutis, une petite pile d'assiettes, dont l'une écœurante de débris de mégots et de cendres. Knight devait, elle aussi, être pas mal imbibée pour avoir toléré ce délit majeur d'invité. Les cadavres de deux bouteilles de merlot et l'agonie de la dernière en témoignaient. Il se souvint qu'elle avait pouffé lorsqu'elle avait sorti le vin du grand sac en papier marron :

— Tu crois vraiment que nous allons descendre trois bouteilles de vin ?

Peut encore mieux faire, mais de bonnes dispositions d'ivrogne !

Bien que les détails de la fin de soirée lui échappent pour cause d'éthylisme, Oliver avait passé un excellent moment. La comparaison avec toutes les heures minables de débâcle domestique et personnelle qu'il subissait depuis des mois jouait en faveur de Caroline, mais quand même. À un moment, elle avait dit un truc qui l'avait bouleversé. C'était quoi déjà ? Ah oui, elle parlait de Barry Watson, du reste cette parfaite nullité avait pas mal alimenté leur conversation. Elle commençait à chercher ses phrases et à buter sur les mots, aussi avait-elle prononcé avec application :

— Tu sais… Toute ma vie je me suis dit que je voulais être quelqu'un, pas juste l'accessoire d'un autre être. C'est sans doute parce que j'ai été celui du couple de mes parents... Ils s'aimaient si fort... il ne restait plus beaucoup de place... Pour mon frère non plus. (Un hoquet.) Pardon... Bon, on s'en fout, c'est pas là que je voulais en venir. Donc, je voulais exister. Je ne voulais pas concentrer toute mon énergie à chasser un mec et à le garder. Pas comme toutes les gonzesses de mon bled. Être une personne à part entière, quoi. Dire que j'étais prête à abandonner ce but, mon identité, mon boulot, mon nom et même mon prénom pour devenir Mme Barry Watson ! Il n'a pas compris. En fait, il cherchait une sorte de recette idéale mélangeant les ingrédients de base : sa mère et ses deux sœurs. Rien à voir avec moi. Je vais te dire, je devrais brûler des cierges en remerciement de son aveuglement. (Elle avait rempli leurs verres à ras bord, fronçant le front en proie à une interrogation déroutante.) C'est un truc de nana, ça, tu crois pas ?

Oliver Davies avait liquidé la moitié du verre avant de répondre, avec la pesanteur et le sérieux caractéristiques des philosophies de soûlots.

— Non. Je crois pas... Ça se manifeste pas pareil chez les mecs, mais au fond, c'est la même chose. Moi, je ne voulais pas non plus rester Oliver Davies après mon mariage. Je voulais être le mari de ma femme, le père de ma fille et le meilleur ami de mes meilleurs amis. Je voulais être un bon flic du Boston PD, un honorable citoyen de mon pays, et le voisin compétent de mes gentils voisins. En fait, je voulais faire comme mon père et sans doute son père avant... Ça manque un peu d'imagination, je sais.

Soudain terriblement triste, il avait levé la fin de son verre, saluant dans le même geste la jeune femme assise en tailleur devant lui et l'anéantissement de son projet, avant de conclure :

— Tu vois… je crois qu'on a tous besoin d'appartenir. On a tous besoin de se bercer de l'illusion qu'on est crucial. Ça peut prendre des proportions très héroïques, mais pour la majorité d'entre nous c'est une bonne petite vie dont on se dit qu'on lui a permis de voir le jour et de grandir… Ma liberté me fait chier, Caroline. J'aime pas ma liberté, je sais pas quoi en faire. Elle est moche, triste et elle sert à rien ni à personne. Je préférais quand Rebecca me prenait la tête pour que je sorte les poubelles, que je repeigne la salle de bains ou que je vidange sa bagnole. J'avais le sentiment de servir à quelque chose. Tout le monde ne peut pas être Gandhi, mais ce qui compte, c'est de faire pour les autres avec ce que l'on a.

Il parvint à s'extirper des coussins dans lesquels il s'enfonçait. Bon, débarrasser la table. Avec un peu de chance, il devrait retrouver le chemin de la cuisine.

C'était un joli appartement, un endroit de femme. Un trois-pièces, assez petit, mais lumineux, accueillant. Le soin apporté à l'agencement de la cuisine le fit sourire. Le petit espace avait été aménagé avec assez d'astuce pour permettre à deux personnes de prendre un repas sur une sorte d'épaisse planche de bois roux faisant office de paillasse, sous laquelle étaient encastrés un réfrigérateur et un four. Un panier en osier, pendu par une courte chaîne au-dessus de la plaque chauffante, regorgeait d'oignons, d'échalotes et de gousses d'ail. Une demi-douzaine de photos représentant l'une une petite montagne de café moulu, les autres une marelle en pâtes de couleur, un écheveau de poivrons bigarrés, ou un curieux iceberg constitué de morceaux de sucre, décoraient agréablement les rares espaces vides des murs.

Il était douché, Valentino était nourri et le petit-déjeuner servi lorsqu'il frappa à la porte de la chambre de Caroline. Il patienta quelques secondes et poussa le panneau. Elle dormait sur le ventre, tout habillée, bouche ouverte. Il s'avança vers le lit et la secoua, tendant un verre dans lequel deux comprimés d'aspirine achevaient de se diluer. Elle ouvrit un œil sur une plainte :

— Ne dis rien, avale. Va prendre une douche froide, le petit-déjeuner peut attendre.

Chapitre 12

Après un petit-déjeuner approximatif, chacun cherchant dans le café fort qu'avait préparé Oliver Davies un peu de clarté d'esprit, ils s'étaient réparti le boulot. D'abord il allait nourrir Sly et papoter un peu avec lui, histoire de le rassurer, ensuite il ferait une petite visite de courtoisie à la famille Fowles. Caroline pendant ce temps retracerait le parcours quotidien de Brad Pierce, celui qu'avait ébauché sa secrétaire, Maggie Moran. Davies, dès son retour, se consacrerait au dossier de Linklater. Ils se retrouveraient l'après-midi dans les locaux du Boston PD pour conduire l'entretien des deux patrons du Duke.

Sullivan Ford était bavard, très. La bonne nouvelle étant qu'il avait des choses à dire. Ravi qu'on lui brandisse sous le nez un badge cuivré du Boston PD, alors qu'il n'était pas en tort, il fit tout son possible afin de ne rien oublier. La dernière fois qu'il avait vu Pierce, c'était trois jours avant d'apprendre sa mort. En soi, c'était déjà étonnant puisque Brad ne manquait jamais de venir acheter un café et son journal, chaque matin, sauf bien sûr lorsqu'il partait en vacances, mais il prévenait. Cette irrégularité était très inhabituelle chez quelqu'un comme Pierce. Grisé par sa menue importance, il pontifia :

— Une partition de musique, aussi précis que ça, c'est ce que je dis.

Il raconta ensuite la scène avec la fille, celle du guide touristique, se noyant dans un luxe de détails. Caroline ne le brusqua pas. Elle connaissait cette typologie. Les fausses grandes gueules qui vitupèrent contre les flics lorsqu'ils écopent d'une contravention méritée, mais pour lesquelles la limite entre le fameux devoir du citoyen et la délation devient aussi ténue qu'un clignement de paupières lorsqu'ils se repaissent d'un petit pouvoir, celui qui satisfera l'uniforme que porte l'autre. Ceux qui « vont faire », « ont dit », mais qui détalent la queue entre les cuisses et deviennent des informateurs compétents et surtout gratuits pour la gloire de clamer au profit de leurs rencontres de bar : « mon bon pote, le lieutenant Machin… ». La jubilation du pouvoir, jusque dans son ombre.

— Donc, il lui a offert ce guide ?

— Ouais, je vous dis, un vrai gogo.

— Elle ne parlait pas anglais ?

— Je suis certain que si. Elle me la jouait, c'est plutôt ça. Mais je ne suis pas né de la dernière pluie et j'en vois défiler tous les jours.

— En fait, vous n'avez pas revu Brad Pierce depuis sa rencontre avec cette fille dans votre boutique ?

Il plissa les paupières et répondit d'un ton pénétré :

— C'est exactement cela, sergent. C'est pas clair, cette histoire.

— En effet. Vous n'avez aucune idée de l'origine, de la nationalité de cette personne ?

Il redressa son large bourrelet abdominal et le flatta de sa main, comme s'il commentait la venue d'un heureux événement.

— Mais si...

Sully marqua une pause. Après tout, il n'était pas n'importe qui et il allait le prouver. Il inspira :

— J'ai reconnu la langue. Ma femme est roumaine. Quand on ne connaît pas, ça évoque un peu l'italien. C'est très fluide comme sonorité. La fille parlait roumain, j'ai même saisi deux ou trois mots.

— Vous êtes formel ?

— Positif.

Caroline quitta peu après la minuscule boutique encombrée, bourrée du sol jusqu'au plafond, non sans avoir abondamment remercié Sully. Après tout, il méritait ses trente secondes de gloire et l'interminable narration qu'il en ferait dans les jours à venir.

Elle repassa chez Pierce, dans Tremont Street, avant de rejoindre les bâtiments du Boston PD, deux grosses boîtes à archives coincées sous l'aisselle : les factures téléphoniques et les relevés bancaires des trois dernières années.

Elle fut presque déçue de ne pas trouver Davies. Elle décida de patienter un peu avant d'aller se restaurer, peut-être qu'il rentrerait à temps pour partager une pizza. Elle téléphona au service administratif de Bell Telephone, demandant qu'on lui faxe au plus vite la facture de Pierce du mois en cours.

Chapitre 13

Son imperméable pendu à son avant-bras plié, Oliver Davies attendit devant la lourde porte de la splendide propriété de feu le docteur William Fowles, une vraie maison avec parc dans Brookline, avec vue sur Griggs Field, une véritable fortune au prix actuel du mètre carré.

La migraine le lâchait à regret. Il avait passé le début de la matinée à ingurgiter des antiacides accompagnés d'aspirine et à consulter tout ce qu'il avait pu trouver sur la famille Fowles-Curtis, les cliniques, l'accident ayant coûté la vie au dernier héritier mâle, William. Le haut du panier. Une grosse fortune qui ne datait pas d'hier et semblait tout devoir au travail et à l'héritage. À première vue ni magouilles ni spéculations douteuses. Bref, un argent comme l'aiment les vieilles familles bostoniennes. Les Fowles-Curtis habitaient Boston, presque depuis sa fondation par les premiers Anglais. Davies se demanda s'ils avaient aussi érigé la morgue condescendante des anciens descendants du *May Flower* en vertu. Boston est une des rares villes capables de résister encore à la dictature du simple fric. Le lignage et la classe y sont toujours le plus précieux des passeports. Il n'en est pas moins discriminatoire, et sans doute plus exclusif puisque difficilement récupérable : s'il existe des nouveaux riches à foison, les nouveaux racés tardent à voir le jour.

Oliver Davies avait appris une foule de choses dans les documents qu'il avait compulsés un peu plus tôt. William Fowles, major de sa promotion, s'était immédiatement imposé dans le monde médical, comme son père avant lui. À quelques faibles insinuations, Davies avait compris que cet homme honorable, pieux, et d'une recommandable générosité sociale, ne devait pas être un bâton de miel tous les jours. Un élitiste, impatient, si conscient de son indiscutable supériorité qu'il en devenait indulgent pour la masse des « faibles et petits ». Un peu dans la mouvance « notre bon maître ». Après un mariage assez long, bien que conflictuel, avec Valerie Rumbelow – mariage dont était née une rejetonne décevante –, il avait épousé en secondes noces Dannah Coleman, sept ans plus tôt. Elle lui avait donné une autre fille, Allison, atteinte d'une maladie génétique rare. William Fowles s'était tué dans un accident de voiture deux ans auparavant. L'enquête avait conclu sans l'ombre d'un doute à une perte de contrôle consécutive à l'état d'épuisement du conducteur. La mauvaise photo du couple, récupérée du *Boston Globe*, ne rendait sans doute pas justice à la seconde Mrs Fowles, bien qu'elle parût jolie et surtout beaucoup plus jeune que son médecin de mari. Elle était grande, mince, très blonde, sans doute les origines scandinaves évoquées par l'article.

Médecin. Davies aurait dû devenir un praticien renommé plutôt qu'un petit flic. Ils se font des couilles en or. Ce n'était pas avec sa solde qu'il pourrait un jour se payer une baraque comme celle ci.

Massive mais élégante, haute de trois niveaux de brique rouge, flanquée de jolis parterres bien entretenus. Il aurait parié sa prochaine cigarette qu'un parc ombragé de vieux arbres aimés parce qu'ils témoignent d'une histoire familiale s'étendait derrière. Il aurait aussi parié la suivante que tous aimaient à évoquer, invoquer cette histoire flatteuse lors des déjeuners d'été, à l'ombre des grands parasols. Il y avait sans doute une piscine et pourquoi pas un cours de tennis. Le tout construit avec soin, mais surtout sans ostentation ou triomphalisme tape-à-l'œil qui eût déclassé la famille au regard de ses pairs.

Mais pour être médecin, il faut suivre des études, et surtout, il faut comprendre précocement que la force physique est assez interchangeable pour n'être plus lucrative. Il avait gâché tant d'années à se prouver qu'il était quelqu'un, qu'il pouvait... Des mecs comme Fowles n'avaient rien à prouver... leurs familles l'avaient fait avant eux.

Au demeurant, qu'avait-il prouvé à sa femme et à sa fille ? Rien, enfin, du moins la démonstration ne les avait-elle pas convaincues. Bordel, Rebecca savait qu'il était flic. Qu'espérait-elle ? Qu'il deviendrait commandant ? Qu'on lui offrirait sur un plateau le Boston Police Department ? Qu'elle serait invitée à tous les pince-fesses chics de la mairie ? Qu'elle deviendrait copine de soldes avec madame la femme du maire de Boston ? Ce soir-là, avant de claquer la porte de leur chambre, Becca lui avait crié : « Je pars. Je veux le divorce, j'ai peut-être encore une chance. » Une chance de quoi, pour quoi ? Épingler un autre type, plus prometteur ? Brusquement, il avait compris qu'elle n'avait aimé qu'un moyen. Lui. Oh, elle l'avait vraiment aimé, mais le moyen n'avait pas été à la hauteur et son amour avait fui. Après tout, qu'est-ce que les hommes comme lui espéraient ? Le beurre et l'argent du beurre ? C'est impossible. Il cherchait une femme dont le but serait lui-même, admirative, sans velléité de compétition face au monde. Ce marché tacite incluait qu'il réalise les rêves qu'elle s'était forgés. Il n'avait pas su... Elle partait pour réaliser ce pour quoi on l'avait programmée : dénicher un pourvoyeur de rêves plus fiable. Putain, c'était dans ces moments-là qu'il avait le plus envie d'une clope.

Il enfonça avec agressivité le bouton de la sonnette pour la deuxième fois.

La femme déplaisante qui lui ouvrit ne pouvait pas être Dannah Fowles. Une grosse vieille au front buté, à l'air méfiant. Elle le regarda, peu amène :

— Je suis le lieutenant Davies. Oliver Davies du Boston Police Department. J'ai rendez-vous avec Mrs Fowles.

— Entrez. Je vais la prévenir.

L'immense hall ne le surprit pas mais l'impressionna quand même. À peu près le triple de sa salle à manger ; quant aux toiles qui pendaient aux murs, elles devaient représenter, au bas mot, cinq ans de son salaire. La femme se campa devant lui et, le désignant d'un index menaçant, lâcha :

— Vous attendez ici. Ne bougez pas.

Oliver Davies patienta quelques secondes, dérouté par l'enfoncement de ses chaussures dans la haute laine d'un grand tapis bleu marine et beige.

La femme qui s'avança vers lui était Dannah. Il l'aurait juré. Pourtant, elle ne ressemblait pas à l'image inconsciente qu'il s'en était formée à partir du flou de mauvaise qualité de l'article du *Boston Globe*. Elle était assez grande, mince juste comme il faut, blonde, jusqu'aux cils, ses longs cheveux bouclant sous la taille. Ce qui le frappa surtout, c'était ce regard, un regard paisible mais ferme, si bleu. Il se fit la réflexion idiote qu'il s'agissait d'un regard sans âge parce qu'il savait déjà tout. Dannah Fowles était… belle à couper le souffle. L'expression est convenue, presque risible, pourtant sa manifestation physique accéléra le pouls de Davies. Elle portait un trop large pull beige en mailles larges, dont le génie consistait à faire oublier le luxe, sur une jupe évasée, mi-longue, en fine laine noire. Il lui sembla que la naissance des clavicules dénudées par l'encolure échancrée était sans doute la plus jolie chose qu'il ait vue depuis longtemps.

Elle tendit vers lui une main, seulement ornée d'une fine alliance d'or. Le geste était si élégant et vague qu'il n'osa pas la serrer :

— Lieutenant Davies ? Venez. Je prenais le thé du matin. Un mélange assez décoiffant d'English Breakfast bien corsé et d'Earl Grey. Une recette personnelle.

Sa voix grave, calme, le surprit. On a tendance à attribuer des accents haut perchés voire nasillards aux blondes, sans doute parce qu'il faut toujours réduire les choses qui peuvent séduire.

Il la suivit, remarquant sans le vouloir l'harmonie étonnante de cette femme. Elle marchait en inclinant légèrement la tête sur le côté afin de lui parler et, à un moment, il eut envie de soulever la masse de cheveux qui glissait le long de son flanc. Ils traversèrent un immense salon tapissé de hautes bibliothèques, des livres que l'on lisait s'il en jugeait par les volumes couchés sur le flanc, attendant qu'une main les reprenne, ou par celui abandonné sur l'un des deux grands canapés de cuir châtaigne. Le luxe partout, dans chaque détail, le luxe silencieux, intelligent, utile et bien élevé. De plus en plus rare, mais il persiste encore dans certaines demeures.

Elle le précéda dans une sorte de grande véranda en fer forgé blanc, rafraîchie par de hautes plantes en pot et les stores en bois roux qui protégeaient les panneaux vitrés supérieurs.

— Installez-vous. Je vous sers. Si vous préférez du café, c'est possible...

— Non, un thé corsé fera l'affaire.

— Je suppose que votre visite a pour objet le meurtre de Rupert ?

— Pas seulement. Je souhaitais aussi évoquer Valerie Rumbelow.

— Valerie... Je n'ai pas grand-chose à en dire, si ce n'est que sa mort dans ces conditions... enfin, c'est monstrueux.

— C'est le terme. Vous ne la connaissiez pas ?

— Très peu. Nous nous croisions de temps en temps dans des soirées plus ou moins officielles, et hormis quelques échanges de banalités d'usage, j'ai peu eu l'occasion de l'approcher. Je pense que William ne tenait pas non plus à ce que nous formions l'un de ces trios modernes : la première et la seconde femme, avec le mari au milieu. Une sage précaution. Il est assez rare que ne demeure aucun contentieux dans les couples défaits, et ce sont des comptabilités qui dérapent vite.

Davies songea qu'en effet la plupart des divorces laissent derrière eux des mémoires malmenées peu propices à l'éclosion d'une franche amitié, parce que l'un a cessé d'aimer et de croire avant l'autre. Du moins était-ce son cas. D'autant qu'il n'avait jamais été l'ami de son ex-femme.

— Le docteur Fowles n'entretenait plus de rapports avec son ex-femme ?

— Si, vaguement. Le milieu scientifique et médical est assez resserré, surtout dans cette ville prestigieuse. Leurs rapports – si l'on peut nommer cela ainsi – étaient d'ordre professionnel. William a toujours affirmé que Valerie était une femme très brillante, mais invivable et inapte sur le plan relationnel. Un peu comme leur fille, à ceci près que Catlin n'avait rien retenu de l'intelligence de ses parents.

— Elle est revenue vivre avec son père, quelques années après le divorce, n'est-ce pas ?

— Oui, la cohabitation a vite tourné au malaise. Je pense que Valerie faisait écran entre la médiocrité de sa fille et l'exigence de William. Car c'était un homme exigeant, sans doute même péremptoire. On fait rarement avancer les choses sans cette tournure d'esprit.

— C'est ce que j'ai cru comprendre. Vous avez vécu avec Catlin ?

— Non, fort heureusement, sa longue fugue avant son mariage m'a évité ce douteux privilège. (Elle sourit, amusée de l'étonnement de Davies devant sa rapide franchise.) Pourquoi perdre son temps en demi-mensonges courtois ? La vérité finit toujours par remonter à la surface. Autant lui éviter les déformations qu'elle subit alors… Tous décrivent Catlin comme une gamine odieuse. Selon les sensibilités, c'est sa paresse, sa sottise agressive ou son insatisfaction permanente qui ulcéraient le plus. Même Louisa, qui vous a ouvert, un cœur d'or sous des dehors réfrigérants... Selon elle, Catlin avait dans l'idée de monnayer la seule chose qui ne lui coûtait aucun effort : la comédie de l'amour filial, assorti, comme il se doit, d'un chantage affectif opposant papa et maman. Le plus généreux et le plus tolérant l'obtenait en récompense. Ça n'a pas marché. Elle n'était pas de taille face à deux êtres aussi lucides...

Elle remplit leurs tasses de thé noir et odorant, poursuivant :

— Je dois vous paraître bien sévère à son sujet.

Davies nia, mollement :

— Non, je connais d'autres exemplaires du même modèle...

. Elle lui sourit, provoquant une sorte d'apaisement chez lui.

— Pourtant je le suis. Sévère, je veux dire. Pour ne rien vous cacher, Catlin s'est révélée sous son plus mauvais jour lors du règlement de la succession. Même son mari était gêné. Elle a fait une crise effroyable, nous menaçant d'un procès. Catlin, Valerie, sa mère donc, Ally, ma fille, et moi, sans omettre Desmond, le cousin germain de William, étions les cinq héritiers.

— Comment cela ?

— Vous savez sans doute que la première clinique Curtis fut fondée avec l'argent de la mère de William, la grand-mère de Catlin. Elle est morte assez jeune. William avait beaucoup d'admiration et de tendresse pour sa mère, ce qui a sans doute contribué à la déception causée par Catlin. Elles se ressemblaient physiquement, c'est même saisissant sur certaines photos de famille. Mais la comparaison s'arrêtait là. La grand-mère était une femme respectable et la tête sur les épaules. Ses volontés étaient simples : la clinique était un bien familial et devait le rester, les héritiers auraient à cœur de poursuivre la politique d'actes gratuits afin que l'établissement ne devienne pas seulement un outil médical de luxe.

— Ce que vous avez exigé de Rupert Linklater lorsqu'il a accepté sa direction ?

— C'est cela. (Elle jeta un regard aux grandes plantes dont les larges feuilles vertes, si saines, agitaient le jardin d'hiver d'un faible bruissement vital et ajouta.) Comme vous pouvez le constater, les bénéfices dégagés par les deux cliniques nous permettent une vie très agréable. C'est le cas pour les cinq héritiers. Ally, Catlin et moi recevons vingt-cinq pour cent chacune. Les deux autres, Valerie et Desmond, se partageaient le reste. Mais ça ne satisfaisait pas Catlin. Elle voulait réaliser le capital, tout vendre, si besoin en pièces détachées pour maximiser les rentrées. Comprenant que son père n'avait rien laissé au hasard en rédigeant son testament, et qu'elle courait à l'échec, Catlin a menacé sa mère, arguant qu'elle n'appartenait pas à la famille de sang et qu'elle était sortie de sa version légale avec son divorce. Elle exigeait la restitution des douze et demi pour cent de Valerie. Cette sinistre sotte a tenté de me rallier à elle, en promettant qu'elle partagerait avec ma fille Ally, sa demi-sœur. Même si je l'avais crue, le procédé restait indigne. Nous avons fait bloc et elle a dû céder. Inutile de vous préciser que toute relation entre nous a été anéantie. Je sais qu'elle réside en Californie, rien de plus.

— À qui revient la part servie à Valerie Rumbelow ? Je veux dire après son décès.

— La clause existe. Elle sera répartie entre nous, au prorata de nos parts initiales. Mais c'est très prématuré.

— Pourquoi votre mari avait-il couché sa première femme sur son testament ?

— Par gratitude, je pense. Valerie l'avait beaucoup aidé lors de la mutation de la clinique, mutation à l'origine de son succès actuel. Elle était une scientifique de haut niveau.

Davies, conscient qu'il débordait du cadre strict de l'enquête, ne put s'empêcher d'insister :

— Cette générosité ne vous a pas choquée ?

Elle tourna son regard vers lui, étonnée :

— Non. Quelle étrange idée ? Je suis celle qui ne peut se prévaloir d'aucune contribution à la fortune familiale. Je me suis contentée d'aimer mon mari, de lui rendre la vie douce et aussi drôle que possible. Je me suis laissée vivre en m'occupant de lui, de ma fille, et de Robin. Robin est mon jeune frère... Même pas de la maison, je ne sais rien faire d'utile, à l'exclusion des plus jolis bouquets de fleurs de la côte Est, paraît-il. J'ai bien peur que ce ne soit un curriculum vitae assez léger...

Oliver Davies murmura pour lui seul :

— Mais c'est sans doute l'essentiel.

— Pardon... je n'ai pas entendu.

— Rien, cela n'a pas d'importance.

Davies se promit de vérifier les informations offertes par Dannah Fowles au sujet de la bagarre d'héritage. Il était convaincu qu'elle n'avait pas menti. Justement, il avait besoin qu'une tierce personne le lui confirme. Il avait désespérément besoin que cette femme ne soit pas un mirage, une nouvelle escroquerie sentimentale. Même si ce qu'elle bouleversait chez lui était généré par la panique du désert d'amour, même s'il n'existait pas pour elle, il fallait que ce soit vrai. Pour une fois, juste une fois.

L'homme blond qui pénétra à cet instant dans la verrière était si beau qu'Oliver Davies n'eut aucun doute qu'il s'agissait du frère de Dannah. La vraie beauté a souvent quelque chose d'impitoyable. On en témoigne en s'en sentant exclu, comme une implacable démonstration d'infériorité.

Il se précipita vers sa sœur, un sourire découvrant ses dents. Ils avaient le même regard, la même bouche remontant aux commissures, la même chevelure souple, épaisse, des cheveux de femme à ceci près que ceux de l'homme étaient un peu plus courts, mi-longs. Davies remarqua un détail inepte mais saisissant. Le front du frère et de la sœur était entamé par la pointe médiane de la racine des cheveux. Il s'agit d'un caractère génétique très récessif. S'il est assez fréquent chez les hommes, il devient si exceptionnel chez les femmes que c'est un critère de recherche et d'identification utilisé par les flics, bien davantage que l'absence de lobe d'oreille ou même les yeux vairons. Cette unique masculinité chez Dannah l'émut, sans qu'il sache trop pourquoi.

L'homme s'écria en riant :

— Je l'ai... chérie, je l'ai enfin trouvé !

Il lui tendit le sac plastique d'une librairie, qu'elle attrapa en criant de joie :

— Ah... Robin, depuis le temps...

Soudain, elle se rappela la présence du lieutenant et déclara :

— Mon frère, Robin Coleman. Robin, je te présente le lieutenant Oliver Davies, du Boston PD.

L'homme blond le gratifia d'un sourire indifférent mais courtois auquel il répondit d'un signe de tête.

Curieusement, ce qui le bouleversait chez elle, cette injuste beauté, cette classe, l'agaçait chez son frère. Dannah sortit fébrilement l'album du sac et précisa, ravie :

— C'est l'histoire du loup vert. Vous connaissez ?

— Non... Je ne crois pas.

— C'est toute notre enfance... Enfin, presque. J'en ai tant parlé à Ally... c'est ma fille.

— Je sais.

— Oui, c'est vrai... On le cherche depuis des mois. J'avais peur qu'il ne soit tombé dans les oubliettes.

Ses joues très pâles se colorèrent du plaisir de la trouvaille. Davies eut envie qu'il se prolonge un peu. Il demanda :

— Qu'est-ce que ça raconte ?

— C'est l'histoire d'un loup, dont le pelage est vert, bien sûr. Du coup, tout le monde a peur de lui et le déteste, même les autres loups. Il est seul et très malheureux et devient donc méchant. Un jour qu'il chasse, sa patte est prise dans un piège. C'est terrible... il a si mal. Mais une petite fille est perdue au milieu des collines et elle tombe sur le loup prisonnier, la patte en sang. D'abord, il veut la mordre lorsqu'elle approche. Alors elle lui parle une bonne partie de la nuit, lui expliquant qu'elle le trouve très beau, que c'est si rare un grand loup vert. Au petit matin, il la laisse faire et elle le délivre. Il la raccompagne chez elle pour la protéger des autres loups qui hurlent. Ils se rencontrent ensuite souvent, se promenant des heures lorsqu'elle parvient à s'échapper de chez elle pour le rejoindre. Un jour, la petite fille tombe très malade. Les adultes comprendront qu'elle se meurt... (Davies baissa les yeux vers sa tasse parce qu'il savait qu'elle luttait contre les larmes, mais elle reprit à peine plus lentement)... pas les enfants... il ne faut pas. La nuit, la dernière, alors qu'elle a peur et qu'elle ne peut plus respirer, le loup vert pénètre dans sa chambre par la fenêtre et il l'emmène avec lui...

— Et alors ?

— Alors... on ne sait pas. Moi... je crois qu'il a le pouvoir de la guérir et qu'ensuite ils vivent ensemble heureux, cachés par la neige des cimes. Robin le pense aussi.

Le regard de Davies passa en alternance du frère à la sœur. Ils étaient ailleurs, un endroit douloureux pour tous les deux. Un endroit secret. Fugace aussi. Le sourire revint, elle acheva :

— Robin et moi sommes presque toujours du même avis.

Son frère renchérit :

— C'est exact... Si vous n'avez pas besoin de moi, je vais monter l'album à Allison. Elle l'attend depuis si longtemps.

— À plus tard, mon chéri.

Dannah le regarda disparaître et revint à Davies :

— Excusez-moi... Je n'ai plus trop envie de thé. Je vais plutôt me servir un verre. Vous m'accompagnez ?

Parce qu'elle n'avait pas dit « et vous ? » ou « je vous sers aussi ? », parce qu'elle parlait de compagnie, il accepta.

Lorsqu'elle lui tendit le whisky qui fonçait le cul d'un verre en épais cristal taillé, il sentit que quelque chose qu'il n'avait pas envie d'entendre d'elle allait suivre.

— Ally... ma fille de six ans... elle est... malade.

Il vit sa lèvre inférieure trembler, mais fut certain qu'elle ne pleurerait pas. Curieux comme ce sont les femmes dont on espère presque les larmes qui les retiennent. Becca, elle, fondait en sanglots pour un rien, jusqu'à l'écœurement. Dannah inspira et le fixa :

— Il s'agit d'une maladie génétique, récessive, l'ataxie de Friedreich. Une forme précoce. L'oxygène ne parvient pas à pénétrer dans les mitochondries... Allison commence déjà à ressentir des problèmes d'équilibre. Elle est désespérée parce que les objets lui échappent des mains, qu'elle a de plus en plus de mal à réussir ses coloriages... Elle bute sur les mots les plus simples, elle s'énerve parce qu'elle ne comprend pas. Cette monstruosité la dévore de l'intérieur et il n'y a rien à faire.

— Je sais... Enfin, je veux dire, cela fait partie des renseignements que j'ai trouvés.

Elle n'eut pas l'air de l'entendre et poursuivit :

— Vous rendez-vous compte de ce que cela peut représenter pour une mère de donner la vie avec tant d'amour, sans savoir que ses gènes distribuent en même temps la future mort de son enfant ?.... Je... J'espère tant que le loup vert viendra la chercher. Je la lui donne sans hésitation s'il a le pouvoir de la sauver. (Elle inspira, remonta l'encolure de son pull et continua.) Je suis désolée... C'est cet album. Vous savez, pour Robin et moi, c'était un peu un sortilège réconfortant, une sorte de sésame qui permettait les miracles. Surtout pour lui, je lui faisais la lecture. Il était tout petit à l'époque…

Elle se réinstalla en face de lui et posa son verre devant elle, le couvant de ses deux mains en coupe.

— … Donc votre visite est surtout motivée par le meurtre de Rupert, car ce n'était pas un accident, n'est-ce pas ?

— Non. On ne défonce pas accidentellement le crâne de quelqu'un qu'on a traîné dans une contre-allée. Surtout avec cette férocité.

Dannah avala une longue gorgée de son whisky, reposa le verre et ferma les yeux, pour les rouvrir aussitôt, un regard perdu, si triste. Elle murmura :

— Férocité, dites-vous… Rupert était un être doux, si civilisé.

La notion douloureuse que cette femme était un rêve rare. La peur soudaine que, s'il ne se reprenait pas, il en tomberait amoureux à cause d'une histoire de loup vert et de petite fille malade, et qu'elle s'en foutrait, ne le reconnaissant même pas si elle le croisait demain dans la rue. Il enchaîna :

— Vous le connaissiez bien ?

— Relativement peu, autant que l'on peut connaître bien les gens auxquels on est lié professionnellement. C'était un peu le fils spirituel de mon mari. William l'a formé. C'étaient d'extraordinaires chirurgiens. William disait toujours en plaisantant – excusez-moi, c'est cru : « Il faut avoir une passion pour la viande dans ce métier, aimer le contact de la barbaque sur ses mains, du sang. Comprendre que la vie est là, qu'elle y prend sa source et sa force pour devenir parfois éblouissante. Peu importe ce que les gens ont dans la tête, c'est la viande qui saigne et qui souffre. Apaiser, réparer la viande qui sert l'esprit, c'est mon boulot. » (Elle réprima un petit rire.) Graphique, n'est-ce pas ? Ça me mettait très mal à l'aise à l'époque. La vue du sang, son image, me pétrifie... Je hais la mort, j'en ai une peur bleue... (Elle passa le bout de ses doigts sur son front et Davies se rendit compte qu'elle tremblait.) Mon Dieu... la mort est partout autour de nous. Je ne comprends pas ce qui se passe, c'est comme si elle s'infiltrait de toutes parts jusqu'à nos vies... (Il lui laissa le temps de revenir au jardin d'hiver, comprenant toute l'importance des plantes éclatantes de santé qui les entouraient. Elle soupira). Pardonnez-moi... je déteste parler de la mort. Avec le recul, je trouve la phrase de mon mari très belle, sans doute parce que j'ai compris que le sang signifiait pour lui l'inverse de ce qu'il symbolisait pour moi. Charnel, vital, puissant, inaltérable presque. Toujours est-il qu'à la mort de William, il y a deux ans, Rupert est devenu très naturellement le directeur de la clinique Fowles. J'avais confiance en lui, je savais qu'il reprendrait à son compte les priorités de mon mari. Mon mari était un homme exceptionnel, vous saviez cela ?

Davies eut un hochement incertain de la tête. Elle insista, se penchant vers lui, et le regard de Davies suivit involontairement le mouvement de ses cheveux noyant le haut de sa jupe :

— Si... C'était une sorte de titan. Mon Dieu, quelle énergie... épuisant. William est devenu très riche. Il l'était déjà en naissant. Il avait ce don, car c'est un don, auquel doit s'ajouter la plus sophistiquée des technicités. Mais il n'a jamais oublié qu'un don est aussi un test. S'il devient égoïste, vous vous perdez. Mon discours n'est pas religieux. Je vous l'ai dit, nous avions hérité de la mère de William l'idée que l'on doit rendre un peu de ce que l'on a. Il faisait payer à la tête du client. Le plus souvent cher, très cher. D'autres fois, on lui offrait une belle lettre accompagnée d'un petit chèque de quelques centaines de dollars, une somme pour ceux qui l'envoyaient. Rupert a continué ce système. Sans doute vous êtes-vous étonné de ne rien trouver de franchement désagréable sur la famille en parcourant votre bibliographie. Je crois que c'est le résultat de ce que je viens de vous confier. Bien sûr, William, comme Rupert, d'une certaine façon, étaient de dignes représentants de leur milieu d'origine. Mais voyez-vous, les pauvres sans assurance médicale qui crèvent dans l'attente d'une opération se fichent de savoir si leur chirurgien agit par amour de l'humanité ou par satisfaction élitiste. Ils espèrent juste le meilleur, et dans ce cas, ils avaient raison.

— Saviez-vous que... enfin... concernant les penchants du docteur Linklater...

— Qu'il était gay ? Oui, bien sûr. Comme toutes ses relations. Le jeu consistait à lui trouver un compagnon... sans grand succès, je dois dire. Je... enfin, ce n'est pas mon rôle, mais il faut que je vous confie quelque chose. Une fois le choc passé, j'ai été sidérée par ce que j'ai appris... enfin de cette façon, dans ce coin mal famé... Je n'en reviens pas... Rupert était un garçon assez réservé et, encore une fois, assez conscient et respectueux de ses origines. C'était aussi quelqu'un d'élégant, qui savait se tenir. Pas le genre à frayer avec des loubards défoncés ou à risquer de se faire remarquer dans des endroits troubles. Pour être franche, Robin et moi n'y croyons pas. Nous pensons qu'on l'a conduit là-bas sous un prétexte quelconque et qu'il a compris trop tard.

— Vous le voyiez souvent ?

— Davantage depuis le décès de mon mari. Je le rencontrais toutes les semaines à la clinique, pour une sorte d'état des lieux hebdomadaire. Valerie avait promis de s'en charger, elle était sans conteste la plus compétente pour ce genre de choses. Mais son aversion pour l'administration l'a vite rattrapée. Il a fallu que je m'y colle... William pensait qu'un supérieur ne doit pas entretenir de rapports trop familiers avec ses employés. Je l'ai regretté et, lorsque Rupert a pris sa suite, il était un peu tard pour modifier nos relations. Rupert était un extraordinaire médecin, il s'inquiétait souvent de la santé d'Ally.

Elle leva la tête vers les stores roux.

Oliver Davies la contempla, pour le bonheur de ces quelques instants où elle ne le regardait pas, vaguant dans ses souvenirs. Elle inspira et reprit :

— Vous savez, je suis purement réactive. Je peux me défendre lorsque je suis attaquée, ou, bien sûr, si on menaçait ma famille. Mais je n'ai jamais eu envie de me venger. C'est trop loin, trop tard pour moi. Pourtant, il faudrait dire à l'assassin de Rupert qu'il a commis un acte doublement irréparable, pour lequel il n'existe aucun pardon : il a tué un être humain, et un bel être. Ils ne sont pas si fréquents.

Il y eut un silence que Davies aurait aimé laissé vivre aussi longtemps que possible. Le silence venait d'elle et il s'y sentait bien, en dépit de la peine qui s'y déployait. Dehors la vie hurlait, et il était payé pour se colleter avec ses moments les plus hideux et malsains. Il convenait de prendre congé mais il était collé à ce fauteuil, collé au parfum léger de cette femme. Enfin, il parvint à récupérer assez de routine pour se lever :

— Je vous remercie de votre temps et de votre sincérité, Mrs Fowles. J'espère n'avoir pas abusé.

Elle se leva à son tour :

— Non. Non, vous n'avez certainement pas abusé. Il est toujours plus agréable, j'allais dire « bénin », de boire un verre en bonne compagnie qu'en solitaire... Je vous raccompagne.

Chapitre 14

Oliver Davies gara sa voiture bien avant le bâtiment trapu et rouge du Boston PD, hésitant à descendre, écoutant jusqu'à la fin le *Mystery Train* de Bon Jovi qui passait à la radio.

She will always make it better, and won't apologize... She is a ride on a mystery train, to a place I have never been before... better hold on tight... I waited all my life for that mystery train, but now I don't care anymore.

Il se reprocha d'y chercher des indices, pire, des prémonitions, sans toutefois lutter contre.

Est-ce qu'on peut vraiment tomber amoureux, si vite, de cette façon, lorsque l'on dépasse la quarantaine ? Dannah n'était-elle pas une sorte de parfait remède à Rebecca ? La question était si idiote qu'elle le fit pouffer. Il n'y avait rien de comparable entre elles. Finalement, et sans aucune vacherie rétrospective, il était tombé amoureux de sa femme parce qu'elle représentait à ses yeux le meilleur choix parmi d'autres, moins bons, moins gratifiants. N'était-ce pas l'approximation, l'arrangement supportable auxquels se soumettaient la plupart des gens qu'il connaissait, les mêmes qui avaient dû conduire Rebecca ? Il n'y avait pas de quoi en faire un plat. Sauf maintenant. Parce que maintenant, il avait quarante-deux ans, que, bordel, la vie passe si vite lorsqu'on n'y prend pas garde, et qu'il n'existe pas de répétitions au cours desquelles on peut se planter avant de se reprendre.

Il fallait qu'il appelle Rebecca dès ce soir. Lui expliquer qu'il venait de tout comprendre dans ce jardin d'hiver, au côté de cette femme trop belle qui craignait la mort alors qu'elle lui insufflait sans s'en rendre compte le goût d'essayer à nouveau la vie.

Il dirait à Rebecca qu'il ne lui en voulait plus. Elle avait juste admis avant lui que la bourde confortable qui leur tenait lieu de vie conjugale ne pouvait plus perdurer. Elle avait juste eu le courage d'y mettre un terme, sans doute maladroit, mais finalement salutaire parce qu'il leur restait encore un peu de temps avant une totale faillite.

Dannah était un fantasme, bien sûr. Mais elle remplissait à merveille ce rôle, le rendant à sa force, à son envie de continuer, de recommencer.

Pour la première fois depuis des semaines, il eut envie de faire un truc désuet, gratuit, mais un truc joyeux et joli. Il sauta de voiture et fonça vers la vendeuse de fleurs dont il remarquait l'étalage coloré depuis des mois, sans jamais s'en approcher.

Le planton l'accueillit d'un :

— Tu te proposes en mariage ? Pauvre fille, qu'elle passe me voir, je lui filerai quelques tuyaux !

— Mieux que ça, mon pote ! J'accepte mon divorce. C'est pas tout gagné, mais je sens que ça vient.

— Change pas de main.

— Connard !

Caroline resta interloquée lorsqu'il brandit sous son nez l'énorme bouquet de chrysanthèmes échevelés égayés de pois de senteur violets.

— Euh... c'est quoi ?

— Des fleurs.

— Oui... ça, je vois.

— C'est pour... je sais pas trop. J'ai passé une excellente soirée. La matinée n'a pas été mal non plus et ma gueule de bois est un mauvais souvenir.

— Veinard. C'est pour moi... ?

Il eut envie de rire, une première depuis pas mal de temps :

— Ben non, mais Lyle, le planton, n'en a pas voulu. Il avait peur qu'on ne nous prenne pour des pédés. Remarque, avec ses chicots et son haleine à étaler un bœuf, moi aussi... Nunuche !

Elle se leva, reçut le bouquet dans les bras comme s'il s'agissait d'un bébé, et confirma :

— Ouais, c'est exactement comme je me sens. Je ne sais plus depuis combien de temps... Ça me fait vachement plaisir... Bon, ben avant de fondre en larmes, je vais trouver un vase et couper un peu les tiges... Ah chouette, il y a un sachet de poudre d'engrais... Ça les fait tenir plus longtemps...

— Ah bon.

Il attendit qu'elle revienne, heureux, un sentiment presque déplacé, lui aussi, depuis pas mal de temps. Caroline non plus n'avait rien à voir avec Dannah. Pour l'instant, c'était grâce à Dannah qu'il allait tenir, jusqu'à ce qu'il parvienne à remarcher seul. Une des plus jolies béquilles qu'un homme puisse souhaiter. La différence, c'est que maintenant, il était certain que sa convalescence aurait une fin.

Caroline plaça la bouilloire fleurie sur son bureau, pliant soigneusement le grand papier Cellophane :

— Je le garde pour les emmener chez moi, ce soir. Ce sont des feuilles de bananier, tu savais ?

— Pardon ?

— Ces grandes feuilles vertes tout autour, c'est du bananier.

— Ah bon…

— C'est chouette… vital comme vert.

Curieux qu'elle ait choisi ce mot précis, l'impression que distillait le grand jardin d'hiver. Caroline se réinstalla derrière son bureau, un sourire de contentement aux lèvres. Elle poursuivit :

— Ça c'est bien passé avec Mrs Fowles ? Dannah, c'est cela ?

Comment se pouvait-il que le son de son prénom accélérât son rythme cardiaque ? Il hocha la tête pour se donner un peu de temps :

— Hum… Ouais, Dannah Fowles. Très bien. Elle m'a parlé de leurs histoires d'héritage, de la clinique, de sa fille aussi. Je vais vérifier quelques infos par acquit de conscience. Je ne crois pas qu'elle m'ait menti.

— Oui, mais entre « croire » et « savoir », il y a un monde.

— À qui le dis-tu ! Mais j'ai un kilométrage non négligeable au compteur. Il est assez rare que l'on parvienne à me bluffer… Et toi, tu avances ?

Elle prit une moue de conspiratrice, satisfaite d'elle-même :

— Eh bien… Je n'ai pas chômé. (Elle regarda enfin sa montre, ce qu'elle se promettait de faire depuis cinq bonnes minutes, et s'exclama comme s'il s'agissait d'une découverte.) Ouh... Il est presque deux heures de l'après-midi ! Normal que j'aie faim. Euh... ça te dirait une pizza, tu sais, le petit italien de Van Ness ?

— Oui, avec plaisir... C'est moi qui invite. Tu me raconteras tes trouvailles.

Ils s'installèrent devant deux *calzone* accompagnés d'une carafe d'un vin italien presque noir, fruité comme un jus de cassis.

— J'ai passé la matinée à éplucher toutes les factures téléphoniques de Pierce. Bell Telephone m'a faxé celle du mois en cours. Mais avant, j'ai tiré – sans grande difficulté – les vers du nez à un certain Sullivan Ford. La boutique dans laquelle Brad Pierce achetait son journal et un gobelet de café chaque matin. Trois jours avant sa mort, il a rencontré là-bas une très jolie fille, une Roumaine. Ford est certain de la nationalité, ou du moins de la langue qu'elle parlait. Pierce, sur un coup de tête, lui a offert le guide qu'elle tentait de marchander. Au dire de Ford, la fille se serait précipitée à la suite de Pierce et l'aurait rejoint dans la rue. Sully n'a plus revu la victime ensuite.

— Tu en conclus qu'il a passé ces trois jours d'arrêt maladie bidon avec elle ?

— Attends... ce type suivait le même plan quotidien. Le genre à aller pisser à 14 h 15 tapantes tous les après-midi, tu vois ? Jamais absent, tous les matins son café chez Sully... Admettons : il rencontre cette très jolie fille, le genre un peu barjo d'après Ford. Un grand souffle d'aventure pour un mec comme lui.

— C'est possible... mais les indices sont archiminces. Rien n'indique que la fille en question ait assisté au meurtre, et encore moins qu'elle en ait été complice.

— Je sais, mais je vais trouver.

Caroline Knight arracha à pleines dents une énorme bouchée de son *calzone* et mastiqua avec frénésie pour reprendre :

— Là où les choses deviennent vraiment nébuleuses, c'est avec les factures détaillées. Il y a trois ans environ, Brad Pierce prépare ses vacances. Étant donné son profil psychologique, il était du genre à comparer trente marques de crème antimoustiques avant de se décider en faveur de l'une d'entre elles. Je me suis donc dit qu'il avait sans doute longuement étudié son plan de voyage. Et bingo, je tombe sur un numéro qu'il a appelé une bonne vingtaine de fois avant son départ, celui de Fairline Travels... tu sais, cette grosse agence de voyages dans Washington Street ?

— Ouais... je vois.

— Je les ai appelés. En fait, je crois que c'est à cause de ces gravures, un truc me chiffonnait...

— Les gravures ?

— Oui... dans le couloir de l'appartement de la victime, celles dont les originaux sont au musée de Topkapi. Le scotch de maintien des sous-verres était presque neuf, pas de décoloration du papier peint derrière les cadres... En d'autres termes, ces gravures n'étaient pas là depuis très longtemps. Enfin, bref... Ils ont cherché dans leurs listings. Brad Pierce n'est jamais parti au Canada, contrairement à ce qu'il a affirmé à ses collègues... mais en Turquie. J'ai obtenu une deuxième confirmation de sa banque – juste avant que tu ne rentres – grâce à ses reçus de cartes de crédit. Le tapis sur lequel il a été abattu : acheté en Turquie à cette époque, chez un marchand de Kusadasi, une ville balnéaire assez cotée, pas très loin d'Istanbul.

— Mauvais investissement... Mais pourquoi aurait-il menti... Enfin, c'est un chouette voyage, la Turquie, c'est quand même plus dépaysant que le Canada.

— C'est un peu là que je coince, mais j'avance. Je me recolle aux factures dès qu'on remonte.

— Nous avons la visite des propriétaires du Duke et je te rappelle que nous avions décidé de bavarder à nouveau avec cette Rennelle Beaumont.

— Quelle journée ! Enfin, coup de chance, ma migraine vient de me lâcher. Bon... le devoir nous appelle, c'est cela ?

— Juste.

Ils rejoignirent leur bureau en silence.

Davies remarqua le regard scrutateur avec lequel Caroline inspectait son bouquet pour vérifier qu'il n'avait pas été dérangé durant leur absence, et une sorte de regret rétrospectif l'agaça. Merde, le bonheur peut être si peu compliqué... pourquoi en oublie-t-on si facilement les gestes ou les mots ?

Un des messages enregistrés sur sa boîte vocale l'avertissait de l'arrivée, quelques minutes plus tôt, des patrons du Duke.

— Allez, Knight, en piste ! Les deux durs-en-cuir de la boîte sont installés dans la petite salle de conférence, au deuxième.

— Ils peuvent attendre encore un peu. Je vais me laver les mains.

— C'est de l'agressivité moralisatrice ?

— Non... juste de la graisse de pizza sur les doigts. Et puis, Ray disait toujours que l'attente énerve et inquiète. Ça fragilise les défenses.

— Ouais... Mais Ray était un gros beauf ! Il y a aussi des gens que ça fout en rogne et qui perdent toute envie de nous aider.

CHAPITRE 15

Davies sentit la perplexité de Knight lorsqu'elle pénétra dans la petite salle banale mais confortable qui servait aux réunions d'équipes : l'attente ne semblait pas avoir inquiété et encore moins déstabilisé leurs « invités ».

Les deux flics s'installèrent côte à côte, en face des deux témoins. Oliver Davies décida de laisser Caroline s'acquitter des premières étapes de la routine : présentations courtoises, raisons de la convocation, remerciements pour une coopération appréciée des services de police, regrets pour un dérangement probable, assurance que cet entretien serait aussi rapide que possible. Suivraient ensuite quelques questions anodines, destinées à mettre les témoins en confiance.

Davies recula légèrement son siège, une tactique efficace pour restituer aux autres l'espace, les rassurer en minimisant l'occupation physique du territoire, tout en permettant une meilleure observation.

Si la patience presque ennuyée des deux hommes avait d'abord dérouté Caroline, elle se reprit à merveille.

Philip Kennedy, copropriétaire et gérant du Duke, portait un jean qui ne sortait de toute évidence pas d'un surplus et une veste Armani bleu marine, à col Mao. Oliver Davies l'avait repérée quelques jours plus tôt chez Filene's dans Washington Street, découvrant du même coup le retour en vogue des cols coupés. L'homme devait flirter avec la bonne cinquantaine et sans doute cette idylle n'était-elle pas de son goût. L'ombre aile de corbeau qui bleutait ses cheveux courts était cohérente avec le brun profond de ses sourcils, mais son bouc Richelieu s'éclaircissait par endroits de reflets poivre et sel. Les teintures de duvets et poils faciaux parviennent rarement à rivaliser avec une pigmentation naturelle. L'amande prononcée des paupières de Philip Kennedy trahissait un récent lifting. Si l'on excluait cette lutte légitime contre l'insolence du temps, ce spécimen masculin entrait de droit dans la catégorie des beaux mecs. Grand, musclé comme il se doit, hâlé sans obstination. Davies se fit la réflexion que ce type devait être à l'aise sous sa peau.

Vêtu d'un tee-shirt blanc sous un coûteux costume en lin beige soutenu, Anthony Russo, l'autre copropriétaire, était plus jeune, une petite quarantaine. En dépit de la finesse plus marquée de ses traits, il ressemblait à celui qu'il nommait « mon partenaire ». Brun lui aussi, si évidemment apte physiquement que Davies songea qu'il devrait faire l'effort de consacrer un peu plus de temps à son propre entretien, à commencer par arrêter de cloper.

La voix affable de Caroline débitait les fameuses « questions anodines » les unes derrière les autres :

— Et vous, monsieur Russo, vous ne participez donc pas à la gestion de l'établissement « The Duke » ?

— Non, je suis avocat d'affaires. Je ne m'occupe que des aspects juridiques... lorsqu'ils surviennent.

Oliver Davies perçut l'infime hésitation de Caroline, traduisant, comme s'il était dans sa tête, ce qu'elle pensait : « Merde, un avocat ! il ne manquait que cela. » Elle s'enquit :

— Dans un cabinet ?

— Oui... un cabinet assez important. Le mien. Enfin, j'ai un associé, le troisième larron, en quelque sorte. Russo & Osprey.

Le nom n'était pas inconnu à Davies. Même s'il n'avait aucune intention d'en arriver à un abus policier, le profil de ces mecs tombait mal. La moindre banalité pouvait prendre des allures discriminatoires dans des environnements aussi spécifiques. À leur décharge, des précédents le plus souvent inacceptables avaient laissé des cicatrices vivaces dans les mémoires. Russo avait les moyens intellectuels et professionnels – sans parler des autres – de ne rien laisser passer et de les emmerder s'il s'en sentait l'envie. La menace sous-jacente que représentait l'homme de loi devint claire comme de l'eau de roche lorsque le lieutenant se rendit compte que lui seul répondait aux questions dépassant le cadre personnel et bénin.

Davies se décida à réinvestir l'espace concédé auparavant et avança sa chaise, en lançant :

— Le sergent Knight vous a expliqué que nous souhaitions vous rencontrer dans le cadre de l'enquête concernant le meurtre du docteur Rupert Linklater. Comme vous le savez sans doute, le corps de la victime a été retrouvé à environ trois cents mètres du Duke...

Anthony Russo acquiesça d'un petit signe de tête, attendant la suite, ce qui conforta Davies dans la peu réjouissante certitude que ce type ne lâcherait rien : un autre aurait pris la mouche, s'énervant de ce que cette découverte ne signifiait rien, ce qui était le cas. Il poursuivit :

— Certes, il peut s'agir d'une coïncidence...

Russo commenta, se foutant ouvertement, mais courtoisement, de sa gueule :

— Certes.

— ... cependant, il n'est pas non plus exclu que Rupert Linklater soit passé un peu plus tôt dans votre établissement.

Il se fit la réflexion saugrenue que tous utilisaient le générique « établissement » comme s'il précédait : « de bains » « carcéral » ou « médical », évitant l'association « boîte et cuir ». Russo expliqua :

— En effet. Je vous rappelle, pourtant, qu'il s'agissait d'un samedi soir, c'est-à-dire que la boîte de nuit est bourrée comme un œuf, la plupart de nos clients étant des habitués, les autres des curieux. (Désamorçant la question suivante du lieutenant, il précisa.) Nous avons trois videurs qui filtrent les entrées. Leur mission est d'empêcher l'intrusion de fondus dangereux pour la clientèle et, bien sûr, de repousser les mineurs.

Russo s'interrompit, semblant réfléchir. Davies sentit qu'il dissimulait sa mine gourmande de bretteur excellant dans l'art des mots sous une apparence de complicité :

— Notre but n'est pas de gêner le travail policier... nous avons discuté avec le personnel, pas mal secoué par cette histoire, car, comme vous ne manquez pas de le savoir, nos... pratiques sont très... comment dire, maîtrisées. Elles dérapent rarement. Nous avions la photo de la victime, publiée dans les journaux. Personne ne se souvient d'avoir aperçu ce client. Je suis désolé.

Ce mec commençait à lui pomper l'air. Que les propriétaires du Duke ne fassent aucun effort pour les aider, Davies pouvait le comprendre. Un renard ne chasse jamais avec les chiens, parce qu'il sait d'expérience, que tôt ou tard, ils se retourneront contre lui. Mais qu'il le prenne pour un con, c'était trop. Il conclut, glacial :

— Franchement, le contraire m'aurait étonné ! Bien, merci de votre visite, messieurs. J'espère qu'elle vous aura au moins distrait, maître. J'espère surtout que l'impunité du type qui a massacré un chirurgien de talent, homosexuel je vous le rappelle, ne troublera pas votre digestion.

Russo se leva, lui destinant un regard dans lequel la rage le disputait à une sorte de tristesse :

— L'impunité de tant d'autres tabasseurs, violeurs, escrocs ou massacreurs, parmi lesquels quelques représentants du noble corps de la police, m'a souvent rendu malade. Que la victime soit gay, noire, juive, une femme, ou pas du même avis que son bourreau, ne change pas grand-chose au problème de fond, lieutenant.

Caroline, lèvres pincées, fulminait lorsqu'ils remontèrent dans leur bureau. Elle siffla, bras croisés sous ses seins :

— Si tout le monde campe sur ses positions, et s'accroche à son histoire, cette société n'avancera jamais vers la tolérance.

— La tolérance ?

— Ben ouais.

— La tolérance de quoi, Knight ? Tu attends qu'on « tolère » que tu sois blanche, protestante, hétérosexuelle ?

Interloquée, elle le regarda :

— Je ne comprends pas... et... je suis catholique.

— Justement... catholique ou protestant dans un environnement chrétien, musulman dans un environnement islamique, papou dans un environnement papou, ça veut dire quoi ? Ça veut dire que la réalité admise comme Vérité avec un grand « V » est celle de la majorité, parce que c'est celle qui s'impose par le nombre, la masse. Le simple terme de « tolérer » est un non-sens injurieux dans ce cas. Tolérer implique que tu te ranges dans la caste supérieure, régnante, et que tu concèdes aux minorités l'extrême générosité de ta compréhension de représentant de la culture dominante. Bordel, pour qui nous prenons-nous ?

Elle demeura silencieuse durant quelques instants et avoua :

— Je l'avais jamais vu sous cet angle... Merde, mais t'as raison, là. Vous me gonflez assez avec mon chat, parce que vous ne comprenez rien à la relation entre un humain et un animal... Et gnagnagna... un animal ne peut pas remplacer la compagnie d'un être humain... sauf que si j'en juge par les quelques êtres humains qui m'ont tenu compagnie, il n'y a pas de quoi pavoiser... au moins, le chat ne ronfle pas... Bref, t'as raison, Davies ! Je n'ai rien à tolérer ou à rejeter à partir du moment où ça reste dans le cadre de la loi.

— Voilà ! La loi, c'est bien... on sait où on va et où on s'arrête.

Soudain timide, elle demanda :

— Tu te fous de moi, là ?

— Jamais. D'autant que les chats sont parfaitement légaux dans ce pays.

— Si... tu te fous de moi !

Elle lui tourna le dos, avant de marmonner :

— Ça ne t'embête pas si je reste ici pour continuer à éplucher mes factures ? Il faut aussi que je me colle aux relevés bancaires... Quand je pense que je ne suis même pas foutue de tenir mes comptes à jour ! Tu peux voir cette Rennelle Machin tout seul ? Prends mes notes, j'avais des questions à lui poser.

Rennelle Beaumont l'attendait, fin prête, dans le bureau déserté par la secrétaire du laboratoire de « Toxicology and Cancer Research » de la Harvard School of Medicine. Lorsque Oliver Davies arriva enfin et se présenta, le petit tambourin en feutre noir coquettement incliné sur le chignon gris, le sac à main sur les genoux, le tailleur gris anthracite de coupe nette, tout lui indiqua que la dame n'était pas du genre à se laisser aller. Elle commenta d'un ton raide :

— Il est 17 h 30, je quitte d'habitude à 17 heures.

— Excusez-moi, madame... la circulation.

— Bien sûr.

Elle approchait des soixante ans, une belle soixantaine. Rennelle Beaumont était de taille moyenne, fine. Le nez court et droit, la teinte beige caramel de sa peau, les jolies taches de rousseur qui constellaient le haut de ses pommettes, comme le gris-bleu de ses iris, témoignaient d'un métissage.

— Madame Beaumont, tout d'abord veuillez m'excuser de vous retenir, et merci de me répondre.

— J'avais le choix ?

Davies retint un soupir, décidément c'était leur jour de chance. Il passa outre à la remarque et continua :

— Lors de votre première déposition, juste après le meurtre du professeur Valerie Rumbelow, vous avez déclaré au sujet du suspect Ezechias Bayley – toujours introuvable –, je cite : « C'était un bon gars, pas marrant... mais si tous les gens qui manquent d'humour devaient tuer leur prochain, on ne resterait pas nombreux... je me suis toujours dit que c'était quelqu'un de très triste... Il était pieux, c'est sûr. Moi aussi et c'est pas pour ça que je deviendrais une meurtrière, au contraire... Chez nous, la religion est encore très présente ». C'est bien cela ?

— Je ne me suis pas enregistrée, mais c'est toujours ce que je pense...

Davies ouvrit la bouche. Elle l'arrêta d'un petit geste de la main avant de poursuivre d'un ton ferme qui indiquait qu'elle n'avait pas l'intention d'être interrompue :

— Permettez-moi de terminer ma déposition. Votre petit collègue du Boston PD était très pressé de rentrer chez lui et je ne l'intéressais pas beaucoup. (Elle se mordit les lèvres avant de poursuivre et il sentit qu'elle luttait contre une vague d'émotion). Valerie... tout le monde l'appelait par son prénom ici... était une femme vraiment bien. C'était la réputation qu'elle s'était taillée comme scientifique : pas de compromission indigne. Ça, c'est pour l'extérieur. Mon expérience, c'est qu'on ne juge jamais aussi bien les gens un peu connus qu'à l'intérieur, surtout dans leurs rapports avec les petits, les obscurs comme nous. Valerie, ce n'était pas le genre à vous passer de la pommade, et quand elle gueulait parce qu'un truc n'allait pas, il valait mieux se planquer… une sacrée bonne femme, et il est difficile de me bluffer. Si ça avait été un homme, on aurait dit qu'elle avait des couilles, mais croyez-moi, les ovaires, c'est aussi bien. Ça fait quinze ans que je travaille… travaillais pour elle. Je cherchais désespérément du boulot, après le décès de mon mari. Je n'avais aucune qualification et je n'étais déjà plus toute jeune, quant aux ordinateurs je sais à peine comment ça s'allume… ce n'est pas de mon temps. Elle n'était pas très chaude pour m'embaucher. Je me souviens que je me suis énervée dans son bureau. Je lui ai dit : « Vous croyez qu'il faut quoi pour faire du ménage ? » Elle a rectifié : « Le ménage dans un laboratoire de recherche. Il ne s'agit pas simplement de nettoyer des chiottes ou de passer l'aspirateur, madame Beaumont. De l'intelligence. Vous pouvez me la garantir ? » J'ai répondu « oui ». Elle m'a proposé trois mois d'essai, et ensuite, elle s'est bagarrée pour m'obtenir un poste stable. Je ne l'ai jamais prise en défaut de lâcheté et encore moins d'injustice. Ce que je veux vous faire comprendre, monsieur, c'est que pour rien au monde je n'aiderais le tordu qui a commis cet acte. De toute façon, on n'aide pas un meurtrier, mais celui-là mérite vraiment de le regretter.

— Je vous comprends, et merci de ces précisions.

— Bien… mais ce qui vous intéresse c'est Ezechias Bayley ?

— Vous semblez avoir gardé une impression plutôt positive de lui.

— Ce n'était pas un gars avenant. Les témoignages des autres ne m'étonnent pas. Il était renfermé, il parlait peu… je ne sais pas comment vous dire… Vous savez, lorsque vous sentez que quelqu'un est malheureux, mais que ce n'est pas pour autant qu'il ferait du mal, même histoire de se soulager. C'était un gros bosseur. Jamais il n'a tenté de se décharger sur moi. Au contraire, il faisait le maximum pour m'aider, alors que j'étais sous ses ordres directs. De temps en temps, le matin, il m'apportait un beignet, mais il le posait dans mon casier pour ne pas avoir à me l'offrir lui-même.

— C'était quoi, au juste, son travail ?

— Il était responsable de la maintenance. Ça veut dire qu'il devait veiller à ce que le ménage soit fait selon un cahier des charges strict, à ce qu'il ne manque jamais de consommables…

— De consommables ?

— Les choses dont tous se servent en permanence : les cônes de pipettes, les rouleaux d'essuie-tout, les gants en latex, les boîtes de Petri, tout le petit matériel…

— Je vois. Pardon de vous avoir interrompue, continuez…

— Le remplacement des bouteilles de gaz avant qu'elles soient vides, la centralisation des commandes. Ça, c'était la bête noire de Valerie, ce qu'elle a pu s'arracher les cheveux !

— Comment cela ?

— L'université a décidé de faire des économies. Les frais de port coûtent très chers, parfois plus que le produit que vous commandez. Les maisons qui vendent aux labos font des ristournes lorsqu'il s'agit de gros montants. Il faut donc grouper les achats, sur un labo, mais aussi sur toute la fac. En d'autres termes, la centrale de la fac peut retarder l'envoi des bons de commande en attendant d'avoir un montant suffisant. Remarquez, de leur point de vue, c'est logique. Sauf que Valerie n'avait pas tort lorsqu'elle disait qu'on ne peut pas toujours tout prévoir et que lorsque l'on a besoin d'un produit pour une expérience prévue le lendemain, c'est pas dans une semaine ! Ezechias était chargé de faire le tour des popotes les lundis et jeudis afin de regrouper toutes les demandes des scientifiques et des techniciens.

— Je vois. Selon vous, Ezechias Bayley était son vrai nom ?

— En tout cas, il devait figurer sur son permis de conduire et sa carte de sécurité sociale. Vous savez, l'université n'engage pas les gens comme cela. Ils vérifient votre identité.

Davies songea qu'il s'agissait là d'un filtre parfois perméable, mais n'insista pas :

— Vous avez mentionné qu'il était très pieux ?

— Oui. Il portait une grosse croix en argent, avec un Christ. Vous allez me dire, c'est la mode et ça ne signifie plus grand-chose, mais le midi, après son repas qu'il prenait dans la salle de repos, il lisait la Bible. Parfois, lorsqu'il me parlait, il la citait. C'est rare de nos jours les jeunes qui connaissent le Livre par cœur.

— À la fin de votre déposition, vous dites : « Chez nous, la religion est encore très présente. » « Chez nous », cela signifiait quoi ?

— Le sud. Il était du Tennessee, comme moi. Je suis originaire d'une petite ville, Germantown, au sud-ouest de l'État, à quelques miles de Memphis. On n'est pas loin de la frontière de l'État du Mississippi. Mes parents travaillaient pour les fabriques de meubles… on est le plus gros marché de bois nobles du monde, vous le saviez ? Les troncs arrivent, tirés par bateau sur le fleuve. Quelquefois, on n'en voyait pas le bout tant il y en avait. Les gars sautaient d'un tronc à l'autre pour les rassembler avec un grappin. C'est si dangereux lorsqu'ils s'écartent. Certains y ont laissé une jambe ou un bras… C'est là-bas que j'ai rencontré mon mari…

Rennelle Beaumont se rendit compte qu'elle avait presque oublié la question du lieutenant, et elle lui adressa un petit clin d'œil complice parce qu'il n'avait pas tenté de l'interrompre.

— Enfin… Ezechias Bayley avait conservé un reste d'accent, et puis nous avons parlé de gombos de crabe aux feuilles de sassafras, sans oublier les beignets de poisson-chat. On les roule dans la farine de maïs avec un peu de piment et on les fait frire. Les gens d'ici croient que ça pue, mais c'est faux. C'est tendre comme chair. Un jour… Je ne me souviens plus bien, mais il l'a confirmé… C'est ça, il m'a parlé du Mississippi, des détails qu'on ne peut trimbaler avec soi que quand le fleuve a fait partie de votre vie. Ces grosses crevettes du Mississippi – en fait ça ressemble à une sorte d'écrevisses – que les gosses pêchent en les ramassant dans des petits paniers faits d'un fin grillage. Ça leur permet de gagner un peu de sous. On les fait griller avec des épices… Vous connaissez notre fleuve ?

— Non, madame.

Elle sourit en secouant doucement la tête :

— C'est quelque chose, notre Vieux Monsieur ! C'est une mer, il a l'air si paisible comme ça, et puis, tout d'un coup, il peut s'enrager et tout détruire... Le blues ne pouvait naître que là-bas...

Rennelle Beaumont chantonna, bouche fermée, quelques mesures : *Man, like raisin' a good cotton farm is just like a lucky man shootin' dice*[1]. Elle reprit en hochant doucement la tête :

— C'est pas tout jeune... Bayley m'a cité quelques noms de villes pour se faire une idée plus précise de mon coin. Je crois que c'était la première fois que je le voyais s'agiter un peu, participer à une conversation.

— Quelles villes ?

Elle soupira :

— C'est un peu loin...

— Je vous en prie, madame Beaumont, c'est très important. Prenez votre temps, réfléchissez.

Rennelle Beaumont le fixa. Davies ne broncha pas, comprenant qu'elle le voyait à peine, qu'il devenait l'objet interchangeable qui lui permettait de remonter dans ses souvenirs.

— Nashville... rapport à la musique. Il était passé par Millington. Ça je m'en souviens parce que mon mari y est né.

— C'est une grande ville ?

— Non. C'est au nord de Memphis, pas beaucoup plus éloigné que Germantown, sauf que là, on descend vers le sud-est... C'est tout ce qui me revient pour l'instant.

---

1. Mon vieux, réussir une belle plantation de coton, c'est comme de jouer aux dés pour un mec chanceux.

Davies était un peu déçu, mais soulagé quand même. Cette femme venait de donner un passé à Bayley, et le passé constitue un lien exploitable avec le présent.

— Je vous remercie infiniment, madame Beaumont. Vous nous aidez beaucoup. Je m'en voudrais de vous retenir davantage. Voici ma carte. Si quelque chose vous revenait, n'hésitez pas...

Elle s'exclama en le pointant de l'index :

— Jackson !

— Jackson ?

— Il était de Jackson ou alors il y avait vécu parce qu'il connaissait bien la ville. Jackson, Tennessee... pas Jackson la capitale du Mississippi.

Davies l'aurait volontiers embrassée, mais contint son souffle pour insister aussi calmement que possible :

— Puis-je vous demander quelques précisions ?

— Jackson, Tennessee... À l'origine, c'était juste une gare, et puis, ça s'est développé. Mais, nous avons aussi notre célébrité, Jonathan Luther Casey Jones...

Casey Jones, ce cheminot demeurant jusqu'au bout accroché aux commandes de sa motrice à vapeur afin d'éviter une collision avec un autre train. En vain.

— ... c'est une ville déjà importante. Beaucoup moins que Nashville ou même Chattanooga, mais pas un bled comme Germantown. Quand vous prenez l'Interstate 40, c'est à environ quatre-vingts miles au nord-est de Memphis.

— Comme Millington, donc ?

— Oui, mais plus loin.

Davies formula avec soin la question qui lui tenait à cœur, craignant d'indisposer le témoin avec une maladresse qui la vexe :

— Euh... plus précisément... quels détails vont ont convaincue qu'il connaissait bien cette ville ?

Elle haussa les épaules, en écartant les mains et en relevant les sourcils d'étonnement. Davies sourit. Le « haussement français[1] », ce mouvement si particulier qui indique à la fois la perplexité mais aussi un début de consternation pour la lenteur intellectuelle d'un interlocuteur. Un des amusants vestiges de la culture française dans le sud, comme le « hum-hum » de gorge, étonnant et séduisant pour les nordistes. Davies n'aurait pas été étonné si Rennelle Beaumont avait conclu l'une de ses phrases d'un « Voilà ! » sonore ou encore d'un « C'est la vie ! ».

— Ben... parce que je la connais aussi ! Ça remonte loin, j'étais jeune fille à l'époque, mais quand même... Je voulais devenir infirmière, une vocation, quoi. On était cinq gosses et j'arrivais en quatrième. Mes parents aimaient leurs enfants, mais payer des études, c'était impossible. Alors j'ai décidé de trouver un job dans un hôpital pour me faire un peu au milieu, apprendre des choses sur le tas et économiser pour reprendre les cours. J'étais bonne élève, une des meilleures de ma classe.

Elle hésita et quelque chose de pénible, de rapide traversa le gris-bleu de son regard :

— Je vous parle de cela, il y a quarante ans maintenant. Ça vous paraît loin parce que vous êtes

1. *The French shrug.*

encore jeune. Pour moi, c'est hier. À l'époque, dans le sud, il était impossible pour une Noire de travailler dans un bon hôpital, donc un hôpital de Blancs. Je pouvais vous torcher et faire votre ménage, mais apprendre pour devenir infirmière diplômée... Ne le prenez pas personnellement. C'est un « vous » collectif, pas tout à fait historique. Du coup, je n'ai même pas posé ma candidature à Memphis. Mais la clinique de Jackson m'a engagée comme aide-soignante. Ce n'était pas encore un établissement important à ce moment-là. Après, je me suis mariée parce que j'étais enceinte... mes projets sont tombés à l'eau. Je ne dis pas que je l'ai regretté, mon mari était un homme sérieux, gentil. Mais bon... c'est le passé ! Ezechias connaissait bien le St. Genevieve. C'est là que je travaillais.

Oliver Davies s'en voulut. Pêle-mêle de plein de trucs, certains dont il se retrouvait l'involontaire héritier. Une sorte de responsabilité ténue dans les échecs de cette femme. Et puis, il se sentit coupable de l'impatience égoïste qui commençait à le griser. Il aurait pu l'aider à dénicher d'autres souvenirs, juste pour elle, des raisons le plus souvent foireuses mais rassurantes, qui permettent de conclure qu'« après tout, c'était peut-être mieux ainsi ». Il voulait avancer vers Bayley, vite. La conviction qu'il s'en rapprochait l'avait électrisé quelques instants plus tôt. L'instinct de la chasse retrouvait l'aigu de son emprise sur lui. Il songea qu'ensuite, il prendrait des nouvelles de Mrs Beaumont, mais cette confortable hypocrisie le consterna aussitôt.

— Ezechias Bayley avait-il, lui aussi, travaillé au St. Genevieve, ou dans le coin ?

Elle hésita, lèvres pincées :

— Sur le moment, c'est ce que j'ai pensé. Et puis, je ne sais plus pour quelle raison, mais... c'est pas facile, parce que c'est juste une série d'impressions. Enfin, il est redevenu silencieux, on aurait dit que notre conversation l'agaçait soudain. Il s'est levé et il est parti sans un mot.

— Et qu'avez-vous pensé de sa réaction ?

— Pour tout vous dire, je n'ai pas compris. C'est vrai, c'était une gentille conversation, juste des souvenirs. C'est toujours plaisant de rencontrer des gens qui connaissent votre coin. Son revirement était si brutal. Je vous ai dit, Ezechias n'était pas le genre causant ou ouvert, mais là, pour une fois, il se détendait.

— Vous n'avez jamais tenté de revenir à cette scène avec lui ?

— Non. Faut pas bousculer les gens qui ne vous ennuient pas. S'ils préfèrent le silence, pourquoi les harceler ?

Une phrase qu'aurait adorée Caroline.

— Madame Beaumont, vous n'avez rien remarqué de différent dans le comportement d'Ezechias, ces derniers temps ?

— Bof... non... je ne sais pas. Je vous l'ai dit, c'était un type sombre. Difficile de dire que quelqu'un a soudain l'air déprimé lorsqu'il a toujours trimbalé sa tristesse.

Ils discutèrent encore quelques minutes, puis Davies proposa :

— J'ai assez abusé de votre temps, madame Beaumont. Je vous raccompagne, la voiture est en bas.

— C'est que je n'habite pas tout près... à Arlington.

— Raison de plus.

Elle se leva, le fixant. Elle était plus petite que sa finesse ne l'avait laissé penser à Oliver Davies. Il y avait chez elle une sorte de calme autoritaire qui n'encourageait ni à l'insolence ni même à la désinvolture.

Lorsqu'il la déposa une bonne heure plus tard devant le jardinet coquet d'une petite maison d'Arlington, elle lui tendit la main. Avant de descendre de voiture, elle déclara :

— C'est gentil de m'avoir raccompagnée... C'est sûr qu'il doit payer si c'est lui qui a tué notre pauvre Valerie, mais Ezechias n'est pas un homme méchant. Ceux-là, je les renifle de loin. N'oubliez pas.

— Je n'oublierai pas. Mais ce ne sera pas à moi d'en décider. Merci, encore.

Il était presque vingt heures lorsque Oliver Davies rejoignit enfin les locaux rouge brique du Boston PD. Putain de circulation ! C'était de pire en pire, ne semblant plus jamais s'amenuiser, quelle que soit l'heure du jour ou de la nuit. Le « Boston Driver » trimbale une réputation déplorable dans tout le pays. Le genre à ne pas savoir qu'il existe un truc baptisé « clignotant » qui permet de signaler une intention de tourner, ou à considérer que les passages piétons sont optionnels. Quant aux files de circulation, les bandes hachurées peintes sur la chaussée qui les délimitent sont toujours un mystère pour nombre d'entre eux. Cette « poésie » routière a pour résultat une cacophonie dangereuse, qui devient encore plus inquiétante lorsque la circulation s'allège, plus personne ne faisant alors attention à ce qui l'entoure. Le plus distrayant de l'histoire, c'est lorsque les piétons ulcérés prennent à leur tour le volant, changeant instantanément de comportement pour rejoindre le troupeau des conducteurs irascibles et imprévisibles.

Knight considérait son écran d'un air vachard lorsqu'il posa devant elle un sac en papier kraft. Elle se dérida, demandant :

— C'est quoi ?

— La même chose que pour moi : plein de calories sans intérêt, de cholestérol et de sucres lents noyés dans un peu de bouffe pour faire passer.

— Le pied ! Tout ce dont j'avais besoin. Finalement, je regardais, la dernière fois, au supermarché... c'est bien les boîtes pour chats, c'est vachement équilibré. Ils devraient faire la même chose pour humains.

— À voir... mais je refuse d'aller pisser dans une litière !

— Qui commence ?

— Toi... J'ai faim.

— D'accord. J'ai continué d'éplucher les factures téléphoniques. Un détail me fait saliver. Je ne l'avais pas détecté ce matin, parce que j'étais partie bille en tête sur l'agence de voyages... Pierce, dans les trois semaines précédant son périple turc, a passé trois coups de téléphone dans ce pays, à Istanbul. Le même numéro. J'ai appelé. Je suis tombée sur une fille qui parlait anglais... Et je me suis fait jeter.

— Jeter ?

— Oui. Tu sais, le téléphone qui raccroche systématiquement.

— C'était quoi comme numéro ?

— Liste rouge. J'ai fait une demande à l'annuaire international. J'attends leur réponse.

— Tu crois qu'il s'agissait d'un numéro privé ? parvint à chuinter Davies entre deux bouchées de burger.

Il se rendit soudain compte qu'il était avachi, le torse tendu, collé à son bureau pour éviter que des bouts de salade gluants de ketchup et de mayonnaise, des filaments gras de fromage ne tachent sa chemise. Il ne mangeait pas, il bâfrait. Le souvenir tenace, tendrement pénible du jardin d'hiver l'arrêta dans son geste. Il demeura là, le burger entamé à quelques centimètres de sa bouche. Le souvenir tenace, tendrement pénible de Dannah servant le thé, de ses cheveux retombant sur sa jupe. Les livres, ce précieux bronze qu'il avait aperçu dans le grand salon : un Indien sur un cheval au galop. La femme pensive, protégée d'un haut col de dentelle, du pastel bleu roi suspendu juste au-dessus de lui alors qu'il attendait dans le hall d'entrée. Un univers de distance. Mais bordel, un univers qu'il pouvait traverser si elle le souhaitait ! Il avait la force, l'obstination aussi. De cela, il était à nouveau certain. Il suffisait juste qu'elle le veuille, qu'elle l'indique. Il reposa le burger, la fringale venait de l'abandonner.

Caroline poursuivait sur sa lancée :

— Non, je n'ai pas l'impression. La voix de la nana faisait plutôt professionnel, réceptionniste, un truc dans ce genre. Il va falloir creuser. Je sens le coup foireux et je déteste qu'on me raccroche le téléphone au nez. Je t'ai gardé le *best* pour la fin ! Je ne suis pas mécontente.

Sentant qu'elle cherchait un petit compliment, il fit un effort pour repousser le jardin d'hiver :

— Ça va, les chevilles ? Tire… je jugerai ensuite si ça mérite la moitié du paquet de marshmallows au chocolat que je viens de planquer dans mon tiroir.

— Sans m'en proposer ?

— Cocotte, il s'agit de vrais marshmallows enrobés d'une fine coquille de cacao haut de gamme. C'est comme le très bon whisky : ça ne se distribue pas à la légère ! Faut une raison valable.

— Ça marche. Prépare ton mouchoir et sors ton paquet. Durgin Park !

— Et... ?

— Tu te souviens, dans le rapport d'autopsie de Pierce. Il est fait mention de son contenu stomacal.

— Ouais... Des fruits de mer.

— Juste. Ceux de Durgin Park. J'ai fait la tournée téléphonique des restau de poissons dans lesquels un type emmènerait volontiers une jolie fille... Copley Place sur Huntington Avenue, le Legal SeaFood de Park Place et bien sûr Durgin. J'ai fini par tomber sur un témoin, tu connais l'endroit... Une certaine Sharon se souvient du couple. Ça lui a fichu un coup lorsqu'elle a reconnu la victime aux infos, le lendemain.

— Elle ne pouvait pas nous appeler ?

— Nous n'avons pas lancé d'appel à témoins... Pas de raison pour qu'elle s'en sente obligée.

— Le couple ?

— Oui, la fille colle aux descriptions de Sully, grande, brune, cheveux mi-longs, très jolie, vingt-cinq, vingt-six ans, à ceci près qu'elle parlait très bien anglais avec un accent décrit comme « chantant ». Jolis vêtements, jolis bijoux, joli grand sac, pas le genre fauché qui marchande un guide touristique. Ils avaient l'air amoureux. Si tu rapproches cela du reste, ça veut dire que cette femme était à ses côtés moins de deux heures avant le meurtre.

— Tu veux faire un tour à Durgin ?

— Un soir, si tu m'invites. J'aime bien l'ambiance, c'est si vieux, si bas de plafond. Tu connais la grande salle du haut, avec ses tables d'hôte immenses ?

— Oui, c'était le restau préféré de Rebecca.

— Mauvais plan, donc.

— Pourquoi ? On y sert quand même des canards entiers et d'énormes homards qui vaudraient presque une indigestion.

— Moi, ce qui me fait marrer, c'est le service.

— Ouais, je ne sais pas s'ils entraînent les serveuses, mais dans le genre poings sur les hanches et « t'es pas content, bonhomme ? Tu préfères deux tartes dans la tronche ou tu te calmes ? », on fait difficilement mieux. Elles me foutent la trouille.

— Mais c'est le folklore, voyons. C'est ce que l'Amérique vient chercher chez Durgin Park. Ça décevrait tout le monde si elles étaient timides et affolées.

— Je sais... Mais le syndrome de la culotte courte me reprend avec ces dames. J'ai toujours peur que l'une d'entre elles ne me tombe dessus en m'ordonnant de ne pas poser mes coudes sur la table ou de tenir correctement mes couverts.

— Elles en sont capables. Pour répondre à ta question, je ne crois pas que ce soit nécessaire ce soir. Par contre, on pourrait peut-être convoquer la Sharon en question et tenter d'établir un portrait-robot informatique de la fille qui accompagnait Pierce.

— Bonne idée.

— T'as plus faim ? demanda Caroline en désignant le burger délaissé au milieu du bureau de son partenaire.

— Non.

— Je peux le finir ?

— Volontiers.

Il se levait pour lui apporter la moitié dégoulinante de son repas lorsque le téléphone l'interrompit. Caroline suivit la conversation, assez cryptique au début. Elle parvint à comprendre que l'interlocuteur de Davies était chauffeur de taxi et qu'il pensait avoir chargé Rupert Linklater samedi soir dernier afin de le conduire à Roxbury, et de le déposer à quinze mètres du Duke.

— C'est intéressant, monsieur, merci de nous appeler. Et l'autre homme… Vous pourriez… je comprends… Oui, je vois… A priori, il s'agissait selon vous d'un hasard ou de quelqu'un qui prenait soin de ne pas se faire repérer ?…. bien sûr. C'est toujours le cas… En attendant, merci encore, vous nous rendez un grand service. Bonne fin de soirée, monsieur.

— Alors ?

— Le chauffeur de Blue Cab qui a chargé Linklater et un autre mec, samedi soir, dans Boylston Street, au niveau de la jonction avec Exeter Street. La destination correspond et semble confirmer un passage au Duke.

— L'autre mec ?

— Ouais… Un grand type, sympa. Il a proposé un bon pourboire pour décider le chauffeur, pas trop enthousiaste à l'idée de s'enfoncer de nuit dans Roxbury, surtout vers Cabot Street.

— C'est lui qui réglait la course ?

— Oui, en liquide.

— Donc pas vraiment un petit mec entretenu ?

— A priori, mais Linklater pouvait lui filer du fric.

— Le chauffeur peut fournir une description ?

— Non. Le type en question portait une casquette de base-ball. Une fois dans le taxi, il s'est adossé à la vitre de séparation durant tout le voyage. Le chauffeur a pensé qu'il voulait discuter plus librement avec son copain, genre « les yeux dans les yeux »... le meilleur moyen pour éviter de se faire repérer... En d'autres termes, nous n'avons pas de description physique si ce n'est qu'il était grand, jeune, mince. Tu sais, je finis par me demander si Dannah Fowles et son frère n'ont pas raison : on a conduit Linklater là-bas pour le descendre, peut-être nous faire gober une histoire de mœurs. Dans le genre dérapage tragique, mais non prémédité.

Il lui tendit enfin sa moitié de burger en concluant :

— Knight, je crois que le plan du Duke est une arnaque. L'assassin voulait vraiment buter Rupert Linklater pour un truc qui n'a aucun rapport avec le cul.

— Chouette !

— Tu plaisantes ?

— Non, je suis très sérieuse. Y a rien de plus chiant que les histoires de cul, parce que c'est illogique, flou, impondérable. Des pulsions, des passions, bref aussi glissants que du délire. Le reste, c'est objectif, ça se trace et ça se remonte.

— Bravo, partenaire.

Elle eut une petite moue faussement modeste en commentant :

— J'accepte tes compliments, amplement mérités. Et si avant de clore cette éblouissante soirée, nous abordions le programme des futures réjouissances ?

Davies tira le paquet de marshmallows de son tiroir et le lui proposa en précisant :

— Tu peux en prendre trois.

— C'est un bonus ?

— Pas vraiment. J'espère juste que ça m'évitera de t'assommer avant de t'annoncer le reste.

Caroline Knight inclina la tête et murmura :

— À ce point ?

— Ouais.

— Ça commence par quelle lettre ?

— Au choix : « T » comme dans « Tennessee » ou « F » comme dans « FBI ».

Il perçut la brutale tension de sa partenaire. Caroline siffla :

— Ça veut dire quoi ?

— Rennelle Beaumont. Il n'est pas exclu – il est même vraisemblable – que Bayley soit originaire du Tennessee. En outre, étant entendu sa typologie psychologique, je ne serais pas surpris qu'il soit retourné au bercail pour se planquer après le meurtre de Rumbelow. Rajoute à cela qu'il a sans doute travaillé à Jackson.

Elle se passa une main sur le front et exhala :

— Et donc... on se prend les fédés sur les fesses...

— Correct !

— Bordel... Je peux pas le croire !

— On n'a pas le choix, Caroline. J'envoie un rapport dans ce sens à Fairfax.

Elle explosa :

— Mais ça ne te gonfle pas, à la fin ? On se démène sur une enquête, on se tape le boulot de base et... bingo, c'est du ressort fédéral, les costards débarquent. Rangez vos jouets, les ploucs du Boston PD, et laissez travailler les héros.

— Je n'ai pas créé la loi, je me contente de l'appliquer.

Elle fonça derrière son bureau, manquant renverser son fauteuil en tirant sa veste suspendue au dossier, et hurla :

— Je me casse ! J'en ai ras la frange. Je vais m'occuper de mon chat avant de devenir vraiment grossière !

Davies n'éprouvait nulle envie de rentrer chez lui. Rentrer pourquoi et vers qui ? Il comprenait le mouvement d'humeur de Caroline. Inutile et épuisant, mais si prévisible. Elle s'y ferait, comme eux tous. Sans doute y laisserait-elle, comme ses collègues, un peu de son énergie et de sa foi, mais on survit sans.

Chapitre 16

La très jeune fille blonde, le nez plongé dans son sac besace, percuta Dannah de biais alors qu'elle sortait de « Résonance », le salon d'esthétique le plus cher et le plus branché de *downtown* Boston. Mélange improbable mais réussi des techniques cosmétiques les plus sophistiquées, de musique de fond New Age, et d'ambiance feutrée accompagnée de diffusion d'huiles essentielles dont les noms ressemblaient à des formules magiques. On y commentait dans un murmure amical les résultats d'analyse dermatologique, nutritionnelle ou capillaire pondus par ordinateur, tout en insistant sur la régénération de l'énergie mentale par imposition de patchs imbibés d'huile de bourrache, de tea-tree ou d'ylang-ylang. Peu importait, Dannah passait un moment agréable en compagnie de ces jeunes, affables et très concernés par son bien-être rémunérateur.

— Oh… Je suis désolée, madame… J'avais la tête ailleurs. Je ne vous ai pas fait mal ?

Elle aurait été ravissante sans ses fringues bas de gamme trop voyantes et son maquillage outré.

— Non, tout va bien.

La jeune fille sourit et poursuivit sa course.

Elle ressemblait un peu à Ally, du moins à ce qu'Ally aurait pu devenir sans l'hypothèque de sa maladie. Non... ce n'était pas à sa fille qu'elle ressemblait, parce que Dannah s'était assuré que l'enfant ne connaîtrait jamais autre chose qu'un luxe protecteur. C'était à elle... des années plus tôt.

Dannah suivit la jeune fille du regard, la regardant s'installer sur un des bancs de bois libre de l'allée principale menant au dôme de Faneuil Hall, sortir de son grand sac en toile un petit paquet entouré d'un film plastique blanc : son déjeuner. La jeune fille mordit dans le premier sandwich coupé en losange, regardant autour d'elle, souriant parfois du spectacle affairé de la rue, protégeant son menton de sa main en coupe pour ne pas tacher sa veste. Elle balançait ses jambes sous le banc, comme un enfant, mastiquant bouche bien fermée. Cinq minutes plus tard, elle froissa le papier en boule dans sa paume, cherchant du regard une poubelle. Quelqu'un, un homme pressé, élégant, se dirigeait au pas de course vers le centre commercial tout de brique rouge et de verre, frôlant la jeune fille sans l'apercevoir. Dannah connaissait ces êtres si certains de leur présence sur terre, elle les connaissait si bien. Pas la jeune fille blonde qui épingla l'inconnu du regard, le suivant d'une attention qui faisait disparaître le reste de la rue. Comment aurait-elle pu comprendre, cette post-adolescente, qu'elle n'existerait jamais pour lui. Elle était habillée comme une gamine sans gros moyens qui tente de rester dans le coup, du moins dans ce qu'elle en sait, le blond de ses cheveux était renforcé de teintures maison qui les desséchaient. Même si l'inconnu l'avait remarquée, lui demandant l'heure ou sa route, elle ne savait pas parler comme lui. Si cela n'avait pas d'importance pour elle, qui croyait encore à la richesse de ce que l'on peut donner de soi, c'était le bout du monde de l'homme pressé et élégant. Le petit visage fin, trop maquillé et pourtant si joli, retrouva un moment la beauté sans âge du rêve, de cette conviction que tout reste à faire, mais seule Dannah en fut émue.

À quoi rêvent les jeunes filles de maintenant ? Sans doute à la même chose que celles d'avant, seuls les noms et les modes changent. Les désillusions demeurent identiques.

Étrange, le monde. Juste là, Dannah aurait aimé aller vers la très jeune fille, l'inviter à déjeuner, ou prendre un verre dans l'un des faux restaurants français outrageusement chers de Faneuil. Parler un peu, lui raconter deux ou trois souvenirs qui sans doute ne lui serviraient à rien. Peu importe. Ils arriveraient, plus tard, en confirmation de ses propres expériences. C'est déjà une mince consolation de savoir que l'on n'est pas la seule blessée, assommée, laissée pour morte au champ des rêves.

Mais le monde est étrange. La jeune fille ne comprendrait pas, se méfierait de l'intérêt de cette femme luxueuse, plus âgée. Elle aurait raison. Après tout, que savait Dannah des rêves, les siens avaient été pulvérisés avant même qu'elle ne sache les formuler.

Le regret des rêves que l'on n'a pas eus ? Le regret de la peine supportable qu'ils n'ont pu vous infliger parce qu'une autre, dévastatrice, les précédait de beaucoup ? Quelle effarante construction.

Elle héla un taxi.

Chapitre 17

Étrange, cette désorientation. John King était rentré depuis deux jours, retrouvant aussitôt ce constant dépaysement dans lequel il éprouvait de plus en plus de difficultés à poser ses repères.

Il ne s'était jamais vraiment cru de nulle part. La sensation permanente d'être de passage, invité. La conviction qu'il pourrait partir demain, sans rien oublier derrière lui. Il emporterait les infimes choses qui lui importaient encore. Ses pierres douloureuses, le mince bracelet de petites billes bleues offert sans un mot par Ouarda qui n'avait pas quitté son poignet depuis son départ du désert, un CD : le *Requiem* de Gabriel Fauré, le plus déchirant selon King, celui d'un athée.

Il dut faire un effort pour voir à nouveau Kay Connelly installée devant son bureau. À son attente paisible, il comprit qu'elle lui avait laissé le temps de partir dans sa tête.

— Excusez-moi, Kay. J'étais ailleurs.

— Je sais. Ce n'est pas grave.

— Où en étions-nous ?

— Le meurtre du professeur Valerie Rumbelow. Selon le rapport transféré par le commandant Amy Fairfax, le suspect Ezechias Bayley, si tant est que ce soit bien son nom, serait originaire du Tennessee. Il n'est pas exclu qu'il s'y planque maintenant. Le nœud du problème, c'est que s'il s'agit d'un crime prémédité depuis le sud, nous sommes impliqués.

— Quels indices accréditent la thèse de la préméditation ?

— Le fait que Bayley se soit fait engager par Rumbelow.

— Léger. Il peut avoir pété les plombs ce jour-là. La seule personne encore au labo à cette heure du déjeuner était la scientifique. Il l'a tuée. Il s'agit d'un meurtre à mains nues. Si encore il avait apporté une arme avec lui…

— Oui… Cela étant, pourquoi en ce cas aurait-il fourni une adresse de domicile bidon ? Une laverie automatique.

— C'est juste.

John King baissa le front vers la plaque en Plexiglas de son bureau et poursuivit :

— Le rapport d'Oliver Davies est… comment dire, déroutant.

— Déroutant ?

— Surprenant venant d'un homme comme lui.

Kay réprima un sourire :

— Vous ne l'appréciez pas, n'est-ce pas ?

— La question ne se pose pas dans ces termes. C'est un bon flic, et nos collaborations passées étaient assez satisfaisantes. C'est juste qu'il est… tellement construit. C'est souvent une parade contre la peur, une sorte de mur de protection. Le problème c'est qu'on finit le plus souvent par étouffer derrière son propre blindage. Son rapport, notamment son entretien avec cette Mme Beaumont, ressemble à une respiration, comme s'il se décidait à aller voir de l'autre côté de son mur. Je ne suis pas certain d'être clair…

— Si. Pour ne rien vous cacher, j'ai moi-même été étonnée de cette façon qu'il avait d'insister sur ce que « sentait » cette femme à propos de Bayley. Comme si Davies se convainquait au fur et à mesure de la déposition qu'il allait trouver une explication au meurtre, presque des circonstances atténuantes.

— Vous avez mis le doigt dessus.

— Mais qu'est-ce qui vous trouble, monsieur ? Pensez-vous qu'il s'agisse d'une sorte de prescience de la part de Davies ?

— Je n'en ai pas la moindre idée. Mais, voyez-vous, le recours à l'intuition ne m'effraie pas, bien que j'ignore ce qu'est au juste l'intuition… Ah, je vois à votre moue que vous n'adhérez pas à mes propos.

— Non, je ne crois pas à l'intuition dans notre espèce.

— Est-ce une affaire de « croyance » ? Ne s'agit-il pas davantage d'une constatation ?

— Peu importe, je ne l'ai pas non plus constatée. Je pense que ce que l'on nomme « intuition » est le résultat d'une culture, au sens le plus large du terme. Par culture, j'entends tout ce qui a été appris, assimilé. Parfois si bien assimilé qu'on finit par oublier qu'il s'agit d'un apprentissage. Ça permet des comparaisons ultrarapides, des analogies inconscientes, des déductions si immédiates qu'on a le sentiment de ne pas avoir cherché, réfléchi. Comme si la solution s'allumait spontanément dans votre esprit. Faute d'autres mots, on baptise cela intuition.

— C'est beaucoup moins joli.

— Je vous l'accorde.

John King resta silencieux quelques instants, puis :

— Kay... je pense que nous devrions reprendre l'ensemble du dossier de la clinique Curtis. Tout remettre à plat : Valerie Rumbelow, Ezechias Bayley, William Fowles, Rupert Linklater.

— Vous avez une idée derrière la tête ?

— Non... Vous ne croyez pas à l'intuition, quant à moi l'accumulation de coïncidences me laisse dubitatif. Il y a tout de même des liens étranges entre Valerie Rumbelow, William Fowles, Rupert Linklater et peut-être Brad Pierce. Disons juste qu'il s'agit d'une intuition ! Vous savez, le machin qui clignote spontanément.

Chapitre 18

Il était midi trente. C'était la limite qu'Oliver Davies s'était fixée, constatant l'absence de Caroline. Il avait tenté à plusieurs reprises de téléphoner chez elle, tombant à chaque fois sur le répondeur.

Il enfonça avec hargne le bouton de l'interphone pour la troisième fois, maintenant la pression de son doigt, bien décidé à ne plus la relâcher tant que Knight ne répondrait pas.

Une voix pâteuse éructa enfin :

— Bordel, qu'est-ce que vous foutez ? Vous voulez que je descende vous botter les fesses !

— C'est ça, cocotte, je t'attends.

— Oliver ?

— Non, la reine d'Angleterre. Ouvre.

— Ben, euh… écoute, je me sens pas bien, là…

— Ouvre, je te dis.

— Euh… je te rappellerai ce soir, plutôt.

— Tu ouvres ou je défonce cette putain de porte et je fais un foin pas possible ?

Enfin, le déclic. Il fonça au deuxième et poussa la porte entrouverte de l'appartement de Caroline. Les volets roulants obturaient toutes les fenêtres. Valentino miaula en se frottant à ses jambes.

— Attends, le chat. Elle ne t'a pas filé à bouffer ? C'est ça ? Je m'occupe de toi.

Il avança dans la pénombre de l'appartement et découvrit un tas avachi sur le canapé. Caroline. Son regard tomba sur la bouteille de whisky presque vide trônant sur la table basse :

— Nous avons affaire à un cas de cuite majeure, je me trompe ?

— Non... putain... je me sens mal. Tout tourne, j'ai une migraine...

— Cette bouteille était déjà entamée lorsque tu l'as sauvagement agressée ?

— ... Je l'ai achetée hier, avant de rentrer.

— Jolie descente ! Parons au plus pressé. D'abord le chat. Tu ne bouges pas du canapé.

— Je tiens à peine débout, bafouilla-t-elle d'un ton lugubre.

— C'est aussi bien, ça nous évitera peut-être d'autres conneries.

Le chat sauta sur le rebord de l'évier, ronronnant de gratitude au bruit magique de l'ouvre-boîte. Davies vida la pâtée dans la petite assiette vert d'eau, le caressa en lui expliquant :

— Maintenant, au tour de ta givrée de maîtresse. Ça risque d'être plus musclé.

Lorsqu'il revint dans le salon, portant avec précaution une tasse de café tiède, elle dodelinait de la tête en geignant.

— Tu bois. Cul sec, ça vaut mieux. Ce n'est pas trop chaud. J'ai rajouté de l'eau froide. Vas-y.

Elle avala le liquide et lâcha la tasse en couinant :

— Mais c'est quoi ?

— Du café salé, bourré de bicarbonate de soude. Tu devrais dégueuler dans peu de temps. Prépare-toi à foncer aux toilettes.

Quelques secondes. Elle se leva d'un bond et se rua dans le couloir. Davies patienta, entendant sans le vouloir les hoquets pénibles qui provenaient des toilettes.

Lorsqu'elle revint enfin, elle était livide, en nage, les paupières rougies par la violence des spasmes.

— Bon, maintenant, une bonne douche.

Elle hurla :

— Non... je n'ai pas envie de prendre une douche, lâche-moi !

— Si. Tu pues, en plus. La sueur et le vomi. Tu y vas ou je t'y traîne.

— Sans blague !

— Ouais, ce ne serait pas la première fois que je prends une douche avec une personne de sexe opposé. Je te lave si tu veux. Bon, tu te décides ?

Elle le fixait, les maxillaires serrés, l'œil mauvais. Davies s'efforça de conserver l'attitude calme et réprobatrice qui lui évitait de rire. Il enleva sa veste et entreprit de défaire les boutons de sa chemise. Ce n'est que lorsqu'elle le vit descendre la fermeture éclair de sa braguette qu'elle céda :

— D'accord... j'y vais.

— Gentille fille. Pour la peine, lorsque tu seras toute belle et propre, je te montrerai ce que j'ai amené.

Il désigna la grande enveloppe beige qu'il avait posée sur la desserte de l'entrée, et précisa :

— Les analyses que tu avais demandées au labo.

Lorsqu'elle sortit de la salle de bains un quart d'heure plus tard, Caroline Knight avait presque l'air humain.

— Ça va mieux ?

— Un peu moins pire.

Davies tapota la place libre à ses côtés et Caroline s'affala lourdement sur le canapé. Il sortit une mince liasse de feuilles de l'enveloppe et la lui tendit :

— Tu sais que tu es futée, toi... Les mecs du labo se sont livrés à des comparaisons à l'aide des photos de la cuisine. Des tests de déshydratation. La bouffe du chat avait été vidée dans son assiette relativement peu de temps avant l'arrivée des flics, c'est-à-dire juste avant le meurtre. Ils ont retrouvé des empreintes nouvelles, seulement sous l'assiette du chat et sur une des boîtes de pâtée. Sans doute oubliées lors du ménage précédant le départ, les techniciens n'ayant rien dégoté de comparable ailleurs ou sur l'ouvre-boîte. Celles relevées sous la gamelle sont en très bon état. J'ai repensé à ton scénario, et je crois que tu avais raison. Pierce est monté chez lui en compagnie de quelqu'un, sans doute cette fameuse fille. Ensuite nous avons deux versions. Je te donne ma préférée en premier : elle donnait à manger au chat dans la cuisine lorsque les agresseurs ont fait irruption. Elle a paniqué et s'est planquée en attendant leur départ.

— Ça cloche. On sait qu'ils venaient d'arriver lorsque Pierce s'est fait tomber dessus. Il était dans l'entrée et portait son imperméable. Il faudrait donc admettre qu'à peine dans l'appartement la fille s'est ruée à la cuisine pour donner à manger au chat... Une vraie amie des bêtes ! Pourquoi tu préfères cette version-là ?

Davies expira et alluma une cigarette en fronçant les sourcils :

— Parce que lorsque je visionne la deuxième option je me sens vraiment fatigué. On y va : peut-être est-ce elle qui a ouvert aux agresseurs. Pendant… pendant qu'il se faisait massacrer, elle… elle a dû nourrir le chat.

— Toujours une amie des bêtes mais dotée d'une maîtrise qui fait froid dans le dos.

— C'est un euphémisme ! Deux spécialistes de morphométrie rencontrent en ce moment même la Sharon de Durgin Park. Si tout se passe bien, le logiciel devrait cracher un portrait-robot de la fille ce soir, et ils demanderont à Sullivan Ford de l'approuver ou de le modifier.

— Dis-moi, Davies… Pourquoi Pierce t'intéresse-t-il tant soudain ? Parce qu'on est débarqués des enquêtes concernant Rumbelow et Linklater ?

— Nous n'en sommes pas à ce point. Pour l'instant, ça s'appelle « une étroite collaboration » avec le FBI. C'est John King qui suit les dossiers. Tu connais ?

— Un peu, j'ai suivi certains de ses cours.

— C'est un bon et, humainement, crois-moi, ça pourrait être bien pire. En d'autres termes, ça ne justifie pas encore de se cuiter.

Elle baissa les épaules :

— Je m'en fous, de toute façon. Je suis crevée. J'ai envie de me coucher avec mon Valentino et qu'on me foute la paix.

— Ce n'est pas le bon moment, du reste ce n'est jamais le bon moment pour nous. King veut tout. Tout sur la famille Fowles, inclus le cousin Desmond et la gentille Catlin, tout sur les meurtres de Rumbelow et Linklater, sans oublier les Coleman.

— Les Coleman ?

— Dannah Fowles. Dannah et Robin Coleman.

— Il suggère que le frère et la sœur auraient buté le mari pour hériter ? Catlin me paraît posséder davantage d'aptitudes.

— Non, je ne crois pas. Je veux dire que je ne crois pas qu'il le suggère, ni même qu'il l'envisage. C'est sa façon de procéder, d'avancer.

— Ouais, ça ressortait de ses cours. Reproduire les environnements, rentrer dans la vie de l'autre, dériver dans ses pas, habiter sa tête.

— Je vais te dire, il y a des promiscuités que je préfère éviter.

— Celles des monstres ? Encore faudrait-il s'entendre sur la définition. Parfois, je me demande si certains d'entre eux ne vont pas au fond des choses. Nous nous contentons de la surface, parce que ce qui est dessous fait peur et que, finalement, nous manquons de courage.

— J'espère que c'est le reliquat de ta cuite. Je vais te confier un secret : il ne faut jamais comprendre ou compatir avec les monstres. Ils entrent dans deux catégories opposées. Les tueurs, tortureurs jouissifs et gerbants avec lesquels nous ne devons jamais nous découvrir de gènes communs. Notre boulot consiste à se foutre de ce qui a pu provoquer leur émergence. Il faut les retirer du circuit, d'une façon ou d'une autre, c'est tout. Les autres... C'est peut-être nous, ce que nous aurions pu devenir. C'est peut-être ce qui nous terrorise tant quand nous commençons à gratter sous notre peau. Mais, de toute façon, il ne faut pas non plus pénétrer là-dedans.

— Pourquoi ?

— Parce qu'il n'est pas certain qu'on puisse en ressortir. Parce que ça signifierait que tout ce que l'on fait, tout ce que l'on croit, tout ce pour quoi on se bat est une aimable escroquerie. Et ça, vois-tu, je ne crois plus avoir les tripes.

Il tendit la main vers son visage et conclut :

— Tu ne changeras pas le monde, Caroline, moi non plus. Notre contribution consiste à éviter qu'il ne pue trop, qu'il ne devienne irrespirable pour la masse de ceux qui ne savent pas encore. C'est pour cela… Si King, le FBI ramassent les lauriers, je m'en fous. Pour tout te dire, ces lauriers-là puent si mauvais que je les leur abandonne volontiers.

Elle attrapa la main de l'homme posée contre les veines de son cou et posa son front dans le creux de sa paume, en murmurant :

— Mais King ne veut pas de lauriers… C'est pire, il cherche à devenir un archange, ou à tomber foudroyé avant.

Davies retira sa main, demandant d'un ton trop sec :

— Pourquoi tu dis un truc comme ça ?

— Je ne sais pas… Une réflexion que je me suis faite un jour, en l'écoutant.

Caroline jetait des regards furtifs à Davies, plongé dans la lecture de ses mails.

Il l'avait forcée à s'habiller, avant de la traîner dans un *salad-bar* de Washington Street pour la contraindre à avaler une énorme Caesar salad, et de la remorquer dans leur bureau. Comme un grand frère autoritaire ou un compagnon attentif. Une interrogation qui virait à l'inquiétude monopolisait toute la concentration de la jeune femme depuis quelques minutes : merde, si ça se trouvait, elle ne comprenait rien aux hommes ! Certes, c'est ce que beaucoup de femmes pensent à un moment quelconque de leurs relations avec le sexe opposé. Leurs conclusions vont alors de : « ils sont incompréhensibles » à : « de toute façon, c'est tous des nuls, même mon père », en passant par l'inévitable et très culpabilisant : « peut-être que c'est moi qui fais une montagne de la moindre chose ? ». Caroline pensait y avoir échappé, ayant toujours mis un point d'honneur à éviter toute ressemblance avec cette caricature de femme qui sert fréquemment de référence négative aux deux sexes. L'abusive simplification équivalente dans l'autre sexe se nommant « le gros beauf macho, sale, obtus et vulgaire ». Le problème, c'est que les caricatures en question sont avant tout de confortables repoussoirs. Il en existe finalement assez peu d'illustrations strictes dans la réalité.

Le bilan personnel de Caroline Knight s'alourdissait. Un père dont elle avait tant attendu, tant désiré l'amour, avant de comprendre enfin qu'il avait épuisé toutes ses réserves pour sa femme, son unique. Un jeune frère dévasté par la mort de leur mère et par la camaraderie musclée de sa sœur qui avait épousé la femme-havre capable de l'inonder de son amour et de recevoir le sien comme une justification méritée. Un premier ultime amour auquel elle avait sacrifié sa virginité en pleurant, avant de se rendre compte que ce précieux hymen, dont ses parents lui avaient rebattu les oreilles, valait une cartouche de cigarettes. Quelques autres ultimes amours dont elle préférait ne pas établir la comptabilité, ni surtout les points communs en termes de nullité. Un Barry Watson, l'ultime parmi les ultimes, qu'elle avait poursuivi de sa flamme et de ses avances et au profit duquel elle avait confondu romantisme et gnangnanterie de gentil crétin conventionnel. Et Davies. Davies qu'elle avait diabolisé, lui prêtant les pires tares, les plus minables calculs. Davies qui était sans doute le seul réceptacle digne de son amour qu'elle ait croisé depuis pas mal de temps. Autre problème, et non des moindres : si Caroline reconnaissait le redoutable glissement qui s'opérait en elle, elle ne percevait nulle trace de son équivalent chez son partenaire. Davies était et demeurait cela : fiable, solide, bon flic et excellent camarade.

La sonnerie du téléphone la tira de spéculations qui viraient à la franche morosité.

— Êtes-vous chargée de l'enquête sur le meurtre du docteur Rupert Linklater ?

En bon flic paranoïaque, elle répondit par une autre question :

— Pourquoi ?

— Parce que ça fait une demi-heure que je tente de joindre les policiers qui en sont chargés. C'est vous ou pas ?

— Oui… sergent Knight à l'appareil.

Un soupir agacé, soulagé aussi.

— Je m'appelle Scott Draper. Je vis à Portland, Maine. Je suis potier, peintre, enfin… je gagne ma vie surtout en pondant des horreurs pour touristes. Rupert fut un de mes amants, c'est… enfin je veux dire c'était devenu un de mes meilleurs amis. On s'appelait régulièrement… J'ai tenté de le joindre toute la semaine dernière par téléphone ou par mail, sans succès. J'ai appris avant-hier qu'il avait été assassiné... on parlait d'un crime sexuel...

Caroline perçut nettement la cassure dans la voix de son interlocuteur. Quelqu'un qui a pleuré ou qui va fondre en larmes mais qui se cramponne à l'idée qu'il doit faire quelque chose d'abord. Elle expliqua d'un ton calme, destiné à rassurer, en conservant une nécessaire prudence :

— C'est ce qui a retenu l'attention de certains médias. Nous n'en sommes pas convaincus. Puis-je connaître le motif de votre appel, monsieur Draper ?

— Il faut que je fasse quelque chose... Rupert m'a appelé, il y a une dizaine de jours environ, je ne me souviens plus au juste. Il était sur un petit nuage, très amoureux. Il venait de rencontrer le prince charmant, un certain Arthur. Euh... enfin, je me demandais si vous le connaissiez.

— Non.

— Vous voulez dire qu'il ne s'est pas manifesté après le meurtre de Rupert ?

— En effet, monsieur Draper. Ce qui signifie que je suis d'accord avec ce que vous ne formulez pas : ou cet Arthur craint le scandale et nous ferons notre possible pour le rassurer, ou il n'est pas clair. Dans un cas comme dans l'autre, je crois que le docteur Linklater mérite toute l'aide que peuvent lui apporter ses amis.

— Pourquoi pensez-vous que je vous cherche depuis ce matin ? Je ne sais pas grand-chose... Rupert m'a donc appelé. Il était raide amoureux, il s'agissait de l'homme de sa vie, et le futur ressemblait à un vrai conte de fées. Vous savez, ce genre d'état où l'on meurt d'envie de ne parler que de la personne que l'on aime tout en tentant de rester secret.

— Oh… je vois très bien ! Continuez.

— Ouais… Ça sent le vécu, n'est-ce pas ? Il oscillait entre l'envie de tout déballer et des pudeurs de communiante.

— Vous a-t-il décrit cet Arthur ?

— Très vaguement. Ce que je sais, c'est que leur liaison était assez récente. Un type merveilleux, intelligent, génial, beau comme un dieu grec. Bref, le fantasme classique de n'importe quel pédé.

Caroline murmura :

— C'est sans doute pour cela que les femmes s'entendent bien avec eux !

Un rire assez triste accueillit son involontaire sortie. Scott Draper poursuivit :

— Il était italien, ou du moins d'origine italienne. Il se prénommait donc Arthur et il était végétarien strict. C'est tout ce que je suis parvenu à extirper de Rupert. Je suis désolé… Mais je me suis dit que cela pouvait peut-être vous aider un peu.

— Oui, ce sont des paramètres facilitant le tri de la fameuse aiguille dans sa meule de foin… Euh, vous dites qu'il venait juste de le rencontrer ?

— J'en ai eu l'impression. La vie sentimentale de Rupert était assez désertique depuis un moment. En tous les cas, leur liaison était récente.

— Je vous remercie, monsieur Draper, et… je suis désolée, vraiment.

— Attendez… C'est vrai ce que les journaux ont raconté… qu'on l'avait… tabassé à mort… qu'on lui avait défoncé le visage…

Sa question s'était achevée sur un bafouillement pénible. Caroline regretta de ne pouvoir mentir avec aplomb.

— C'est vrai… Je vais prendre vos coordonnées, monsieur Draper. Je… enfin, dès que nous avons du nouveau, je vous préviendrai.

Chapitre 19

Kay Connelly avait déposé la veille, tôt le matin, les épais dossiers réunis par le Boston PD. Depuis, ni elle ni Jerry Martin, le second adjoint de King, ne semblaient avoir quitté le cocon si artificiel des souterrains aveugles du Jefferson Building, un des bâtiments les plus connus, mais aussi les plus redoutés de la base militaire de Quantico, Virginie. Si John King connaissait les raisons pour lesquelles il se sentait aussi bien ici qu'ailleurs, que n'importe où, il s'étonnait, s'alarmait même, de l'assiduité des deux autres. N'avaient-ils rien au-dehors qui justifiât leur retour ?

John King éprouvait pour la grande jeune femme blond-roux un sentiment complexe. Elle était si extérieure à lui, si étrangère à la façon dont s'organisaient les données dans l'esprit de son supérieur. Pourtant, elle avait l'intelligence de reconnaître et de composer avec des mécanismes intellectuels dont elle connaissait l'existence sans en saisir le fonctionnement. Une pragmatique assez subtile et robuste pour admettre et utiliser les applications de ce qui lui échappait.

Un jour qu'il lui en faisait la remarque, elle lui avait répondu en riant :

— Je me sers d'une machine à laver depuis fort longtemps. Je n'ai aucune idée de la façon dont ça marche, et je m'en fous, si mon linge en ressort propre.

Devenir une efficace machine à laver avait fait sourire King. Encore aujourd'hui.

Il s'enfonça dans le haut dossier de son fauteuil de bureau et jeta un regard circulaire autour de lui. La pièce exiguë qu'il avait choisi d'occuper lui convenait. Rien. Il n'y avait rien semé, ni objet, ni aquarelle gaie et bénigne, ni diplôme, ni trophée. Une plaque d'épais verre fumé, un ordinateur, un gros poste téléphonique, un bloc et quelques crayons. Un endroit qui espérait encore un habitant, se prêtant avec cordialité à son passage. Un endroit un peu comme lui : en attente, en vacance.

Il relut les notes qu'il avait couchées sur la dizaine de grandes feuilles jaunes éparpillées devant lui. Le souvenir d'une anecdote lui revint : Kay brandissant un large papillon rose qu'il avait posé la veille sur son bureau, demandant : « Vous savez qui a écrit cela ? » La surprise de la jeune femme lorsqu'il avait répondu : « Moi, qui d'autre ? » La large écriture de King, si lisible, forte de ses pleins appuyés, intriguait. Elle cadrait si peu avec son grand corps presque maigre, avec ce visage émacié, troué du bleu presque blanc de ses iris, marqué de rides profondes dont les plis avaient entaillé l'épiderme. Isabel Kaplan lui avait confié un jour que ses rides portaient gravées des années et des années de regards. Mais Isabel était morte, ils étaient tous morts. Sauf lui.

Une page, toute une haute feuille jaune de questions. Pour quelle raison avait-on massacré de la sorte Rupert Linklater, puisqu'il devenait peu probable que la passion, un dérapage sexuel, voire le sadisme banal fussent à l'origine du meurtre ? Cet assassinat, celui de Valerie Rumbelow, l'accident de voiture qui avait coûté la vie à son ex-mari William Fowles étaient-ils aussi dissociés qu'il y paraissait ? Pourquoi les recherches informatiques menées par Jerry Martin au sujet des deux Coleman avaient-elles abouti à un échec ? En dépit de l'insistance des différents dossiers au sujet de la personnalité peu ragoûtante de Catlin Fowles, John King n'avait pas assorti son nom de gros points d'interrogation soulignés. Une charognarde commune. Il enfonça une des touches de son gros téléphone :

— Kay… je pars à Boston ce soir. Pourriez-vous demander au secrétariat de me réserver une chambre à l'Holiday Inn de Beacon Hill pour deux nuits, j'y ai des souvenirs.

— Bien sûr. Vous avez déniché quelque chose ?

— Des points d'interrogation, et ils sont faits pour disparaître un jour ou l'autre. J'ai encore un petit service à vous demander. Prendre rendez-vous avec Mrs Fowles et son frère, demain après-midi. Je préfère ne pas débuter notre rencontre par téléphone. Je me charge de prévenir le Boston PD de mon arrivée.

— Je comprends. Je vous confirme l'heure du rendez-vous dès que je l'ai fixé avec eux.

Il avait flâné toute la matinée dans ce délicieux quartier de Beacon, trouvant maints prétextes pour s'offrir des capucinos dans les innombrables cafés disséminés ici et là dans ce carré de maisons délimité par Beacon Street et Cambridge Street. Les allées et venues des passants, le charme indémodable de ces rues, de ces immeubles bas de vieille brique, de ces faux réverbères en fonte noire le reposaient. Un baume transitoire sur ses souvenirs de misère, sur son insupportable incapacité à les alléger. John King puisait dans son admiration de touriste l'énergie d'une nouvelle tentative. Un peu plus tard, dans quelques jours, la constatation de ce luxe, si intelligent soit-il, l'évidence de cet argent le pousseraient à partir avant que l'amertume ne le reprenne. Pas tout de suite.

Dannah Fowles l'attendait au salon, les jambes allongées sur l'un des grands canapés de cuir. Son frère occupait l'extrémité. Il se leva pour serrer la main de John King, que sa taille surprit : peu d'hommes étaient plus grands que lui.

John King l'avait senti à quelques allusions du rapport de Davies. Il le constatait maintenant : l'époustouflante beauté du frère et de la sœur tenait de l'exception génétique.

Robin Coleman, après s'être présenté, l'invita à s'asseoir, désignant un fauteuil proche de sa sœur d'un agréable geste du poignet.

— Je vous sers quelque chose, monsieur King ? Louisa fait le meilleur vin de pêche de la région. C'est frais et assez léger.

— Volontiers, je vous remercie.

Dannah acquiesça d'un sourire à la muette question de son frère. Quelque chose chez cette femme le troublait, chez son frère aussi d'une certaine façon. Cela n'avait rien à voir avec un désir sensuel. Plutôt cette précieuse faiblesse que l'on ressent soudain lorsque l'on devient le témoin privilégié d'une chose unique. Un peu la même sensation que celle qui l'avait un jour figé alors qu'il contemplait *Les Iris* de Van Gogh, en vrai, juste à deux mètres de lui. Ce moment unique, lorsque cette femme adulée, une célèbre soprano, s'était levée dans un petit restaurant de New York pour chanter *a capella* le *Casta Diva* à la prière d'un serveur dont c'était l'anniversaire. Une perfection qu'elle venait de refuser caractériellement à tous les journalistes.

Dannah attendit que Robin les ait servis avant de parler, et King se fit la réflexion qu'elle avait une voix de désert, grave, basse, parce qu'il est inutile de crier contre la désolation aride du désert :

— Nous avons déjà reçu la visite d'un lieutenant du Boston PD. Mais peut-être n'avions-nous pas abordé certains aspects ?

— J'ai lu le rapport. Il y est consigné que votre frère et vous-même pensiez que Rupert Linklater avait été attiré à Roxbury, non loin du Duke, sous un prétexte quelconque. C'est bien cela ?

— Je ne le connaissais pas intimement, mais j'imagine mal Rupert fréquentant ce genre d'endroit. Toutefois, on ne peut pas exclure la curiosité, nous l'expérimentons tous.

— Il semble que le docteur Linklater ait vécu ces derniers temps une passion pour un certain Arthur. L'avait-il évoqué ?

Dannah regarda son frère d'un air perplexe et répondit :

— Pas devant moi, en tout cas. Si Rupert n'avait jamais fait mystère de son homosexualité, nous abordions peu nos vies privées.

— En quels termes étiez-vous avec lui ?

— Cordiaux, davantage sans doute. C'était quelqu'un de fiable.

— Vous le fréquentiez ? Amicalement, j'entends.

— Non, du moins pas en dehors des circonstances d'usage, quelques cocktails, les fêtes de fin d'année. Je le rencontrais hebdomadairement à la clinique, plus lorsque besoin était. Ce n'est pas simple d'établir des rapports intimes avec des gens qui travaillent pour vous. L'idée de hiérarchie engendre un biais. Cependant, pour en revenir à votre question, j'ai eu le sentiment qu'il était plus détendu, plus… spontané depuis quelque temps.

— Depuis combien de temps ? insista King.

— C'est difficile… Trois semaines, un mois.

— Ce qui cadre avec le début de sa liaison, selon son ami de Portland.

Dannah lui adressa un regard surpris, sans toutefois commettre l'indiscrétion de demander des précisions que King jugea pourtant bon de révéler :

— Le docteur Linklater s'était confié à cet ami, manque de chance sans beaucoup de détails. Il avait mentionné un Italien, du moins d'origine, végétarien.

— Ça ne me dit rien. D'autant que le végétarisme est pas mal passé de mode dans cette ville. Ne restent que les vrais convaincus. Je ne crois plus en connaître un seul.

Son frère lui sourit :

— Sauf Bernadine !

— Ah oui… Bernadine, acquiesça-t-elle avec une moue désolée… Pauvre Bernadine.

Elle éclata soudain de rire et s'excusa :

— « Pauvre Bernadine » ne faisant pas référence à son végétarisme, mais au reste.

Parce que son rire sonnait vraiment gai, sans trace de méchanceté, King demanda :

— C'est quoi le reste ? Ça a l'air terrible.

— Décoiffant, plutôt. Bernadine se toque des trucs les plus étranges. Elle n'est jamais lassante parce qu'elle change de lubie aussi souvent que de chaussures. Nous avons eu l'astrologie babylonienne, la médecine par les poudres de cristaux de quartz, les impositions de couleur mauve et, plus récemment, les runes. Elle ne peut plus rien entreprendre sans les consulter.

— Ça rompt la monotonie.

— C'est bien pour cela que nous tenons tant à Bernadine !

Redevenant sérieux, John King aborda le vrai motif de sa visite :

— Madame Fowles... Je suis un peu perplexe. Votre nom de jeune fille est bien Coleman, n'est-ce pas, comme votre frère ?

Il intercepta le regard que le frère et la sœur échangeaient, un regard de muette concertation.

— Non. Mais je ne l'ai jamais prétendu. Coleman est le nom de mon premier mari. Richard Coleman. Il a adopté Robin à ma demande. Robin est plus jeune que moi. Richard est mort d'une crise cardiaque. Je me suis toujours demandé si le marasme financier dans lequel il se débattait... Bref, il était endetté jusqu'au cou et je ne l'ai découvert qu'après son décès. Il avait dépensé un argent fou pour me faire plaisir, me garantir ce qu'il croyait être le niveau de vie que je souhaitais.

— Et ce n'était pas le cas.

— Non... si étonnant que cela paraisse de l'extérieur... C'est normal, vous ne me connaissez pas. En réalité, je m'en fiche. Ce qui compte, c'est un toit, que nous restions tous ensemble...

— Tous ensemble ?

— Tous les gens que j'aime. Vous voyez quelque chose de plus important dans la vie ?

King murmura :

— Non.

Elle baissa les yeux vers son vin de pêche et sourit. Son absence de curiosité intrigua King. Un témoin classique s'inquiète ou s'agace que l'on fouille dans son passé. Il décida de la pousser davantage :

— Ce n'est pas très orthodoxe comme procédé, je vous le concède.

— Quoi donc ?

— D'effectuer des recherches sur le passé d'un simple témoin.

— J'ignore à peu près tout des procédures policières. Cependant, je suis certaine que vous l'avez fait pour d'excellentes raisons. (Elle le fixa du bleu intense de son regard et, inclinant la tête, ajouta.) Je ne suis pas paranoïaque, monsieur King, c'est trop fatigant.

Il comprit soudain la signification de cette phrase de Davies qui l'avait dérouté : « une femme qui paraît ailleurs ». Les mots avaient été sélectionnés avec soin pour sembler le plus anodin possible, mais King avait senti sous eux un monde de non-dits qui l'avait étonné venant d'un homme qu'il jugeait rigide et sans imagination.

Dannah Fowles confirmait par chaque geste, chaque parole la sensation d'exception ressentie par Davies. King lui en fut reconnaissant.

Il allait prendre congé lorsqu'une petite fille qui ressemblait à un angelot déboula dans le salon en hurlant :

— Maman... Robin... Je crois bien que je l'ai entendu cette nuit. Ce matin, j'avais oublié... c'est là que je viens de m'en souvenir !

Robin se rua vers sa nièce et John King s'étonna de sa précipitation, de sa violence presque. Il souleva la petite fille comme une plume, riant tout en la grondant gentiment :

— Ma chérie, tu es pieds nus... Ouh, ils sont glacés les petons. (Se tournant vers King, il s'excusa.) Je la remonte dans sa chambre.

L'enfant, plaquée contre le torse de l'homme qui se dirigeait vers l'escalier, hilare contre son épaule, souffla un baiser à John King, qui le lui renvoya. Elle était ravissante, une minuscule décalcomanie de sa mère, de son oncle aussi. De très longs cheveux blonds frisés, un immense regard bleu de mer.

— Elle est ravissante.

Dannah répondit avec une infinie tristesse :

— Elle est tellement plus que cela.

— Qui a-t-elle entendu cette nuit ?

— Le loup vert... vous connaissez ?

— Oui... c'est loin.

— Ally est... très malade.

— Je sais, madame Fowles, l'ataxie de Friedreich... Je suis désolé, à un point que vous n'imaginez pas.

Elle le contempla d'un regard devenu liquide et murmura :

— Je vous crois.

Il attendit sans urgence que l'eau abandonne ses paupières, que le loup vert s'endorme à nouveau. Lorsqu'il l'entendit inspirer profondément, il se leva :

— Je vais vous quitter. Je vous remercie du temps que vous m'avez consacré. Une dernière question, si vous le permettez : quel est votre nom de jeune fille ?

— Jurgen. Robin et moi sommes ce que l'on nomme des troisièmes générations. Nos grands-parents du côté maternel étaient scandinaves. Vous en déduirez donc que ma mère n'a jamais été mariée, ce qui a beaucoup facilité l'adoption de Robin par Richard. C'était une mère merveilleuse.

Chapitre 20

Oliver Davies relut l'inventaire établi lors de la visite de l'appartement de Linklater par les techniciens du Boston PD. Le chirurgien n'ayant pas été abattu chez lui, le protocole adopté avait été assez formel. Un truc coinçait. Ce mec était peut-être une sorte de dingue de l'ordre et de la propreté, mais il devait quand même bien posséder une brosse à cheveux, une brosse à dents, et un peigne qui ne soient pas à usage unique. Les photos de sa salle de bains ressemblaient à celles d'une suite opératoire en plus désert.

Davies leva le nez et interpella Knight :

— Tu as lu le rapport concernant la visite de l'appart de Linklater ?

— Ouais.

— Rien ne te choque ?

— Ben, non. De toute façon, ce n'est pas la scène du crime.

— Un truc me chiffonne. Il s'appelle comment déjà, le type du labo ?

— Euh... Henman. Osmond Henman, le grand qu'il faut brancher en triphasé avant de lui adresser la parole.

Davies composa le numéro direct qui le mettait en contact avec le labo. Il finit par localiser Osmond

Henman, le directeur de leurs labos, cet antre si bordélique et pourtant si organisé qui avait phagocyté la totalité des deux sous-sols du Boston PD.

— Osmond ? Oliver Davies.

Il se souvenait du type. Un grand roux maigre, dont l'allure dolente et le débit lent donnaient envie de le secouer pour permettre aux phrases de sortir plus vite. En réalité, Henman cachait une des obstinations les plus agressives du bâtiment, ce qui, en soit, constituait une référence. Il était également réputé pour son intelligence et un sens aigu du pinaillage, qualité indispensable dans son métier.

Sa réponse sembla exiger un monde d'effort :

— Ah... salut...

— Osmond, vous étiez présent lors de la visite de l'appartement du docteur Linklater ?

— Hum-hum.

Un son, deux syllabes sur le même souffle, bouche entrouverte, produit par le milieu de la gorge. L'équivalent d'une affirmation dans le sud du pays.

— J'aimerais votre sentiment. Quelque chose vous a-t-il troublé ?

— ...

— Osmond ?

— Hum-hum. Troublé, dites-vous... ?

— Oui, troublé. Vous voyez... un truc dont vous vous soyez dit que ce n'était pas normal... qu'il y avait comme une erreur dans l'image.

— Hum... sans doute.

— Euh... quoi ?

— Tout était nickel. Pas normal. Pas d'empreintes sur la machine à laver la vaisselle qui venait de tourner. Elle était pleine lorsque nous sommes arrivés.

La phrase, si complète, sembla l'avoir épuisé.

— Vous voulez dire que quelqu'un a effacé ses empreintes ?

— Hum-hum... en quelque sorte.

— Autre chose ? Écoutez, Osmond, c'est très important. Votre rapport est parfait, mais justement il y est consigné si peu d'éléments...

— Nous suivons le... protocole...

— J'entends bien, c'est tout à votre honneur et à celui de votre service, mais... enfin... de temps en temps, on se forge des avis qu'on ne peut pas retranscrire dans un rapport. C'est un peu le sens de mon appel.

— Hum... Tout ce qui pouvait donner lieu à des empreintes génétiques a disparu.

Davies soupira de soulagement. Ce type était un bon.

— La brosse à cheveux et la brosse à dents ?

— Hum-hum. Et le peigne, la pierre ponce, la brosse à ongles, les limes.

— Donc le tueur avait accès à l'appartement de sa victime.

— Hum-hum. Mais... tout le monde ne peut pas penser... à tout.

Davies sentit l'adrénaline le tendre de l'intérieur. Il calma son débit et demanda aussi platement que possible :

— Comme quoi, Osmond ?

— Les siphons... Les gens oublient toujours les siphons... c'est pourtant évident.

— Et qu'y avait-il dans les siphons ?

— Je ne sais pas. J'ai fait collecter les contenus... Nous attendons un ordre d'analyse.

— Eh bien, s'il vous plaît, pourriez-vous expertiser ces contenus ?

— Non... Il me faut un ordre du juge, ou du commandant.

Inutile d'insister. Henman n'acceptait d'ordres directs que de Fairfax. Toute tentative d'intimidation ou d'exercice d'une autorité selon lui illégitime se solderait par un refus, pire, une inertie massive qui risquerait de les retarder.

— Je comprends parfaitement, Osmond. Je la contacte.

— Hum-hum.

Davies raccrocha en commentant :

— Bon, j'envoie un mail à Fairfax. Osmond n'obéit qu'à maman. Il a peut-être un truc.

— C'est ce que j'ai cru comprendre.

— À mon avis, il faut une commission du juge. Ça va prendre du temps.

Caroline écarquilla les yeux :

— Hein ? Mais enfin, il s'agit d'une enquête de police.

— Pas sûr. Est-ce un des corollaires d'une enquête de routine, ou une expertise particulière ? N'importe quel avocat n'attend que ce genre d'erreur de procédure pour te tomber dessus et faire casser un jugement.

Davies consulta sa messagerie toutes les cinq minutes dans l'espoir d'y trouver une prompte réponse de Fairfax, passant le temps en surfant sur divers sites et banques de données d'internet. Soudain, il hurla :

— Bingo. Les affaires reprennent !

— Quoi ?

Pointant l'index vers l'écran que Caroline ne pouvait apercevoir de son bureau, son partenaire résuma :

— Bayley… Une certaine Belle Bayley. Dans le *Jackson Chronicle*, daté du 8 juin 1999, il y a trois ans… Ah, merde…

Il lisait quelque chose de très moche, Caroline le sentait à la soudaine cassure de son ton :

— Merde, quoi ?

— Un petit Morgan-Mary Valance…

— Tu pourrais pas être plus clair ?

— Belle Bayley, la femme d'Ezechias Valance, s'est fait écraser avec son petit garçon de quatre ans, Morgan, alors qu'elle traversait Union Avenue. Le gosse a échappé quelques instants à la surveillance de ses parents, il s'est précipité vers un magasin décoré de coiffes d'Indiens… Selon les témoins, le chauffeur du camion n'a rien pu faire. Putain… tué sur le coup. La mère a tenu jusqu'à l'hôpital… Le St. Genevieve. Viens voir… il y a une photo de Bayley, sortant de l'hôpital…

Caroline se précipita et regarda par-dessus l'épaule de Davies en crachant, mauvaise :

— Bordel, y a vraiment des journalistes qui n'ont peur de rien. Ça, de l'info ?

Ezechias Valance, ses cheveux bruns collés contre son front, bouche béante, yeux grands ouverts, fixait l'objectif comme s'il visionnait son exécution. Un grand corps lourd, rien d'autre, mort ou presque.

Davies commenta :

— Ça colle avec les descriptions physiques ramassées auprès des employés du labo.

Elle remarqua que la voix d'Oliver avait repris ses inflexions métalliques, déplaisantes, et posa sa main sur l'épaule de l'homme, sans rien trouver à dire.

Enfin, il articula :

— Ça te dirait, un verre ?

— Ouais, ça me dirait beaucoup.

Il tira une bouteille de whisky de son tiroir, remplit à ras bord un gobelet en polystyrène dans lequel subsistait un fond de café, avant de le tendre à Caroline. Elle avala deux longues gorgées, lui passant le gobelet en précisant :

— Tu m'en laisses un peu.

— La bouteille est à peine entamée.

— Qu'est-ce qu'on fait maintenant ?

— On ne peut pas intervenir là-bas. Il n'y a qu'eux qui puissent.

Elle comprit, le FBI, John King, et songea que cette ombre, dont les interventions l'exaspéraient tout en l'impressionnant, allait lui offrir un vrai cadeau : le moyen d'aider Oliver.

— John King passe nous rendre visite aujourd'hui, c'est ça ?

Davies jeta un regard sur sa montre :

— Il ne devrait pas tarder. Finis ton verre… ça risque de choquer un ancien curé.

— Le catholicisme ne proscrit pas l'alcool, mais, si ça te détend, je peux me pulvériser la gorge avec un spray mentholé pour que mon haleine avinée ne l'indispose pas.

— Je ne t'ai pas demandé de lui rouler une pelle, juste d'être civile.

Mais la mince boutade de sa partenaire avait agi : sa voix perdit un peu de son inquiétant tranchant.

Lorsqu'un planton introduisit John King dans la petite salle de réunion qui avait accueilli les patrons du Duke quelques jours auparavant, Caroline et Davies se levèrent.

Il n'avait pas changé depuis les cours qu'elle avait suivis. L'étrange maintien de ce haut corps maigre n'avait rien de raide, on avait juste l'impression déroutante qu'il échappait un peu à la gravité. Elle se fit la réflexion déplacée que ce type était probablement fou. Du moins si décalé qu'une étiquette d'anormalité n'aurait rien d'abusif. Elle se souvint d'avoir levé les yeux des notes qu'elle grattait. Et de les avoir aussitôt baissés parce qu'ils rencontraient ce regard presque blanc. Un regard qui ressemblait à une fin, comme si nul ne pouvait passer derrière. Comment fonctionnait la tête de ce mec ? Surtout, combien cela pouvait-il coûter de s'y infiltrer ? Un pari qu'il valait sans doute mieux éviter pour sa propre santé mentale.

Elle écouta la synthèse plate et précise que fit Oliver Davies de leurs récentes avancées. La hargne, la frustration de devoir céder l'enquête aux fédéraux, l'envie même, l'avaient désertée un peu plus tôt, juste après le regard de Davies, collé à cette photo terrible.

John King conclut :

— Je ne sais pas si cela nous mènera quelque part, mais St. Genevieve est la prochaine étape.

Davies se contenta d'un hochement de tête fatigué.

— Nous ne savons toujours pas ce qui a pu conduire Bayley-Valance dans le Massachusetts, n'est-ce pas ?

— Non, monsieur.

— Bien, je crois que nous avons fait le tour, et je vous en remercie. J'ai rendez-vous dans une petite heure avec Ron Higgins, le directeur par intérim de la clinique Curtis. L'entrevue vous intéresse-t-elle ?

Les deux flics du Boston PD le fixèrent, étonnés.

John King se permit un petit rire :

— C'est bien ce que je pensais. J'admets que je suis un cas un peu atypique dans le panorama policier, mais nous ne nous comprenons vraiment pas. C'est regrettable… J'ai accepté une intégration au FBI uniquement parce qu'il s'agissait de la solution la plus efficace. Ce serait un peu long à expliquer. Quoi qu'il en soit, je refuse toute notion de rivalité. La rivalité serait dans notre cas un lourd handicap, et je n'ai pas l'intention de le tolérer. Mon objet n'est ni de gagner ni de perdre, c'est… C'est sans importance pour vous. Alors ?

Oliver Davies hésita. Il hésita parce que la spontanéité de sa réponse l'inquiétait. Depuis quand avait-il fait confiance à un autre être que lui-même ou son partenaire ? Même son ex-femme Rebecca, même Fairfax lui faisaient sécréter une sorte de prudence dont il se sentait coupable sans parvenir à s'en défaire tout à fait. Une phrase de ladite Fairfax lui revint : « Il vient un moment où l'on doit faire confiance, simplement parce qu'il n'existe aucune autre option. »

— Alors, ça marche… Ça marche et… peu importe…

— Je suis d'accord, sourit King. Nous nous congratulerons mutuellement un peu plus tard. Rejoignons-nous à la clinique. 17 h 30.

— C'est entendu.

Tous se levèrent. Davies, proche de la porte, sortit le premier. Caroline parvint enfin à intercepter le regard de John King. Avant qu'elle n'ait pu murmurer un mot, il tendit les doigts de la main, puis pointa le sol de l'index. Dans cinq minutes, en bas.

Ce type lui collait les boules, mais ce n'était pas une nouveauté.

De retour dans leur bureau, Davies exhala en se pliant en deux. Elle plaisanta :

— Ça va mieux ? Je ne crois pas qu'il morde.

— Tu sais, c'est dingue, mais je suis certain qu'il ne ment pas.

— Oh, mais j'en suis convaincue. Dans son schéma, ce serait indigne, trop simple aussi.

— Il a un schéma ?

— Non... Il en a une flopée... Et ça me gonfle ! Euh... J'ai besoin de quelques boîtes pour Valentino. J'en ai pas pour longtemps.

— D'ac. Je m'y recolle.

Lorsqu'elle poussa la porte tourniquet, King l'attendait assis sur le muret de brique rouge dans lequel un écusson géant du Boston PD était incrusté. Il souriait à la rue.

— Merci de m'avoir attendue.

— C'est d'autant moins méritoire que j'ignore lequel attend l'autre, répliqua King. Vous vouliez me parler de Davies ?

— Suis-je si transparente ?

— C'est peut-être parce que vous aviez envie de l'être. En d'autres termes, pas de quoi s'affoler.

— Euh... C'est un peu gênant...

— L'amitié, l'amour le sont rarement.

Elle bafouilla :

— Si vous continuez avec des trucs comme cela, ça va me coincer.

— Une parfaite illustration de nos faux problèmes et de nos vraies bêtises. Je vous écoute.

— Cette enquête... Ces enquêtes sont si importantes pour lui... Oliver. Il ne s'agit pas pour lui non plus de « qui-a-raison-et-pisse-plus-loin-que-l'autre ». Ce n'est pas le genre. Je sais pas... Je me demande si ça n'a pas un rapport avec son divorce, le départ de sa femme, de sa fille... Bon, je ne voudrais pas tomber dans la psy de salle de bains, mais... C'est devenu évident, tout à l'heure, lorsqu'il a déniché sur le net la photo craignos de Bayley... Merde... Il faut que je me livre à un mea culpa... Ce n'est pas crucial pour moi. Ça me faisait mal de lâcher et je voulais vous montrer que je pouvais faire aussi bien. « Vous » est pris dans le sens générique : Davies, Fairfax, le Boston PD, le FBI, Barry Watson, toute la clique. Mais je ne joue pas mon âme, mon futur personnel, sur cette histoire. Vous voyez ce que je veux dire ?

— Oh... très bien.

— L'ennui, c'est que je crois qu'Oliver en est à ce point. Je ne comprends pas pourquoi, mais... C'est presque physique comme sensation. Il ne faut pas le sevrer de cela. Je ne suis pas certaine qu'il s'en remette.

King regarda la paume de ses deux mains et les tendit vers Caroline. Elle y posa les siennes.

— À votre avis... Pourquoi pensez-vous que j'ai insisté pour qu'il m'accompagne à la clinique, car je ne vous avais pas incluse ?

Le contact de la peau tiède de cet homme la calma, elle murmura :

— Alors, ça va. À bientôt, monsieur King.

— À bientôt, Caroline.

CHAPITRE 21

Ron Higgins était un petit homme souriant, serein. Chirurgien depuis presque dix ans à la clinique Curtis, spécialisé dans les reconstructions de peau, d'excellente réputation, tout aurait pu lui réserver la place attribuée à Rupert Linklater. Il s'en expliqua :

— Ah… Quelle galère. Lorsque Dannah, euh… Mrs Fowles, a évoqué cette possibilité, j'ai dû lui paraître un gros lâche. Je me suis débiné comme un lapin ! Je suis médecin. Non, je suis chirurgien. Incapable de soigner les angines de mes enfants. Du reste, je me fous des angines… Les mains dedans. Toute mon énergie dedans, au moment où ça se passe. Un peu comme William, un mentor et excellent ami. Vous ne pouvez pas savoir… Ce moment si bref où l'on se dit que, bordel, on n'est pas Dieu mais qu'on s'en rapproche un peu, si furtivement. Ces muscles, ces organes, ce sang, cette peau vont vous obéir. Ils vont vivre et bien vivre ! Comparé à une vie d'administration et de comptabilité… Comme dit ma femme, « y a pas photo, mon chéri ! ».

Ils évoquèrent ensuite Rupert Linklater. Très compétent selon Higgins, à l'aise dans ses nouvelles fonctions. Bien sûr qu'il savait qu'il était homo, du reste tous s'en doutaient ici. Rupert n'était pas le genre à s'inventer des petites amies-alibi. Nurse Melissa Collins, l'infirmière en chef, avait confié en pleurant, juste après la nouvelle du meurtre : « C'est pas juste, il avait l'air si bien. Je suis sûre qu'il était amoureux. »

— Rien d'autre ?

— Non, mais vous pourrez en discuter avec elle. Elle avait surpris des coups de téléphone, Rupert prolongeait ses déjeuners, il était moins... Enfin, disons pointilleux qu'à l'accoutumée. Il pouvait être gonflant, une obsession quasi pathologique pour les détails. Efficace dans un cadre comme le nôtre.

Davies intervint pour la première fois :

— La grande spécialité de la clinique Curtis, c'est la chirurgie esthétique, n'est-ce pas ?

— Pas seulement esthétique, ça, c'est le versant le plus lucratif. Réparatrice. Ça peut vous sembler la même chose, mais c'est faux. Dans un cas, des patients qui décident de changer quelque chose de leur physique. Parfaitement légitime, la nature pouvant être une vraie garce, le regard des autres aussi. Dans l'autre, des victimes d'accidents, dont il est inacceptable qu'elles paient davantage parce qu'elles sont défigurées. (Soudain fier comme un paon, il précisa.) Cette clinique est au top. Nous employons cent cinquante personnes hyperspécialisées. Nous avons l'autorisation de réaliser des greffes, de peau notamment. Inutile de vous dire que ces autorisations sont accordées au compte-gouttes ! Il faut justifier d'un matos et d'un personnel haut de gamme. C'était une volonté de William, mais j'y ai contribué.

Quelque chose de très, très vague, sans doute amplifié par la tension soudaine de King... Davies insista :

— Surtout des greffes de peau, disiez-vous ?

— Oui. Des autogreffes, ce sont les moins problématiques, enfin, si je puis dire. C'est si délicat. Donneur-receveur identique. Vous savez, un bout d'épiderme des fesses pour restaurer un visage dévasté par les flammes ou un pare-brise. La peau obtenue par génie génétique devrait sous peu les rendre encore plus efficaces. Des greffes post-amputation aussi. Le type qui se fait trancher trois doigts par une scie. En ce qui concerne les allogreffes, nous avons la technologie, l'expertise et le personnel – Rupert était une bête en cardio –, mais ça exige un suivi colossal. Le Brigham and Women est bien plus compétent que nous. Ce sont les meilleurs. De surcroît, leur taille et infrastructure leur permettent de gérer cela beaucoup plus facilement.

— Quels étaient les rapports de Valerie Rumbelow avec son ex-mari ?

— Si votre question a pour objet leurs rapports privés, je n'en ai pas la moindre idée. William n'était pas du genre à déballer ses états d'âme. Je sais juste qu'ils ne s'entendaient pas et qu'ils évitaient de se rencontrer. Leur collaboration scientifique, elle, fonctionnait toujours.

— Dans quels domaines ? Le professeur Rumbelow était chercheur, pas médecin.

— Et quel chercheur ! Elle travaillait sur un énorme système enzymatique, principalement localisé dans le foie. C'est l'artillerie lourde chargée de nous protéger des substances toxiques. Seulement, comme tout système biologique, ça ne fonctionne pas toujours parfaitement. Des bavures se produisent, et c'est la première étape du cancer. Je vous passe les détails sur les différences génétiques des enzymes, mais globalement certaines seraient plus « performantes » et nous protégeraient davantage que d'autres. Valerie les pistait. Elle avait donc besoin des échantillons humains que nous pouvions lui céder.

— Mais c'est légal ?

— Évidemment ! Lorsque quelqu'un décède, on peut prélever ses organes à des fins médicales s'il en avait donné l'autorisation de son vivant, ou si la proche famille est d'accord. S'y ajoutent les décédés non réclamés, sans identité, mais cela concerne davantage les services d'urgence.

— Les morgues aussi ?

— Non. Les organes doivent être extraits rapidement après la mort, les processus de lyse cellulaire s'installent vite. Les organes sont réservés en absolue priorité aux greffes, au niveau international, mais si aucun receveur compatible n'est trouvé, ils sont récupérés pour la recherche après accord de la famille. Rarement. Les législations varient en fonction du pays. Certains n'admettent aucun type de rémunération, d'autres si.

— Vous voulez dire que l'on vend un proche en pièces détachées ?

Ron Higgins soupira d'exaspération mais fit l'effort de s'expliquer :

— Ce n'est pas aussi simple que vous semblez le croire. Ici, il est admis que le receveur direct ou indirect de l'organe règle les frais des obsèques du donneur. Ça peut choquer certaines personnes mais je ne vous apprendrai rien : c'est une lourde dépense que pas mal de familles ne peuvent pas assumer. À vous de décider si la fosse commune est préférable à un don d'organe. La décomposition organique n'épargne rien ni personne, et *a contrario* un autre être humain peut encore vivre s'il reçoit ce don. C'est un arbitrage difficile, j'en suis conscient.

Davies commenta :

— Le fond du problème demeurant : pourquoi est-ce si cher ? Pourquoi certains doivent-ils avoir recours à ce type de « dédommagement » ?

De plus en plus sec, Higgins rétorqua :

— Sans doute. Cependant, ni vous ni moi n'avons le pouvoir immédiat de faire évoluer ces choses. Toujours est-il que lorsque le cas d'un donneur sans receveur se présente, quelques labos certifiés, triés sur le volet, dont celui de Valerie, sont autorisés à utiliser les tissus. Inutile de préciser que ces autorisations sont accordées après de multiples vérifications.

Davies eut le mauvais goût d'enfoncer le clou :

— Toutefois, je ne crois pas que la recherche justifie certaines pratiques.

La réplique ne se fit pas attendre, cassante, un peu méprisante :

— Mais pour qui nous prenez-vous ? Nous sommes, comme vous, des parents, des enfants, des citoyens, des amis. Vous vous imaginez qu'on nous sélectionne sur une aptitude à la sociopathie ? Cette recherche scientifique que tant conspuent sur des bases qui relèvent de la superstition craintive, dont certains médias tartinent leurs colonnes lorsqu'ils ne trouvent rien d'autre à y mettre, peut mettre à son crédit plusieurs milliards de vies humaines préservées. Dont la vôtre, ne serait-ce que par le biais de vos parents ou de vos grands-parents ! Vous connaissez mieux ?

Ce genre de conversation, que Ron Higgins avait tenu maintes et maintes fois, finissait par lui taper sur les nerfs. Mais que pensait M. ou Mme Tout-le-monde, que l'essence de l'être humain le pousse spontanément à la générosité, à la compassion ? Des prédateurs, des prédateurs que l'argent rend plus redoutables que n'importe quels vrais fauves.

Des centaines de milliers de gens attendaient dans le monde un organe. Peu, si peu, l'obtiendraient et vivraient. Les autres mourraient. Si l'on excluait les réelles convictions religieuses de quelques familles, que restait-il ? Ceux qu'épouvantait l'idée d'une blessure nouvelle infligée à l'être aimé. Ceux qui craignaient un trafic médical, une magouille commerciale toujours possible. Et les autres... la masse des autres qui s'en foutaient, ne trouvant pas de raison suffisante pour offrir un survie à un inconnu, à l'autre bout de la plan Ceux-là noyaient le nombre minuscule des conv cus que leur fin de vie ou celle d'un être cher de servir au reste de la Vie. Le cadeau des funéraille cet indirect dédommagement financier toléré pa les institutions, se traduisait en « raison suffisante » capable d'induire la « générosité » de certains, sans permettre qu'ils versent dans des enchères mercenaires de viande humaine, celle de leur « cher » mais rentable disparu.

Ron Higgins se souvint de la dernière engueulade dont il avait été témoin entre William et Valerie. Valerie était d'une rare violence verbale, à tel point que l'on se demandait parfois si elle n'allait pas frapper son contradicteur. Du reste, elle s'était déjà laissée aller à ce genre de débordements. Un jour, en plein milieu du grand amphithéâtre de Harvard, elle avait dévalé les gradins, agrippant son ex-mari par les revers de sa veste, l'étranglant à moitié à l'aide de sa cravate, en le traitant « d'enfoiré de Dr Folamour ». Le doyen avait dû intervenir. Valerie avait écopé d'un blâme qui n'avait pas beaucoup tempéré ses ardeurs combatives.

Cet après-midi-là, Ron Higgins s'apprêtait à pénétrer dans le bureau de William au sujet d'une permutation de lit. Valerie éructait. Gêné, Ron était resté dans l'entrebâillement de la porte capitonnée. William avait hurlé :

— Tu m'emmerdes ! Sers-toi de ta tête, tu en es assez fière ! C'est un cas typique où s'opposent la logique efficace et le désordre sentimental. On ne peut pas régler ce genre de problèmes avec ses tripes, ce que l'on sent ou ce que l'on croit ! C'est confortable, mais un peu facile.

— William, tu es un sale con et ce n'est pas récent. Si tu espères me persuader que je suis illogique, il va falloir devenir beaucoup plus intelligent. Et c'est hors de ta portée. La vérité, c'est que tes raisonnements à la mord-moi-le-nœud légitiment tous les trafics, tous les meurtres d'intérêt !

— Justement. L'idée est de collaborer avec des gens dignes de confiance, ceux qui évitent les trafics parce qu'ils les connaissent.

— Tu es un menteur patenté, ou alors un pauvre type pathétique ! Tu crois sans doute que beaucoup de gens résisteront à cette inépuisable manne de pognon à leur portée ? Tu n'es pas sur place, comment peux-tu jurer de la limpidité de tes « associés » ?

William Fowles s'était alors rendu compte de la présence de Higgins. Il avait mis un terme embarrassé à la discussion qui l'opposait à son ex-femme :

— J'en ai marre. Ce chapitre est clos.

Ron Higgins avait attendu un semblant d'explication. En vain. Plusieurs hypothèses lui étaient venues, toutes écartées bien vite par l'admiration qu'il vouait à son patron et la conviction que Valerie était une hystérique incapable d'admettre ses torts.

King fixait le chirurgien depuis quelques secondes, avec une intensité étrange :

— Docteur Higgins, vous dites que les laboratoires de recherche ont « rarement » accès aux organes humains. Vous pouvez être plus précis ?

Higgins se détendit un peu.

— Ainsi que je vous l'ai dit, les organes sont réservés en priorité aux greffes. Il existe une liste de receveurs en attente indiquant leur typologie tissulaire. C'est une excellente chose. En d'autres termes, il est relativement rare que nous restions avec un organe sur les bras... Enfin, si je puis dire.

— Que font alors des labos comme celui de Valerie Rumbelow ?

— Ils achètent les tissus ou cellules humaines à des firmes spécialisées.

— Vous voulez dire que cela se vend sur catalogue ?

— Mais bien sûr.

— Comment ces firmes se procurent-elles le matériel biologique ?

— Nous ne faisons pas de recherche. Je suppose qu'ils récupèrent des organes trop abîmés pour être utilisables lors d'une greffe... Il faudrait que vous vérifiiez, je ne sais pas trop. Encore une fois,

M. King, il existe des lois et une flopée de verrous qui garantissent leur respect. On n'utilise pas les êtres humains comme de vulgaires morceaux de barbaque.

— C'est relatif.

— Dans d'autres pays, que nous connaissons tous. Pas chez nous, pas non plus en Europe, je vous le certifie. Les petits malins qui s'y risqueraient le regretteraient longtemps.

Parce qu'il sentait l'animosité et la méfiance croissantes de Higgins, King décida de mettre un terme à l'entrevue :

— En conclusion, la collaboration entre ex-mari et femme n'a jamais cessé.

— C'est exact. Elle a du reste conduit à des résultats dont nous sommes fiers. Plusieurs publications de très haut niveau, dans lesquelles la clinique est citée... Dans la liste des auteurs, pas en simple remerciement.

L'importance de la précision échappa à Davies, mais fit secrètement sourire King. Higgins ne leur apprit rien de plus. Sans doute ne s'était-il pas aperçu que sa fierté légitime venait de les tirer de la pénombre qui les freinait jusque-là.

Davies raccompagna King à son hôtel, dans Beacon. Lorsqu'il arrêta la voiture à hauteur du portier, le grand homme maigre demanda :

— Je vous offre un verre au bar ? J'ai découvert, ici je crois, le Glenmorangie. Je vous le recommande.

— Avec plaisir.

Ils s'installèrent autour d'une des petites tables basses, tout au fond du bar, attendant en silence leurs consommations. Le bruissement léger des conversations leur parvenait, encore atténué par l'adéquate profusion de claustras de bois noir et les hauts palmiers en pot.

Leur serveur disparut dans un murmure adapté à la discrétion de l'endroit, et King avala une lente gorgée du whisky délicatement roux.

— Higgins était sur la défensive. Je crois qu'il a perçu des choses qu'il n'avait pas envie d'aborder. Il y a une phrase que j'aime beaucoup, parce que j'ai vérifié sa véracité : « une coïncidence c'est un hasard, deux c'est une improbabilité acceptable, trois c'est un système ». « Système » implique une volonté d'ordre et de logique. Bref, une structuration dirigée.

— Les coïncidences étant ?

— Elles se recomposent petit à petit. Il est presque certain que la mort du docteur Linklater ne se range pas sous l'étiquette « mœurs ». Il était très amoureux, un dérapage passionnel engendré par une rupture est de ce fait peu probable. Nous restons avec des mobiles plus objectifs : l'argent, la vengeance autre que sentimentale, la peur... L'alternative commence à se dessiner et elle est assez simple : les meurtres de Valerie Rumbelow, Brad Pierce, Rupert Linklater sont-ils liés ou non ? S'ils le sont, quel est le facteur de liaison ? Linklater et Valerie Rumbelow sont rapprochés par leur travail, la clinique et la famille Fowles. Reste Brad Pierce... Pour tout vous dire, ce voyage si confidentiel en Turquie m'intéresse vivement... Encore quelques éléments et je vais comprendre.

— Pour quelle raison ?

— Vous connaissez la Turquie ?

— Non, malheureusement.

— C'est un très beau pays. Deux des sept merveilles du monde y persistent. La bibliothèque d'Adrien mérite à elle seule le voyage. C'est un peuple assez étonnant, accueillant sans fausses effusions pour touristes.

Davies le contempla, pensif. Puis :

— Vous aviez quelque chose à me dire, monsieur King ?

— Pourquoi cette question ?

— Vous n'êtes pas le genre à avoir besoin de compagnie, pas même pour boire un verre. De surcroît, je doute de représenter votre conception d'une compagnie idéale.

John King sourit à son whisky, amusé, mais pas vraiment surpris, par la perspicacité de l'autre :

— Dannah Fowles est un être étonnant, n'est-ce pas ?

Davies reposa son verre sur la table avec un luxe de précautions, se contentant d'un :

— L'adjectif est approprié.

— Hum... Je vais téléphoner ce soir à Jerry Martin à Quantico. J'ai besoin de certaines confirmations au sujet du frère et de la sœur.

— Vous les soupçonnez de quelque chose ?

— Pas vraiment. J'ai une collection de pierres. Pourtant, je déteste ramasser les cailloux.

— Excusez-moi... Je ne vous suis pas.

— Je m'en doute. C'est sans importance... Voyez-vous, Davies, nous avons tous nos gouffres. Certains paraissent si ridicules aux yeux étrangers. Ils n'en sont pas moins insondables pour nous qui nous y débattons. Ce besoin de lumière, ce besoin vital. Malheureusement, certaines lumières ne signalent que d'autres gouffres, encore plus douloureux et inhabitables.

Davies avala le reste de son verre d'un trait, résistant de justesse à l'envie de se lever et de se sauver de cet endroit. Il inspira à plusieurs reprises pour calmer l'effort de son cœur et déclara :

— Peut-être l'espoir d'être de taille à tirer quelqu'un de son gouffre peut-il vous aider à sortir du vôtre ?

— C'est un beau rêve, mais est-ce nécessairement une possibilité ?

— Si j'osais, je vous répondrais qu'il suffit d'avoir la foi.

— Ah... mais la foi en qui ? En vous ou en l'autre ? (King termina son verre et le reposa en silence.) Il se fait tard. Merci de m'avoir accompagné. Je n'aime pas boire seul. Je vais m'intéresser de près à St. Genevieve. Je vous tiens au courant.

CHAPITRE 22

Jerry Martin s'installa sans effort, en dépit d'une nuit blanche passée à pianoter devant son ordinateur. King le détailla alors qu'il sortait des liasses de feuilles de dossiers qu'il venait de déposer devant lui.

Trente-deux ans, célibataire, une élégante silhouette élancée en dépit d'une taille assez moyenne. Précis, efficace, réservé.

Le meurtre de son frère, piégé par le dangereux mirage d'héroïsme des bandes qui sévissaient un peu partout, le décès de sa mère, peu après qu'on l'eut traînée afin de reconnaître le corps de son enfant crucifié sur le sol d'un hangar, l'avaient amené là. Le besoin de comprendre, de trouver une logique, n'importe laquelle. La terreur de s'apercevoir un jour que tout cela n'est qu'un gigantesque et effroyable mensonge.

King était sensible à la prudence de Martin vis-à-vis de lui. Une prudence sans hargne, plutôt une incompréhension courtoise, au sujet de son lointain passé de prêtre. Il avait pourtant tenté de répondre aux rares questions que lui avait adressées son adjoint. Mais la sincérité remplace-t-elle la clarté ? King était si peu sûr de son cheminement, comment aurait-il pu rassurer, expliquer ses mobiles. Il s'enfonçait parfois dans un mystère qui le déséquilibrait autant que les autres.

— On y va, monsieur ?

— Allons-y.

— Jurgen, chou blanc. Je n'ai rien trouvé. En soi, ça n'a rien d'étonnant. Il faudrait que je sache où ils sont nés, décédés, où ils ont vécu. En d'autres termes, à moins d'une enquête définie...

— On laisse tomber pour l'instant, ça ne vaut pas tous ces efforts.

— Richard Coleman est bien mort des suites d'un infarctus, au Brigham and Women, il y a un peu plus de huit ans. Il avait été amené en urgence par son fils adoptif, Robin Coleman, en pleine syncope. Les archives de l'hôpital font état d'une longue histoire de problèmes médicaux, que n'arrangeaient ni son tabagisme, ni son diabète, ni son début d'obésité. Les affaires de Coleman – il armait des bateaux de pêche – étaient en sale état, elles aussi. Mrs Coleman, Mrs Fowles à l'heure actuelle, a dû emprunter de l'argent pour régler la facture de l'hôpital et des obsèques.

King soupira :

— Ça me soulage. Je crois que j'aurais détesté m'apercevoir qu'elle avait menti. Continuez, s'il vous plaît.

— Où en suis-je... Ah oui... La clinique Curtis. Les vérifications que vous vouliez. Excellente réputation. Matériel et personnel de haut niveau. Les autorisations pour les greffes n'ont jamais été remises en cause. Quelques actions généreuses – consultations et actes chirurgicaux gratuits au profit de gens sans moyens – ça ne peut pas faire de mal à leur pub…

— Curieux comme la générosité devient systématiquement suspecte, n'est-ce pas ?

Jerry Martin le fixa et répondit d'un ton calme :

— C'est sans doute que pas mal de précédents ont laissé des traces dans les esprits.

— Vous marquez un point ! Quels types de greffes réalisent-ils le plus souvent ?

— Des autogreffes. Votre propre organe ou tissu. Ça évite les rejets, c'est l'idéal. Deux allogreffes réussies qui ont fait parler d'elles dans la presse. Il s'agissait dans les deux cas de gamins atteints de mucoviscidose mais qui présentaient de bonnes compatibilités avec leurs parents.

— Comment les réalise-t-on ?

— À ce que j'ai compris, on prélève vingt à trente pour cent d'un poumon de chaque parent et on le transplante chez l'enfant. Délicat mais porteur d'espoir. Encore faut-il qu'il existe lesdites compatibilités et que les poumons des géniteurs soient en bon état. William Fowles opérait. Dur à digérer, la mort d'un type capable de réaliser des trucs de ce genre, non ?

— Toutes les vies sont précieuses.

— Ça se discute… Selon l'enquête du Boston PD, l'accident de William Fowles est le résultat d'une extrême fatigue. Ces types poussent toujours leur résistance au maximum. On pense qu'il se serait endormi quelques microsecondes au volant, peu après la sortie de l'Interstate 93 qui dessert Brookline, sur Center Street. La voiture s'est écrasée contre un arbre, elle a pris feu. Les traces de pneus indiquaient qu'il roulait vite. Pressé de rentrer chez lui, je suppose. D'après l'autopsie, Fowles était déjà mort avant l'incendie du véhicule : le coup du lapin, rupture des cervicales. Voilà tout ce que j'ai pioché.

— Excellent boulot, merci, Jerry. Je me charge de St. Genevieve. Je me demande si la mort de Belle et de son petit garçon n'a pas cristallisé ensemble des événements qui seraient restés enfouis sans ce déclencheur. Il reste à trouver la nature de cet affreux catalyseur.

King s'accorda quelques minutes après le départ de Jerry. Les choses prenaient enfin un sens. Du moins le retrouvaient-elles. Les détails s'arrangeraient entre eux, plus tard. Au fond restaient, là comme toujours, la peur et l'amour. Parmi les plus grands mobiles ou déterminants de l'espèce humaine, avec le pouvoir et quelles que soient leurs métamorphoses ; le sexe, l'appât du gain, l'envie n'en étant le plus souvent que des traductions majeures.

Caroline Knight lui répondit d'une voix d'abord affable qui se tendit sitôt qu'elle le reconnut :

— Que puis-je pour vous ?

— Beaucoup. Vous avez en votre possession toutes les factures de téléphone et les relevés bancaires de Pierce, n'est-ce pas ?

— Oui, je les passe au crible en ce moment même, et j'attends toujours l'identification du numéro turc qu'il a appelé à plusieurs reprises.

— Donnez-le-moi, Jerry va s'en occuper.

Si cette nouvelle allusion à leur supériorité l'énerva, elle ne le montra pas et s'exécuta. King poursuivit :

— Caroline, pourriez-vous rechercher d'éventuels virements ou chèques de Pierce à la clinique Curtis ? À la même époque que ses préparatifs de vacances en Turquie. N'importe quoi pourvu que la somme soit assez conséquente : un don, une mini-intervention, une grosse visite, des analyses...

— Ça marche. Je vous rappelle dès que j'ai quelque chose.

— Merci d'avance.

John King joignit ensuite le directeur de la clinique St. Genevieve, le docteur Travis Lukins, homme courtois mais méfiant qui insista pour le rappeler à la base. Dès qu'il fut à nouveau en ligne, il se justifia :

— Vous comprenez, même s'il s'agit d'une simple demande de renseignements, on ne sait jamais à qui on a affaire.

— Mais je vous comprends, et ces précautions sont tout à votre honneur. Cependant, en effet, il ne s'agit pas de divulgation de secret médical. Belle Valance-Bayley a été transportée dans votre établissement le 8 juin 2000. Elle avait été renversée et gravement blessée par un camion. Son petit garçon âgé de quatre ans, Morgan-Mary, avait été tué sur le coup lors de la collision. Je souhaiterais que vous m'éclairiez sur le décès de la jeune femme.

— Ma secrétaire a retrouvé le dossier dans nos archives pendant que je vous rappelais. Miracle de l'informatique, ça n'a pas que du mauvais ! Belle Valance a succombé à un traumatisme crânien très important, moins d'une heure après son transport chez nous.

— Et le mari ?

— Comment voulez-vous que je le sache ? Ces aspects-là ne sont jamais consignés sur un dossier médical.

— Comment Mrs Valance a-t-elle été inhumée ? Y a-t-il eu une autopsie, autre chose... ?

— Pas d'autopsie, non, puisque la cause de décès était évidente et confirmée par les examens. (King comprit que le médecin lisait le rapport en même temps qu'il lui répondait.) Mais son mari a autorisé le prélèvement d'organes, un souhait de sa femme.

— Que sont-ils devenus ?

— Les organes ? Leur disponibilité a été signalée, comme il se doit. Ils ont été conservés selon le protocole en vigueur et des techniciens les ont acheminés. St. Genevieve n'a pas l'accréditation pour les greffes. Nous ne sommes pas équipés, c'est très lourd. Toutefois, nous faisons notre maximum pour contribuer.

— Peut-on savoir ce que sont devenus les organes ?

— C'est le plus souvent très difficile, sauf accord préalable entre un donneur et un receveur. Vous savez... les transplantations font remonter des choses très profondes chez certains proches. On a connu le cas d'une mère qui a pété les plombs. Son fils s'était tué dans un accident de moto, un autre jeune homme bénéficiant de son cœur. Cette femme désespérée a fini par se convaincre que son fils vivait toujours dans la poitrine du receveur, par vouloir le récupérer, l'accaparer coûte que coûte. Pour être franc, je ne pense pas que les organes de Mrs Valance aient été transplantés. Nous en aurions eu vent.

— Je vous remercie, docteur Lukins, vous m'avez été d'une grande aide.

Un appel de Kay le tira de sa sombre rêverie :

— Jerry et moi allons déjeuner, vous joignez-vous à nous ?

Avant qu'il ne refuse, elle insista :

— Faites un effort, monsieur King... pour une fois.

Il eut envie de lui faire plaisir :

— Justement, je me proposais de vous appeler.

— Sans blague ?

— Mais si... puisque j'avais un service à vous demander.

— Ah... je comprends mieux.

— Pourriez-vous joindre d'urgence l'intendant de la Harvard School of Medicine ou le responsable de leur centrale d'achat ? Je voudrais tous les derniers bons de commande rédigés par le laboratoire dans les semaines ayant précédé le meurtre du professeur Rumbelow. Ceux qui concernent des achats de cellules, d'organes, ou de tissus humains.

— Je vous donne cela dès que j'ai une réponse. Et le déjeuner ?

— Je vous rejoins dans une demi-heure.

Le déjeuner, vite expédié, fut plus détendu que King ne l'avait redouté. Un échange de papotages plutôt agréables sur le temps, ses caprices de plus en plus meurtriers, le nouveau restaurant qui venait d'ouvrir ses portes à Fredericksburgh, des projets de vacances. Ces détails dont on croit à tort qu'ils noient l'essentiel, alors que leur signification principale est de raffermir des liens avec le futur et les autres.

Un message de Caroline Knight l'attendait à son retour dans son bureau. La voix plus aiguë débita :

— Vous aviez raison, monsieur King : Brad Pierce a subi une appendicectomie récente à la clinique Curtis. Dix mille dollars, échelonnés sur cinq mois. Étrange : il n'en conservait aucune cicatrice ! Cela m'a été confirmé par une seconde lecture du rapport d'autopsie et un appel au légiste l'ayant pratiquée, le docteur Harvey Gledhill. Anecdote sans surprise, ce dernier m'a envoyée sur les roses.

Elle adopta une voix nasillarde et hautaine pour imiter l'expert :

— « Si l'appendice avait été extrait, je n'aurais pas manqué de m'en apercevoir et de le consigner ! »

John King s'apprêtait à la rappeler lorsque Jerry Martin passa la tête par l'entrebâillement de sa porte.

— Je crois qu'on voit le bout, monsieur.

— Entrez, asseyez-vous.

— Le numéro appelé par Pierce correspond à une célèbre clinique d'Istanbul. La célébrité en ce cas se mâtinant de soupçons… On y pratique des greffes très onéreuses, interdites dans les autres pays.

King ferma les paupières et murmura :

— Je vois. Nous les connaissons. Il existe l'équivalent dans d'autres pays. Des donneurs en provenance de l'Est, rémunérés des clopinettes pour abandonner un rein qui sera vendu une fortune à des gens qui en ont les moyens… Cela n'étant que la partie la plus visible de l'iceberg. Saviez-vous qu'un paquebot-palace mouille au milieu de la mer d'Émeraude ? On y dépose par hélicoptère les riches acheteurs. Ils sont transplantés sur place.

— Je l'ai lu dans nos briefings. On ne peut rien faire, ils sont dans les eaux internationales. Le fric, encore le fric… La gangrène de notre monde.

— Le fric, comme vous dites, n'est ni une invention ni une gangrène récentes : le premier acte écrit de l'humanité est une vente, un acte de propriété. De surcroît, qui aurait l'outrecuidance de condamner des receveurs menacés de mort ou d'une vie d'invalides parce qu'ils tentent leur dernière chance ? Non, l'inacceptable, c'est encore et toujours l'exploitation de la misère des autres : que des êtres dont le seul but est de nourrir leur famille et de survivre soient contraints de vendre *une livre de leur chair*. L'inacceptable, ce sont les mafias qui kidnappent, assassinent partout dans le monde pauvre pour récupérer les organes, tous les organes, ceux d'enfants inclus, afin de les revendre au plus offrant. La chose étant impossible sans complicité médicale.

— Ça vous étonne encore ?

— Non… ça me blesse toujours… Reste à dénicher le rôle joué par la clinique Curtis là-dedans.

— Vous croyez que William Fowles ou Rupert Linklater trempaient dans ce genre de trafic ?

— Je n'en sais rien. Ce que je comprends, c'est qu'il s'agit sans aucun doute du nœud de l'histoire.

John King appela Caroline Knight sitôt son adjoint parti :

— Bon travail, Caroline, mais j'ai une exécrable nouvelle pour vous : vous me logez à nouveau le légiste… Gledhill, c'est bien cela ? Je veux savoir si les blessures infligées à Pierce n'avaient pas pour objet de dissimuler des cicatrices postopératoires.

— Ah bon… Il est odieux, vous savez ?

— C'est un passe-temps chez pas mal d'experts. Redoublez de finesse et de charme, ça les désamorce.

Sans lui laisser le loisir de commenter son optimisme, il poursuivit :

— Si Davies est dans le coin, soyez aimable de me le passer… Un voyage pour Jackson.

— … Merci, monsieur King. Je transfère la communication.

Une série de déclics puis la voix tendue de Davies :

— Monsieur King ? C'est quoi, Jackson ?

John King résuma à son profit les éléments que lui avait fournis le docteur Lukins de St. Genevieve, et s'acquitta de la promesse qu'il avait faite à Caroline :

— Je suis presque sûr que Valance est à Jackson... Il est déjà mort là-bas, il y a trois ans. Il ne se cache pas, il traîne autour du décès de sa femme et de son fils. Rennelle Beaumont avait presque raison : il n'est pas « méchant », il est démoli, définitivement.

Davies rétorqua :

— Il a tout de même massacré une femme.

— Il paiera. Du reste, il le cherche.

— Vous savez pour quelle raison il a explosé Valerie Rumbelow ?

— Lorsque la douleur devient trop forte, qu'elle croit trouver un exutoire, un inefficace exorcisme, n'importe où... Un monstrueux hasard. Ça ne constitue en rien une excuse, nous sommes d'accord. Il me manque des précisions. Je les attends d'une minute à l'autre... Davies, j'aimerais que vous partiez là-bas, comme extension du Bureau, si je puis dire. Retrouvez Valance.

King perçut une sorte de soulagement dans la voix de son interlocuteur, un beau soulagement, lorsque l'on pense que l'on va enfin agir, peut-être même empêcher le pire de survenir. Pourtant, Davies résista :

— Pas sans Knight. C'est son enquête. C'est elle qui s'est acharnée dessus.

— C'est juste.

— Je peux nous trouver un vol dès ce soir pour Memphis. Nous louerons une voiture à l'aéroport.

— Bien. Kay Connelly va vous faxer un ordre de mission pour amadouer les flics locaux. Davies... je ne sais pas jusqu'à quel point on peut se retrancher derrière l'inévitable, jusqu'à quel point nous sommes capables de l'infléchir. Je veux dire...

— ... que vous sentez cette arrestation très mal ? Moi aussi. Je vais faire le maximum pour que les choses se passent au mieux, au moins pire possible. Deux victimes Valance, ça devrait suffire, non ?

Lorsque Kay Connelly pénétra dans le bureau de son supérieur, une pénombre inhabituelle l'arrêta. King n'avait conservé que la lumière du spot qui éclairait son haut placard d'archives. Elle s'avança vers l'homme incliné, mains jointes sur le bureau, serrant entre ses paumes ce qu'elle savait être l'héritage de tant de souffrances, d'une infinité de regrets. Ses pierres. Tous les petits cailloux qui portaient le souvenir des morts familiers qui balisaient sa vie. Une soudaine envie de fuir la fit reculer vers la porte.

Il leva la tête. Les pierres disparurent dans la poche de sa veste. Au regard bleu-blanc qui ne la reconnaissait pas, qui s'agrandissait, elle sut qu'il se bagarrait pour revenir parmi eux, les vivants. Il lâcha dans un souffle :

— Excusez-moi, Kay.

— Vous voulez un verre d'eau ?

— Non, je vous remercie. Vous souhaitiez me parler ?

— Oui. J'ai les fax des commandes. Je les épluche ou vous préférez y jeter un œil ?

— Laissez-les-moi. Merci, Kay.

Elle déposa les feuilles sur son bureau. Le regard si lourd de la jeune femme contraignit John King à une explication :

— Kay ? Ne vous inquiétez pas pour moi... Je vous en prie. Chacun de nous puise sa force dans les lieux qui le rassurent. Le mien n'est effrayant que de l'extérieur. Lorsqu'on a pris l'habitude de s'y laisser parfois glisser, il est aussi doux et réconfortant que les autres.

Il sembla à Kay qu'il venait de s'autoriser sa première confidence et elle lutta contre les larmes qu'elle sentait venir sans parvenir à les expliquer :

— Je l'espère, monsieur... Nous sommes quelques-uns à tenir à vous... Sans doute même beaucoup.

La photocopie de la commande échappa des mains de King. Elle glissa sur la moquette anthracite. Il lui sembla qu'il était préférable d'attendre un peu avant de la ramasser.

Neuf mille dollars. Neuf mille dollars pour un gramme de cellules hépatiques humaines achetées sur catalogue. Et John King sentit à son tour son cœur s'emballer, sa respiration lui bloquer la gorge. Il vécut la stupeur, l'incompréhension, puis le chagrin, enfin la fureur d'Ezechias découvrant cet ordre d'achat. Daté de la veille du meurtre de Valerie Rumbelow. L'homme démoli n'avait pas compris que ces cellules ne pouvaient pas provenir de Belle, d'aucune autre femme, métaphore de sa Belle. L'insoutenable vision de Belle, découpée sur une table en inox, son foie inutilisable pour une greffe débité en cubes, broyé dans d'épaisses tulipes de verre, centrifugé. La plus importante, la seule histoire de sa vie, réduite en flacons, vendue.

Valerie Rumbelow était morte parce qu'un homme cassé avait cru pouvoir réparer un peu de sa douleur. Peut-être ce meurtre insupportable lui permettait-il aussi d'effacer enfin le lien persistant qui le retenait à l'organicité de sa vie, l'empêchant de rejoindre Belle et son petit garçon ? Car il ne s'agissait pas de vengeance, d'un inepte marché réclamant une vie contre une autre. De cela King était certain.

King laissa un message sur le cellulaire de Davies, lui expliquant aussi clairement que possible ce qu'il venait de comprendre.

L'histoire se poursuivrait sans lui, et c'était mieux ainsi. Son dénouement mettrait en présence deux hommes démolis, ou abîmés dans le cas de Davies, cherchant chacun leur suite.

Chapitre 23

Knight et Davies n'avaient eu aucun mal à loger Valance. Jackson n'est pas une si grande ville que les flics n'y repèrent pas très vite un étranger, sombre et massif, rôdant dans le même coin sans pourtant aborder ou ennuyer quiconque.

Oliver Davies fixait depuis plusieurs minutes le magasin, de l'autre côté d'Union Street. Un chouette magasin, une de ces énormes quincailleries-bazars comme on en trouve encore dans pas mal de villes petites ou moyennes des États-Unis. « *If we don't have it, it does not exist* », si vous ne le trouvez pas chez nous, c'est que ça n'existe pas. Le genre d'endroit où Davies pouvait traîner des heures entières, s'émerveillant comme un petit garçon de toutes ces vis, de tous ces interrupteurs, ces outils inconnus et même ces rouleaux de fil électrique en tresse textile, comme celui des anciens fers à repasser. Sa mère pestait parce qu'il s'enroulait en tire-bouchon et que les fils en coton de la gaine finissaient par craquer. Oui, un super-chouette magasin dont la porte était décorée d'un grand Indien en bois sculpté, arborant fièrement une coiffe emplumée et colorée. Une irrésistible attraction pour un tout petit Morgan-Mary.

Caroline Knight le secoua par le bras.

— Il faut y aller. Ça fait une bonne demi-heure qu'il est entré.

La boîte était à moitié vide lorsqu'ils y pénétrèrent, l'affluence normale d'un début d'après-midi. Les décibels exagérés d'une chanson jadis célèbre se répercutaient dans l'espace modeste. *At the Copa, Copa cabana*… Quelques clients lugubres sirotaient une bière au bar, le regard noyé dans la surface ambrée de ce qui n'avait plus aucune importance.

Trois hommes, semblables comme des ombres, étaient collés à la piste couverte d'une sorte d'épais papier aluminium censé figurer l'éclat et le glamour du sexe et du fric qui l'accompagne.

Caroline Knight marmonna :

— Oh, bordel… encore une boîte de ploucs, avec des meufs perruquées platine, en slip minimum et pompons collés aux nénés… et ça les fait bander !

Oliver Davies repéra immédiatement Ezechias Valance. Une montagne de mec, brun, fixant une fille perruquée platine, en slip minimum. Elle portait toujours son soutien-gorge. Caroline, jambes légèrement écartées, veste ouverte pour dégager son arme, ressemblait au schéma explicatif d'un manuel de formation policière. Il la devança :

— Attends-moi, j'en ai pour quelques minutes.

Elle tenta de le retenir par la manche de son veston :

— Ce mec est un tueur, Davies !

— On peut le voir comme ça. Lâche-moi… juste quelques minutes.

— Au moindre geste menaçant, je l'explose, c'est clair ?

— D'accord.

— Je veille sur toi, vas-y... ne t'inquiète pas.

Ce qui inquiétait Davies, c'était la possibilité de carnage qu'il percevait chez elle.

Il commanda deux bourbons au bar et se dirigea vers la planche étroite qui servait de table à Valance. Il déposa un verre devant l'homme paisible et s'installa à ses côtés en annonçant :

— Lieutenant Oliver Davies, Boston PD. J'aimerais qu'on discute un peu, monsieur Valance.

— Bayley... mon nom est Bayley.

Valance se tourna ensuite vers lui et déclara en désignant la fille d'un geste de la main :

— Elle a l'air triste, vous ne trouvez pas ?

— Les filles de bled sont rarement gaies. Montrer son cul à des beaufs qui bavent comme je pisse pour éviter le trottoir, il n'y a pas de quoi se réjouir.

— C'est injuste.

— Ouais... comme pas mal d'autres choses. Bayley... c'était le nom de jeune fille de votre femme.

— Belle Bayley. Je connais pas grand-chose... au monde, je veux dire, mais si une femme mérite de s'appeler Belle, c'est elle. Elle est belle de partout... Vous avez dix dollars ?

— Oui, pourquoi ?

— Passez le billet dans la bretelle de son soutien-gorge. Elles doivent ramener du fric. Elles sont dans la merde sans cela.

Davies sortit le billet de son portefeuille. Aussitôt la fille s'accroupit devant lui, cuisses écartées. Retenue à un mince pilier, l'index allant et venant dans sa bouche entrouverte, luisant de salive sous les néons. Triste pantomime de fellation qui aurait fait débander Davies même s'il avait été fin bourré.

Où avait-elle vu qu'une femme qui se laisse mener par le désir promène mécaniquement sa langue sur ses lèvres, en prenant garde de ne pas endommager sa couche de rouge ? D'ailleurs, qu'en avait-il à foutre ? Elle faisait ce que le patron de la boîte lui avait ordonné. La puissance de clichés ressassés par des mecs qui s'y connaissaient en baise à peu près autant qu'en peinture impressionniste. Sous-jacent, le mépris de l'inventeur de cette pathétique chorégraphie vis-à-vis des types que les contorsions des filles parviendraient à faire décoller.

Dannah. Il avait imaginé le regard de Dannah dans ces moments où le désir ne prend plus de gants. Un regard de fauve, de dingue. Pas de déclaration, encore moins de démonstration. Pas de mots, de roucoulements débiles de gorge. Un souffle, presque pas de gestes. Mais un regard, ce regard qui bascule, qui ne reconnaît plus grand-chose, que ce qui va suivre. La politesse s'effondre, plus d'économie. Plus rien n'existe que maintenant, tout de suite. Merde. Merde, il avait souri dans l'odeur de son sexe blond, étiré les muscles de son ventre d'homme afin qu'elle y sème ses lèvres. Il avait baigné dans ses cheveux des nuits entières depuis qu'il l'avait rencontrée. Sans elle.

La voix de Bayley lui parvint loin, si loin.

— Vous êtes marié ?

— Divorcé.

— C'est moche.

— Ouais. Elle avait raison, je n'ai pas été à la hauteur. C'est même pas ça... je n'ai rien compris.

Bayley sourit en inclinant la tête :

— Ouais, les femmes font souvent cet effet-là. Elles sont… elles sont ailleurs que nous. Je dis toujours qu'elles sont plus près de Dieu. Enfin… la plupart d'entre elles. Je me vanterais si je prétendais que je comprends toujours Belle. Parfois, elle sort des trucs… Je pige pas. Mais c'est pas grave, je sais qu'elle a raison. D'ailleurs… merci pour ce verre, mais il va falloir que je rentre. Belle n'aime pas que je traîne… Attendez, elle sait bien que je me fous de tout sauf d'elle et de notre bébé. Mais bon, vous connaissez les femmes… elles s'inquiètent vite. Romantiques et mélodramatiques.

Une peine effroyable coupa la respiration d'Oliver Davies. Putain, s'il n'avait pas été si coincé, ça lui aurait fait du bien de fondre en larmes sur l'état du monde. Il haleta :

— Ezechias ? Belle est morte. Elle est morte il y a trois ans. Elle tenait votre petit Morgan-Mary dans les bras. Ils sont morts tous les deux… écrasés par ce camion qui n'a pas pu freiner. Merde… ils sont morts, Ezechias… Et vous êtes accusé du meurtre de Valerie Rumbelow.

D'abord un regard sombre qui ne comprenait pas de quoi il voulait parler. Puis l'immense carcasse de l'homme qui s'effondrait sur sa chaise, des mains comme des rivières qui se joignaient. Des larmes qui roulaient vers la table, s'y unissaient pour une célébration désespérée.

— Bordel, mec… qu'est-ce que tu crois ? Que je suis dingue ? Que je ne sais pas qu'elle est morte ? Eux deux ? Belle, c'était comme si toutes les couleurs se rencontraient au même moment. Elle a emporté les couleurs avec elle. Il reste le gris, partout. Elle… elle m'avait toujours dit qu'elle voulait que sa vie serve. Quand elle est morte, ils m'ont demandé si j'acceptais qu'on prélève ses organes, pour des dons. Ils ont dit qu'ils payaient l'enterrement, en dédommagement. J'en avais rien à foutre. Je voulais pas qu'on la découpe, mec... Ça me tuait qu'on l'ouvre. Elle était si belle, tu n'imagines pas. Mais je me suis forcé, parce que je savais qu'elle serait contente de moi. Plus tard, j'ai appris que ça n'avait servi à personne. Belle, qui aimait tant la vie, n'avait pas pu en aider une autre après sa mort. Putain... ils ont découpé mon ange pour rien. Ses organes ont fini dans des ampoules, pour des labos. Ma vie, mon âme dans des ampoules de merde. J'aurais accepté qu'une vie continue grâce à elle, parce que donner, c'était tout Belle. Mais pas ma femme dans une boîte de Petri à la con.

Quelque chose venait de céder. Quelque chose qui ne reviendrait pas, mais Oliver était incapable de l'identifier. Il s'entendit répondre :

— Ezechias... Ce ne sont pas les mêmes organes. Pas dans des pays comme le nôtre. Les tissus humains qui sont utilisés pour les expériences proviennent de cadavres anonymes, que personne ne réclame. Ou alors de gens qui ont donné leur autorisation de leur vivant. Personne n'utilise d'organes comme bon lui semble. Valerie Rumbelow, pas plus que ses confrères. Tout cela est fliqué. Rien, pas le moindre gramme de cellules, ne peut sortir sans qu'on sache où et pourquoi... Ezechias ? Valerie est morte pour rien, comme Belle... Les beaux êtres meurent et nous abandonnent dans ce monde de merde qui n'a plus aucun sens s'ils s'en vont.

Valance le fixa de ce regard sans fin, soudain calme :

— C'est vrai ? Faut plus mentir, mec. C'est trop tard, maintenant.

— Ouais, c'est vrai... je le jure.

Et Davies se rendit compte qu'il chialait lui aussi, pour la première fois en trente ans, sur la vie, sur Belle et son bébé, sur Valerie, sur Ezechias, sur Dannah, et pourquoi pas sur lui-même.

— Il faut me suivre, Ezechias. J'ai un mandat d'arrêt. Je t'en prie, ne fais pas de difficultés. Je suis plus de taille ce soir.

Bayley tendit lentement la main devant lui, doigts écartés, plissant les yeux au fur et à mesure, comme s'il la perdait de vue. Et puis, il la fourra dans la poche de son grand blouson.

Gris. Tout est gris.

Belle, les couleurs sont mortes.

Savais-tu que tu emmènerais les couleurs ?

Je me colle aux murs.

La voix grise d'un mec me parle de toi, mais je ne comprends plus. Les sons sont devenus gris, eux aussi.

Belle, tu cours et tu ris. Il est drôle, le garnement. Et je ris aussi dans la voiture. Vous êtes si beaux tous les deux. Blond, rouge, vert, brun, avec une tache jaune.

Et le type dans son camion bleu pétrole. Il hurle. Et je ne me souviens pas si tu as hurlé, toi aussi.

Le gris est venu comme une vague, ma Belle. Il a tout recouvert avant même que je descende de voiture.

J'ai su, en ouvrant cette portière, que ma vie serait grise à partir de cette minute. Pour toujours.
Ma Belle, je n'ai jamais été seul, je n'ai jamais eu peur, je n'ai jamais pleuré, parce que je n'ai jamais été sans toi.
Je m'adosse aux murs gris de cette ville. J'ai froid. C'est le gris, je crois. Je tends la main, mais je la perds de vue parce qu'elle est de la même non-couleur. Alors, je la fourre vite dans ma poche. Comme ça, je sais où elle est.
J'ai peur, ma Belle. Je me dis que si tu viens me chercher, tu vas avoir beaucoup de mal à me retrouver. Comment me reconnaîtras-tu dans tout ce gris ?
J'ai mal, ma Belle. La seule idée d'une couleur qui me reste, c'est le rouge. Le rouge qui dégoulinait de tes lèvres sur le gris de ta joue, de ton cou, sur le gris de ta robe verte.
Il faut que tu reviennes, ma Belle, je suis si seul. J'ai peur et j'ai mal. Si mal.
Je t'en prie, viens me chercher, ma Belle.

Des sanglots secs, râpeux comme une lave, poussèrent l'homme vers le sol.

— Ça va aller, Ezechias…

La suite fut si rapide que Davies mit un temps fou à la récapituler.

Le flingue, un pistolet, large, argent qui brillait, dont il crut à un moment voir la gueule s'ouvrir juste à côté de sa tempe. Une détonation, comme un gouffre. Ezechias qui le fixait, une sorte de sourire hésitant aux lèvres. Un truc en étoile qui s'évasait, qui coulait rouge le long de la racine de ses cheveux noirs. Ezechias qui s'effondrait sur l'étroite planche de bois, la fille à poil sur scène qui hurlait en se cramponnant le visage.

Caroline qui fonçait, flingue au poing, renversant les rares clients, le plaquant contre elle. Elle disait plein de trucs qu'il ne comprenait plus.

Et lui qui chialait parce que, c'était vrai : soudain, il n'y avait plus de couleurs.

CHAPITRE 24

Davies avait pris sa journée, sans l'en avertir. Si la solitude de cette fuite l'avait blessée, Caroline la comprenait.

La panique. Une vraie panique. Lorsque Ezechias avait tiré ce flingue, elle avait retrouvé des bribes de prière, elle qui les avait toutes oubliées. Mon Dieu, je vous en prie, ne pas se trouver mal, réagir, foncer, protéger.

Elle aurait pu accompagner la fuite d'Oliver, se taire, juste lui indiquer qu'elle était là pour lui. Il n'avait pas voulu d'elle. Peut-être n'y avait-il même pas songé.

Il allait mal, si mal. Lorsqu'elle s'autorisait l'effort de remonter la chronologie du gouffre qui le happait, la conclusion qui s'imposait la dévastait. Si peu à voir avec son divorce ou même le départ de sa femme. Au bout du compte, cette histoire-là se solderait par une gigantesque claque d'incompréhension, puis d'orgueil, qu'il évacuerait même si le traumatisme ouvrait la porte à d'autres choses. Ce n'était pas non plus le suicide d'Ezechias. Cette dernière douleur, cette incapacité à sauver l'homme déjà mort trois ans plus tôt, avait été salutaire, comme l'excision d'un abcès. Non, un truc, une découverte s'était produite entre les deux, anéantissant tous les ancrages de Davies. Caroline pensait l'avoir cerné, et c'était un vrai massacre : Dannah Fowles. Le silence de Davies, tous les stratagèmes qu'il utilisait pour éviter de lui raconter leur rencontre, la persuadaient qu'elle avait vu juste.

Dans la longue liste de ses mauvais investissements masculins, elle se tapait le fantôme, la femme parfaite, le rêve. Mais les hommes restent des rêveurs. C'est une de leurs véritables forces.

La vie ne pouvait-elle imaginer moins débile que l'éternel plan de la fille-qui-aime-un-mec-qui-aime-un-fantasme ou l'inverse, sans oublier les combinaisons intermédiaires ? Finalement, ce couple fusionnel, cette union si exclusive qui avait joint ses parents prenait des allures de parfait scénario... du moins lorsqu'on ne tombait pas au milieu, contrairement à son frère et elle.

On verrait plus tard.

Elle lut le mail ampoulé et agacé du légiste en réponse à la question posée par King. Il en ressortait que « si les policiers s'accordaient pour enfin transmettre les renseignements en leur possession au moment où ils étaient le plus souhaitables, sa vie en serait simplifiée. Mais sans doute serait-il mort avant qu'un tel miracle ne se produise... En effet, si l'on prenait en compte que le but des tueurs était avant tout d'effacer des cicatrices postopératoires révélatrices, les blessures infligées dans le bas du dos de Brad Pierce devenaient logiques. Étant donné l'étendue des dégâts tissulaires, l'hypothèse ne pouvait être confirmée, mais elle tenait la route ».

Caroline appela immédiatement Quantico et relata le contenu du message à King, qui soupira :

— Bien, nous y sommes presque. Je vais contacter le commandant Fairfax. Il faut qu'elle nous obtienne un permis d'exhumer la dépouille de Pierce. Cela ira plus vite venant d'elle que de Virginie.

— Ce n'est pas de la tarte, en général.

— Nous avons des arguments. J'envoie quelqu'un du Russel Building à Washington DC pour réaliser un prélèvement. J'espère juste que nous n'arrivons pas trop tard, je ne connais pas grand-chose à la stabilité *post mortem* de l'ADN.

— Un prélèvement... une empreinte génétique des reins ?

— C'est cela. Selon moi, l'un des deux est le fruit d'une transplantation... Enfin, je souhaite qu'il ne s'agisse pas des deux. Dites-moi, Pierce est originaire de Boston ?

— Non, de l'État de New York. Il est arrivé chez nous il y a cinq ans.

— Bien, nous allons lancer une recherche dans tous les hôpitaux pratiquant des dialyses en routine... Pour le plaisir d'une confirmation. Encore une chose, Caroline. Combien Pierce a-t-il déboursé en tout, entre la clinique Curtis et des chèques encaissés à l'étranger, notamment par cet établissement hospitalier en Turquie ? Des chiffres importants et ronds.

— Je savais que vous alliez me le demander : un peu moins de cent mille dollars, sur ce que nous pouvons remonter.

— Nous sommes très loin du compte. Ces opérations coûtent en moyenne deux cent cinquante mille dollars, parfois davantage. Je doute qu'il se soit trimbalé avec le reste en petites coupures.

— Je vois… Selon vous, Brad Pierce a amèrement regretté d'être un mauvais payeur ?

— Oui. Sans doute s'est-il rassuré en songeant que l'Amérique, c'est loin. Grave erreur. Ces réseaux ne peuvent tolérer aucune exception, cela créerait un précédent, une incitation. Ils ont fait un exemple. Les blessures sont assez évocatrices pour que les clients concernés comprennent au quart de tour en lisant un article de journal ou en écoutant les infos télévisées. Lorsque nous aurons les résultats de l'ADN, nous refilerons le dossier à Interpol. L'empreinte digitale retrouvée grâce à vous sous la soucoupe du chat devrait les aider.

— On a envoyé des exécuteurs à Brad Pierce ?

— C'est ce que je pense. La fille du portrait-robot est sans doute une rabatteuse. Elle chasse et, lorsqu'elle a coincé la proie, ses petits copains terminent le boulot. C'est assez classique. Ça va vous rajouter pas mal de pain sur la planche dans les semaines à venir. Cette femme est restée au moins quatre jours à Boston, sans doute dans un hôtel pour semer le moins de traces possible. Je doute qu'elle ait donné sa véritable identité, mais allons jusqu'au bout de cette piste, ne serait-ce que par acquit de conscience, et pour étoffer un peu le dossier que nous transmettrons.

— Je vais demander au commandant de mettre une ou deux nouvelles recrues dessus. C'est un gros boulot de criblage. Monsieur King… selon vous… la clinique Curtis est-elle mouillée ?

— C'est ce que je crois, mais j'ignore à quel point. Le bon docteur Fowles arrondissait-il grassement ses fins de mois en douce, ou avons-nous affaire à quelque chose de plus structuré ? Je serai à Boston demain. Je passerai peut-être vous rendre une petite visite, si j'ai le temps. (Elle l'entendit hésiter.) Davies est là ?

— Non, il a pris sa journée. Le... Enfin, ce... truc, à Jackson, l'a pas mal secoué.

— Je m'en doute... Caroline, vous étiez une toute jeune bleue lorsque je vous ai rencontrée pour la première fois...

Knight se cramponna, certaine qu'elle n'allait pas aimer ce qui suivrait. Il poursuivit :

— À ce titre, puis-je me permettre de devenir personnel ?

— Il le faut sans doute... Ça va faire mal ?

— Comme le démarrage d'une roulette de dentiste : on sait que ça ira mieux ensuite... Caroline... laissez- le.

Un truc se coinça dans sa gorge, elle chuinta :

— Je ne...

— Mais si, vous comprenez parfaitement bien. Notre devise est « protéger et servir », n'est-ce pas ? Ça ne vous rappelle pas autre chose ? Vous avez le syndrome de la mère, Caroline. C'est un beau syndrome mais il a parfois une propension à l'envahissement. Certains hommes ont besoin de leur mère, d'autres cherchent un but. Davies est de ceux-là. Il remontera du trou. Je crois pourtant qu'il a besoin de toucher le fond, ne serait-ce que pour se convaincre que là n'est pas sa place.

Elle déglutit et articula :

— Vous êtes sûr ?
— Oh oui.
— Comment le pouvez-vous ?
— Parce qu'il n'a pas d'autre choix et qu'il va s'en rendre compte.

Chapitre 25

Ses minces cheveux se hérissaient en maigre crête sur le sommet de son crâne rose. Ron Higgins claqua la langue de déplaisir et, adoptant ce petit ton supérieur qui rassure certains praticiens, déclara :

— Monsieur King, je ne vous cacherais pas que je suis un homme très occupé.

— Enfin une chose qui nous rapproche, monsieur Higgins.

Piqué au vif, le chirurgien se cramponna à sa carte de visite noircie de titres :

— Je vous conseille de ne pas le prendre sur ce ton, je ne suis pas obligé de vous répondre.

— Ah... puisque nous en sommes au stade des conseils amicaux, en voici un autre : réfléchissez, mais vite. Vous surfez à un cheveu d'une inculpation de complicité aggravée dans un meurtre fédéral et d'association de malfaiteurs... sans compter ce que je trouverai ensuite. Nous en sommes déjà à une radiation définitive avec interdiction d'exercice et à une petite trentaine d'années derrière les barreaux. Alors, docteur, que dites-vous de mon conseil ?

Ron Higgins se décomposa. Sa peau blêmit jusqu'aux lèvres. Il attrapa d'un geste maladroit le beau stylo plume de luxe qui traînait sur son bureau et le roula entre ses doigts avant de bafouiller :

— Que voulez-vous savoir ?

— Tout. Épargnez-moi, cependant, les digressions scientifiques, je n'ai plus trop le temps. William Fowles, cette clinique, étaient-ils impliqués dans un trafic d'organes et des greffes illicites ? J'attends en premier lieu une réponse monosyllabique : oui ou non.

— Je ne sais pas… C'est la vérité.

Higgins essuya d'un revers de main la sueur qui lui trempait le dessus de la lèvre avant de poursuivre :

— Je n'ai que des doutes. Une conversation – je devrais dire une vive dispute – surprise entre William et Valerie, il y a quelques mois, des feuilles de route qui changent au dernier moment, des salles occupées la nuit… William était en étroit contact avec des homologues en Turquie, d'anciens confrères disait-il, dont je n'avais jamais entendu parler cinq ans plus tôt.

— Les opérations étaient-elles pratiquées ici ?

— Non… Trop risqué. Ce genre d'intervention demande pas mal de matériel, du personnel, des poches de sang, que sais-je… Ce sont des comptabilités qui se tracent aisément.

— Votre avis, en ce cas ?

— N'est que cela, une hypothèse. Selon moi, William recrutait, moyennant une substantielle commission, des demandeurs aux abois mais fortunés, vérifiait les groupes d'histocompatibilité et transmettait les informations à ses « homologues » qui se chargeaient du reste.

— Mrs Fowles ne vous a jamais pressenti pour la succession de son mari, n'est-ce pas ?

— Non... je vous ai menti. Sur le moment la pilule a été dure à avaler. Rupert était un bon, mais j'étais le plus qualifié et le plus ancien dans ces murs. D'autant que j'y ai investi pas mal d'argent.

— En d'autres termes, Rupert Linklater participait aux « arrangements » de Fowles.

— Ça tombe sous le sens.

— Et Mrs Fowles était au courant.

— Je ne sais pas, je ne crois pas, ou alors peut-être l'a-t-elle découvert assez tardivement... Écoutez, Dannah est une femme étonnante. Je vous l'ai dit, la pilule était amère pour moi mais, à quelques allusions qu'elle a faites lorsqu'elle m'a expliqué le choix du conseil des héritiers, j'ai compris qu'elle se débattait dans des problèmes qui la dépassaient. Elle a des tripes, Dannah... vilaine image pour une si jolie femme. Je me demande si elle n'a pas décidé de régler seule cette affaire. À mon sens, c'était une erreur. Peut-être aussi Valerie lui a-t-elle posé un ultimatum, elle était si opposée à William. Je l'ignore... Pour en revenir au passé, la clinique a connu une passe difficile il y a quelques années... Il fallait tout repenser, ça coûte beaucoup d'argent. Je crois que William a... été pris un peu à la gorge...

— Le goût de l'argent n'excuse pas le délire de l'argent, monsieur Higgins. Existe-t-il des registres de cette clientèle très particulière ?

— Vous plaisantez ? Pourquoi pas un calicot flottant sur le toit ?

— Je vous remercie, monsieur Higgins, vous venez de remplir certaines des cases manquantes.

— Euh, écoutez, je... enfin, je pense vous avoir convaincu de ma bonne volonté et de ma bonne foi. Enfin... je souhaite ne pas apparaître dans la suite des...

Le regard de John King lâcha le stylo qu'il contemplait depuis un moment. Il se demandait quand les doigts nerveux et tremblants de l'autre le feraient tomber. Il épingla le petit homme crispé et sourit :

— À mon tour de vous poser la question, monsieur Higgins : vous plaisantez ? La complicité en association de malfaiteurs persiste, les sanctions d'ordre professionnel aussi. Quant à la peine de prison, allez... soyons généreux : dix douze ans ?

— Mais... je n'ai rien fait !

— Je ne vous le fais pas dire. Adieu, monsieur Higgins.

Le stylo échappa aux doigts de son propriétaire, roula sur le bureau et tomba.

John King claqua le boîtier de son téléphone cellulaire. Il ferma les yeux et leva le visage vers un ciel plombé d'une menace d'orage caractérielle qui jouait avec Boston depuis la veille. Une semaine caniculaire avait déferlé pour saluer cette fin d'été. Les étroites rues du vieux Boston piégeaient l'onde surchauffée entre leurs briques, l'empêchant de se résorber, faisant remonter ces écœurants relents de grande cité, d'humanité concentrée par la force des choses.

Dannah Fowles avait répondu d'un ton affable mais pressé :

— Mais oui, passez, monsieur King. Je vous demanderai juste de me laisser une petite demi-heure.

Je traînais encore en robe de chambre. Ally a passé une mauvaise nuit.

Étrange. Depuis quand n'avait-il pas ressenti cet éprouvant pincement, signe avant-coureur de la peur ? De quoi avait-il peur ? De Dieu, bien sûr, et de presque rien, d'une femme unique dont l'enfant allait mourir. Il se détestait. Son passé le transformait aux yeux des autres en involontaire témoin de la mince histoire des miracles. King était, en toute conscience et en toute lucidité, convaincu de la réalité de certains d'entre eux, ceux que la science elle-même évacuait sous l'étiquette « inexplicable en l'état actuel de nos connaissances ». Dannah et Robin s'accrochaient encore à leur hypothétique survenue, sans pourtant parvenir à y croire, et une sorte de peur désespérée affaiblissait King. Car il n'y aurait pas de miracle.

Il héla un taxi, sinistre comme un corbillard, une de ces antiquités qui font la joie des touristes, qui remontait Pinckney Street en cahotant péniblement.

Dannah Fowles lui ouvrit la lourde porte de la grande demeure familiale de Brookline. Elle portait une longue robe chasuble noire sur un tee-shirt blanc à manches courtes. Ses cheveux partiellement relevés, retenus par une large pince à dents, encadraient son visage d'une sorte de longue dentelle mousseuse.

— Entrez, suivez-moi, monsieur King. Louisa et Robin sont restés auprès d'Ally.

— Va-t-elle mieux ?

L'eau instable de son regard si bleu lui donna envie de la prendre dans ses bras, de la serrer contre lui pour lui expliquer qu'il avait beaucoup de peine. Il n'osa pas.

— Pas vraiment, mais elle est épuisée. Elle s'est enfin assoupie. J'essaie de me rassurer en me rappelant que nous avons déjà connu pas mal d'alertes de ce genre. Elles sont toujours suivies d'une sorte de rémission ou du moins de période plus propice... jusqu'à maintenant... Parlons plutôt de l'objet de votre visite.

Alors qu'elle le précédait vers le salon, il annonça :

— J'ai bien peur, madame, qu'il ne soit pas agréable.

Elle rit doucement, sans se retourner :

— Je l'avais deviné. Ce n'est pas grave.

Elle désigna le fauteuil, celui dans lequel il avait déjà pris place, et s'installa sur le canapé, ses jambes repliées sous elle, attendant. À l'angle doux de son cou, à sa main qui enserrait une cheville, à son sourire, il sut qu'elle ne remplirait pas le silence de mots. Elle attendait, épuisée par la nuit.

— Je m'en veux...

— De quoi ? Vous faites votre travail. Des nuits comme celles que nous venons de subir remettent les choses en perspective. Je doute que vos questions soient à la hauteur de certains de mes souvenirs. Je doute qu'elles rivalisent avec ce qui va suivre. C'est donc sans importance et je ne vous en veux pas, monsieur King.

— Je sais, c'est moi qui ne le supporte plus. Dannah... vous est-il arrivé d'avoir envie de vous endormir sur place parce que ce que vous faisiez n'avait plus aucun sens ? De vous dire qu'une chose naissait d'une autre, sans pour autant acquérir une quelconque signification ?

— Mais c'est ma vie que vous décrivez. Celle de Robin aussi. Je crois qu'il ne faut pas.

— Faut pas ?

— Non, parce que alors nous deviendrions tous fous, à moins de choisir le raccourci d'une balle dans la tête.

— Et c'est inacceptable.

— Selon vous.

Il hésita, se demandant si le plus intelligent ne serait pas qu'il se lève, lui baise la main et parte. Pour le simple soulagement d'une décision dans laquelle l'anarchie des choses n'avait pas eu le dessus. Par admiration pour ce que Higgins avait baptisé « une vilaine image pour une si jolie femme », il resta :

— Il ressort de divers éléments que votre mari participait plus ou moins directement à un trafic très lucratif d'organes. Le niez-vous ?

— Non... ce serait une perte de temps.

— En avez-vous eu connaissance depuis longtemps ?

— Pas vraiment. Des détails ont pu m'étonner, mais je ne m'intéressais pas aux affaires de la clinique... En réalité, une crise de Valerie m'a ouvert les yeux, peu de temps après le décès de mon mari. Je l'avais invitée à déjeuner le jour où nous devions nous rendre au cabinet qui gère la fortune familiale. Pour la lecture du testament de William. Elle a attaqué très sèchement. C'était une femme assez... virulente.

— Que s'est-il passé au juste ?

Dannah répondit du même ton calme :

— Elle m'a menacée.

— Comment cela ?

— C'était confus, elle était si agressive. Bref, il en ressortait que si je ne mettais pas un terme aux « accords » de mon mari avec des pourvoyeurs d'organes humains, elle ferait exploser le scandale, avec moi en première ligne.

— En était-elle capable ?

— Oh, absolument, monsieur King. Si l'on ne pouvait reprocher une chose à Valerie, c'était d'être pétocharde !

Elle inclina davantage la tête et précisa d'une voix presque amusée :

— Je ne l'ai pas tuée... surtout deux ans plus tard.

— Je sais. L'assassin s'est suicidé il y a quelques jours.

Elle redevint sérieuse et pour la première fois posa une question :

— Pourquoi l'a-t-il massacrée de la sorte ?

— Il souffrait tant. C'est la raison, pas l'excuse. Il a cru que l'on avait vendu sa femme par petits morceaux et que Valerie était une des complices anonymes de ce marché.

— Mon Dieu... Valerie était prête à se faire découper pour lutter contre ce qu'elle nommait « l'homme-chose vendable ».

— Je sais, mais c'est une longue histoire... de gens qui n'ont jamais eu la moindre chance de s'en sortir, qui ont lutté quand même.

Il lui sembla qu'elle redevenait infiniment triste :

— Je vois. C'est aussi la seule grandeur qu'on ne peut pas leur enlever.

Il n'était pas là pour cela, pas là pour expliquer, réfléchir, pourtant quelque chose chez elle lui faisait retrouver le besoin des vraies paroles et il se laissa porter :

— C'est étrange, lorsque j'ai appris la mort de Bayley, je me suis soudain surpris à penser qu'il était une espèce de messager involontaire.

— Vous permettant de remonter jusqu'à la clinique Curtis ?

— En quelque sorte. Après la mort de sa femme, Valance a pas mal traîné dans tout le pays. Il a trouvé un emploi à Harvard, dans le labo de Valerie... Un hasard... Continuez, Dannah.

— Pas grand-chose. Rupert avait collaboré avec mon mari, si je puis dire. À sa décharge, si c'en est une, je crois qu'il se sentait très coupable d'avoir participé à ces magouilles. Mon mari avait décidé une fois pour toutes que ce qu'il nommait la « logique efficace » devait primer, que la compréhension sentimentale des problèmes était une aberration digne des abrutis, dont Valerie.

— La logique efficace ?

— D'un côté des receveurs en attente désespérée d'organes et qui peuvent les payer, de l'autre des donneurs en attente désespérée d'argent pour survivre.

— Et des intermédiaires entre les deux qui s'en mettent plein les poches.

— C'est cela.

— Et ceux qui n'ont pas les moyens de se payer les organes crèvent.

— Ne me dites pas que cela vous surprend. Ne me dites pas que vous ignoriez que les pauvres crevaient de toute façon.

— Et lorsque le besoin ne porte pas sur des organes doubles comme le rein, que se passe-t-il ?

— À votre avis, monsieur King ? (Elle se redressa, il y perçut un vague agacement.) Vous n'avez jamais eu vent de ces enfants kidnappés dans les bidonvilles des pays les plus pauvres, que l'on retrouve errants, aveugles, sans rétine ? Il existe des « hôtels hospitaliers » dans certains pays. Les institutions, et pas des mafieux, y conduisent des prisonniers dont les groupes tissulaires correspondent aux acheteurs en séjour. Les détenus sont abattus sur place. C'est un moyen de faire entrer des devises. Vous savez comme moi qu'il ne s'agit pas de science-fiction. Ignoriez-vous que le marché de la viande humaine dans tous ses sous-produits est le plus lucratif de cette planète, avant même le trafic de drogue ou d'armes ?

— Non, et vous, pourquoi le savez-vous ?

— Sans doute parce que j'ai cherché, un jour, une réponse.

— L'avez-vous trouvée ?

— Elle n'existe pas.

— Revenons au docteur Fowles, si vous le voulez bien.

— William était convaincu qu'il travaillait avec des gens « raisonnables », pas des tueurs. Je m'avance peut-être, mais je crois qu'il n'a jamais mis en contact que des demandeurs de reins.

— Une restriction confortable.

— Comme pas mal d'autres arrangements humains.

John King acquiesça d'un mouvement de tête. La lucidité de cette femme, son intelligence le poussaient insensiblement vers des choses qu'il connaissait trop bien et avec lesquelles il n'était pas certain de supporter une nouvelle cohabitation.

— Mrs Fowles, pourquoi n'avoir pas laissé exploser le scandale une bonne fois pour toutes après le décès de votre mari ?

— Par lâcheté, bien sûr. Par intérêt aussi. Cela signifiait la ruine pour tous, et j'étais déterminée à l'éviter... La maladie d'Ally est très onéreuse. Nous avancions avec Rupert, nous étions presque parvenus à notre but, sans drame. Encore quelques mois et ces affreuses magouilles devenaient un vilain souvenir. Mais Rupert est mort.

Un bruit léger au-dessus de leur tête. Dannah se leva d'un bond. Elle lui jeta un regard si rapide, si blessant. Le sourire revint, le parfait visage reprit son calme, la voix grave son harmonie :

— Je suis désolée. Si vous n'avez plus de questions... Ma fille vient de se réveiller. Elle a cette manie de galoper partout pieds nus... Nous... enfin Robin a trouvé cette excuse pour l'empêcher de courir. La vérité, c'est que je suis terrorisée à l'idée qu'elle perde l'équilibre en haut des escaliers et je ne veux pas les condamner, elle s'inquiéterait.

King comprit la violence et la rapidité avec laquelle son frère s'était jeté au-devant de la petite fille lorsqu'elle avait déboulé dans le salon lors de sa première visite.

— Je comprends. Merci de votre temps... Dannah, je ne sais pas quoi vous dire.

— Il n'y a rien à dire... Même l'espoir me lâche. J'ai tant cherché de promesses, elles ne sont jamais venues.

Chapitre 26

L'alcool commençait à desserrer la douleur, à soulager cette masse énorme qui lui écrasait les poumons depuis le matin. Il leva la main pour attirer l'attention de l'hôtesse qui sillonnait les étroits couloirs entre les sièges, se penchant sur chacun pour relever les commandes de boissons, de cacahuètes ou de bonbons.

— La même chose, s'il vous plaît.

Elle hocha la tête dans un sourire : en dépit des trois bourbons qu'il venait de se taper, il se tenait bien.

L'avion était à moitié vide, lui permettant d'abandonner à peu près courtoisement le compagnon de voyage que lui avait réservé la compagnie aérienne pour s'affaler sur un siège préservé de voisins. Le gros homme jovial lui avait rendu son salut, un peu dépité : il semblait assez désireux de relater sa vie et ses menues aventures. Mais Oliver Davies n'avait plus l'énergie nécessaire à quelques hochements de tête ou borborygmes de faux intérêt, et il n'avait rien à raconter en échange.

Il avait pris deux jours de congé afin d'assister aux funérailles d'Ezechias Bayley. Le dos collé aux écailles sans concession du tronc d'un grand cyprès, il était resté en retrait, tout le temps de la longue cérémonie, n'osant pas approcher de ce couple gris, l'homme et la femme, leurs épaules jointes. Le père et la mère.

Un petit cimetière si paisible, si charmant, l'accolement convenu de ces mots étant une aberration. Comment la dernière étape de la vie pouvait-elle être charmante ? Étrange que la fin soit associée si aisément à la paix. Mais c'est vrai qu'il était joli, ce cimetière. De hauts arbres du Sud, ces arbres qui pleurent vers la terre. Des arbres de chaleur et d'humidité, d'où pendent de longues chevelures vertes, douces comme des couffins. Il avait oublié leur nom. Rien à voir avec des saules. Des tombes alignées, la plupart visitées, retenues à l'affection de ceux qui passaient, par le soin apporté aux fleurs sauvages qui les entouraient. La triste indifférence qui entourait celles de l'oubli éclatant d'autant plus.

À un moment, la rage avait submergé son chagrin et il avait dû épuiser ses dernières forces pour ne pas foncer vers le prêtre, l'insulter peut-être. Une longue phrase ampoulée et embarrassée, tentant de noyer tout en l'évoquant l'impardonnable péché du suicide.

Quand les cellules de ce petit homme gris avaient-elles hurlé ? Quand ses fibres avaient-elles saigné de la vraie souffrance ? Quand avait-il sangloté à s'étouffer dans ces purgatoires imaginés par les hommes, infligés aux innocents ?

Le couple gris était parti, cassé. Le minuscule homme en noir, lourd de sa vertu si commune que nul n'aurait songé à la contester, les précédant. Tous les autres gris étaient partis aussi.

Oliver Davies s'était enfin approché de la tombe. Un soulagement terrible l'avait fait tomber à genoux : Belle était là. Son joli nom doré, gravé dans le granit pâle, l'attestait. Ezechias venait de retrouver Belle et leur bébé.

Davies avait caressé de la paume la terre retournée. Bientôt, l'herbe y repousserait. Il avait longtemps cherché, mais aucune prière ne lui était revenue.

Luttant contre l'épuisement qui l'endormait, le faisant osciller vers le sol, il s'était levé, tentant de se souvenir dans quel sens il devait de signer. Peu importait. Il laissait là, sous cette couche de terre, quelque chose de lui. Quoi ? Il l'ignorait.

Une perte irrémédiable ou une guérison.

CHAPITRE 27

King retardait comme tous les soirs le moment de quitter son bureau, de remonter dans sa voiture, l'une des dernières sur le parking du Jefferson Building. « Rentrer » ne signifiait rien d'autre qu'un nouveau changement de lieu, l'inversion d'une topographie. Une veuve d'un certain âge, Mrs Kate Bradford, lui avait loué une grande chambre à Culpeper. Kate s'était rassurée de la présence de cet homme dans sa grande maison, d'autant que son passé la tranquillisait sur ses pulsions charnelles. King sourit en pensant à la petite dame aussi large que haute, toute de rose enveloppée, qui ramassait dans un dernier sursaut de coquetterie ses cheveux rares sur le haut de son crâne pour dissimuler une large plaque de calvitie.

Il décrocha sans même en être conscient :

— Oliver Davies... je rentre à l'instant de l'enterrement de Bayley. J'avais pris deux jours.

King chercha une phrase qui lui explique combien il compatissait au beau sens du mot, mais qui lui dise également que la plupart de nos cicatrices, indélébiles sur le moment, finissent à l'échelle d'une vie par devenir de simples repères. La phrase se refusa : après tout, qui était-il pour en juger ? Davies aborda le vrai motif de son appel :

— J'ai su que vous aviez revu Mrs Fowles.

John sentit la soudaine tension, l'agressivité dans sa voix.

— En effet.

— Est-elle accusée de complicité dans le trafic de son mari ?

— C'est elle qui vous a relaté notre entrevue ?

— Vous plaisantez, ou alors vous n'avez rien compris. C'est le cabinet d'avocats qui se charge des affaires de la famille.

Dans d'autres circonstances le ton cassant, presque menaçant, aurait fait réagir John King. Mais il dissimulait tant du chagrin d'un homme digne qu'il passa outre :

— Je n'en sais rien, Davies. Selon moi elle n'a pas grand-chose à y voir, et l'enquête administrative et financière l'établira. On peut certes lui reprocher d'avoir mal évalué la situation et de s'être obstinée à régler seule le problème... mais l'inculpation pour association de malfaiteurs ne tient pas dans son cas.

Un souffle involontaire :

— Ça me rassure... Et je vous en prie, ne commentez pas.

— Comme vous le souhaitez, Oliver. De toute façon, je n'aurai plus beaucoup l'occasion de vous rencontrer. Notre implication, je veux dire celle du Bureau, est à peu près terminée. La brigade financière et Interpol prennent la relève. Les semaines qui vont suivre seront sans doute denses, mais elles ne concernent plus mon service.

— Que va-t-il se passer, selon vous ?

— Le dossier Valance-Bayley étant clos, le lien entre Brad Pierce, Fowles et cette clinique à Istanbul sera avéré : une greffe illicite de reins. Les tueurs de Pierce et cette jolie fille, la rabatteuse, ne seront pas rattrapés, sauf gigantesque coup de chance. La clinique Curtis risque d'avoir de gros problèmes et Mrs Fowles s'en tirera avec une grosse remontrance du juge et une lourde amende. Quant à Rupert Linklater, sans doute parviendra-t-on, comme pour Pierce, à lier ses activités illégales, qu'il les ait cautionnées ou pas, avec son assassinat… Vous voyez, ce qui est terrible, ou unique dans cette histoire, c'est que finalement tous ces meurtres tournent autour de la survie, de la pénurie d'organes. Et j'espère que la petite Ally tiendra encore le choc.

— Alors… À dans… je ne sais pas combien de temps, monsieur King.

— Je passerai sans doute pour la fête de Halloween. J'ai des amis dans le coin, une maison pleine d'enfants. Halloween est d'une telle tristesse sans enfants.

— Oui, c'est ce que je me répète depuis quelques semaines.

Chapitre 28

Cinq jours plutôt, Ally était rentrée de l'hôpital à la demande de Dannah. Un médecin pâle et défait, qui avait tenu à préciser qu'il avait une petite fille du même âge, lui avait annoncé en ouvrant les bras vers elle que c'était la fin. Elle s'était reculée, fuyant son contact, sentant derrière elle le corps de Robin contre lequel elle s'était effondrée.

Le sapin était presque fini. Robin avait descendu Ally dans ses bras pour qu'elle en dirige la décoration, riant sous le petit masque en plastique translucide du respirateur. Il avait fallu renforcer la base du grand arbre et la serrer dans un étau en métal, tant la petite fille exigeait que toutes les boules, toutes les guirlandes, tous les petits sujets soient présents le long des branches.

« Encore trois jours… s'il Vous plaît, trois jours. Bordel, trois jours ! Un dernier Noël, une montagne de paquets, de cadeaux, de surprises qui ne dureraient que quelques heures. Trois jours… je solderai mon compte ensuite, je le jure. »

La mince cage thoracique se gonfla, incompétente. La peau fragile se tendit sur les côtes, bleuissant par taches de plus en plus larges. Une cage, renfermant un faible oiseau, mourant à l'intérieur.

Une exhalation douloureuse râpa la gorge de Dannah et elle serra davantage les doigts de Robin nichés au creux de sa paume. Les sanglots seraient pour plus tard. Elle n'y était plus, ou pas encore. Là, c'était juste une rage meurtrière qu'elle tentait de dissimuler.

Ally tenta maladroitement de se défaire du petit masque en plastique translucide plaqué contre son nez, relié à une haute bouteille d'oxygène médical. Elle ouvrit les yeux. Robin songea que ce regard qu'il avait tant aimé allait bientôt mourir, emportant avec lui le sien et celui de Dannah, si identiques. Une peine fulgurante lui coupa les jambes et il s'assit à l'extrémité du lit de l'enfant.

Il avait mal, partout, et l'air se refusait aussi à lui. Il ne parvenait pas à trouver un sens à tout cela. Quoi ? Tant d'amour pouvait-il mourir d'un coup ? Cette guerre-là était-elle vraiment de celles qu'on ne peut pas gagner alors même qu'on est prêt à tout y sacrifier ?

Un râle, comme une toux informe et douloureuse, le fit se relever d'un bond.

Il vit les paupières de Dannah se refermer, une larme couler, unique, lourde comme une fin de monde. Elle était livide jusqu'aux lèvres. Il retrouva en lui le souvenir de tant de terreur, de tant d'amour pour crier d'un ton gai :

— C'est quoi ce bruit en bas ?

Les paupières de la femme se levèrent, elle sut, et Robin sentit nettement que le cerveau de sa sœur se cramponnait au sien, comme avant, lorsqu'elle enchaîna :

— On gratte à la porte… Tu entends, Ally ? Ma chérie, écoute…

La petite fille sourit et gémit :

— Qui… Qui ?

Robin hurla :

— Le loup… C'est le loup vert, je le reconnais. Il vient te chercher, mon ange.

Ally, soudain fébrile, essaya de se redresser, mais l'épuisement cloua ses épaules aux oreillers…

— Fais-le rentrer, Robin, vite…

— J'y vais, j'y vais, mon ange…

Il se précipita. Dannah l'entendit dévaler le grand escalier. Elle caressa le front de sa fille. Les lèvres de l'enfant précieux s'étirèrent, elle inspira et sa mère comprit que cette gorgée d'air serait la dernière. Elle affirma :

— Chérie, le loup vert monte. Écoute… Tiens… là, j'entends ses griffes sur les marches. Agrippe-toi bien fort à sa fourrure et suis-le. Il sait quoi faire… tout ira mieux, mon amour.

Un souffle comme un gigantesque soulagement. Le dernier.

CHAPITRE 29

Le docteur Ron Higgins avait laissé une demi-douzaine de messages au secrétariat depuis la veille.

John King se contraignit à le rappeler. Il éprouvait une sorte de mépris sans animosité pour ce genre d'individus. Les nantis de la vie qui accumulent les lâchetés ordinaires par goût du confort, finissant par se convaincre qu'ils ne peuvent pas agir autrement.

Higgins était au bord de la crise de nerfs lorsqu'il parvint à le joindre chez lui.

— Ah... monsieur King, quel soulagement. Vous ne manquez pas de savoir que ces derniers mois ont été catastrophiques... Dannah est mise en examen, la clinique menacée de fermeture, et moi... moi, je risque une suspension définitive. Je n'ai jamais participé aux magouilles de ce criminel de William !

Le mentor tant admiré devenait un magouillard, un criminel. Higgins poursuivit d'un même débit précipité et hystérique :

— Si vous pouviez témoigner de ma bonne foi, de ma volonté de vous aider... après tout, je vous ai volontiers expliqué ce que je savais... ça me rendrait un immense service.

John King l'interrompit, lui posant la seule question qui lui importait après tant de temps :

— J'ai appris, il y a deux semaines, le décès d'Ally.

— Oui, oui... C'était inévitable. Pauvre gosse. Pour en revenir à mon appel, il suffirait que vous passiez devant la commission de...

— Mais on n'a toujours aucun traitement contre cette maladie de Friedreich ?

— Quoi ? Pourquoi la maladie de Friedreich ? Certes, il existe des syndromes associés dans certains cas, mais...

— Ally ne souffrait pas d'une ataxie de Friedreich ?

— Mais non... Elle était atteinte d'une myopathie de Becker. Une forme particulière de la maladie de Duchenne de Boulogne.

— Vous pouvez m'expliquer ?

— Écoutez, euh...

Sentant que Higgins n'avait rien à faire du cas d'un enfant mort, ne nécessitant donc plus aucune urgence, King le rassura :

— Je viendrai. Je raconterai devant la commission votre participation à l'enquête.

Un cri de bien-être salua cette promesse :

— Ah... vraiment je vous remercie. Vous ne pouvez pas savoir ce que cela représente pour moi, enfin nous, parce que ma femme est en pleine déprime.

Que pourrait-il, en toute sincérité, raconter à la commission ? Que Higgins avait fini par lâcher quelques informations compromettantes pour se couvrir ? Que sa position et les généreux dividendes servis par la clinique Curtis dont il était actionnaire l'avaient plongé jusque-là dans une cécité bienvenue ? À eux de juger. Cette histoire ne le concernait plus.

— Parlez-moi de cette myopathie de Becker.

Redevenu calme et professionnel parce qu'il était rassuré, Higgins récita :

— L'ataxie de Friedreich est une maladie génétique neuro-dégénérative. Ally souffrait d'une autre maladie, elle aussi génétique, mais qui affecte presque exclusivement le cœur. Il peut aussi exister des phénomènes musculaires périphériques, mais ils sont le plus souvent très discrets.

— Il existe un traitement ?

— À l'exclusion des traitements de confort ou symptomatiques, non. La seule option dans les cas lourds, c'est la greffe. Ally était sur la liste des receveurs en attente. Mais... C'est déjà si compliqué pour les adultes... Alors trouver un cœur d'enfant, compatible... Le don d'organes est un acte difficile pour les proches, d'autant plus lourd que le chagrin de la disparition d'un être aimé noie tout le reste. Alors, je vous laisse imaginer les ravages que cela peut engendrer dans le cas d'un enfant. Autoriser le prélèvement revient pour les parents à accepter, dans les minutes qui suivent le décès, que leur petit est bien mort, que c'est définitif. Ce genre de monstrueux traumatisme provoque souvent une phase de déni, surtout chez les mères. Nier la mort de l'enfant correspond à une sorte de soupape inconsciente. Je me demande si ce n'est pas un moyen de laisser la souffrance s'installer, vous envahir, sans qu'elle vous grille complètement. Et puis, je vous passe le reste, la visualisation involontaire de ce qui va se passer chirurgicalement, de cet organe que l'on va extraire d'un petit corps tant aimé. L'enfer...

le mot n'est pas trop fort, je crois. Il faut un courage extraordinaire pour supporter, résister à tout cela.

Un vide, un vide glacial. Ce puzzle dont il n'avait jamais voulu former la complète image, s'agençait. Son poignet remonta vers sa bouche et il embrassa le fin bracelet de désert offert par Ouarda. Il s'entendit remercier le docteur Higgins d'une voix courtoise.

— Vraiment pas de quoi… Encore une fois, monsieur King, vous ne pouvez pas savoir ce que votre témoignage devant la commission représente pour moi. Je tente de sauver ma carrière.

Elle, la femme rebelle, avait tenté coûte que coûte de sauver la vie de son enfant. Elle s'était battue au milieu de la mort, décidée à retourner ses armes contre elle. En vain. Et John King ne pouvait s'empêcher d'éprouver pour elle un amour qui le blessait – parce qu'il le détestait.

Chapitre 30

Jerry Martin lui tendit le mail d'un certain Osmond Henman, directeur des labos du Boston PD. Dix-huit lignes de justifications, expliquant que la recherche avait été autorisée par le commandant Fairfax, qu'elle était légale et fondée. Que le retard de l'analyse ne pouvait leur être attribué puisque l'ordre d'exécution semblait s'être perdu durant des semaines sans que plus personne s'en préoccupe. Deux lignes de conclusion : deux longs cheveux blonds naturels, frisés, avaient été collectés dans le résidu du siphon du lavabo de la salle de bains de Rupert Linklater. Cette découverte prenait toute son importance lorsque l'on se souvenait que tous objets risquant de receler des indices corporels (brosse à cheveux, brosse à dents, limes, etc..) manquaient à l'inventaire. Cependant, il s'agissait de cheveux cassés lors d'un brossage, pas arrachés, c'est-à-dire sans bulbe permettant une identification d'ADN.

Jerry Martin demanda :

— Ça évoque quelque chose ?

— Non, ça ne fait que le confirmer. Je pars immédiatement pour Boston. Prévenez Davies que j'aurai besoin de lui. Qu'il m'attende à Logan Airport.

Il savait qu'elle ne céderait jamais. Dannah Fowles se battrait déraisonnablement, tant qu'elle ne parviendrait pas à la conclusion qu'il ne restait personne à protéger. Davies ne pouvait pas comprendre. Il eût été meurtrier de le lui expliquer, déjà, parce qu'il avait tant besoin d'y croire. Pas mal d'affreuses plaies guérissent plus vite qu'on ne l'espérait. D'autres sont indélébiles à vie.

Le voyage en voiture de Logan International Airport jusqu'à Brookline fut silencieux. Davies lui en voulait, mais John King ne se sentait pas l'énergie d'expliquer ni même de mentir. Comprenant qu'il s'apprêtait à le suivre dans la grande maison, King ordonna :

— J'y vais seul.

— Je ne vois pas...

— C'est un ordre, Davies. Vous restez dans la voiture.

Il lut dans le regard de l'autre l'envie de frapper, de l'insulter, et hurla :

— Mais bordel... vous croyez quoi ? Que ça m'amuse, que je suis content d'avoir le dernier mot ? Je m'en tape, pire je ne parviens pas à m'empêcher de la comprendre, même si elle est coupable, et ça, c'est vraiment monstrueux !

Quelque chose avait changé en elle, il le détecta dès qu'elle ouvrit la lourde porte, en dépit de la pénombre.

— Merci de m'avoir attendu, Dannah. Il est tard.

— Avais-je le choix ? Votre secrétariat m'a averti de votre arrivée. Entrez.

L'obscurité de l'immense maison seulement perturbée par quelques lampes le détendit. Elle s'arrêta au milieu du grand salon-bibliothèque et se tourna vers lui :

— Alors ?

— Euh... J'ai... appris pour Ally. Je...

— Mais vous ne vous êtes pas déplacé pour elle. C'est dommage. Le lieutenant Davies a assisté à l'enterrement. Il est resté à l'écart, mais je pouvais sentir sa peine. Venons-en donc au motif de votre visite.

— Je souhaite la présence de Robin.

— Il n'est pas là.

— Où est-il ?

— Je n'en ai pas la moindre idée. Je ne surveille pas les déplacements de mon frère.

— Vous mentez.

— Peut-être... il faudra le prouver, comme le reste.

John King se laissa aller sur le canapé en cuir, et se décidant au bluff pour tenter de la protéger d'elle-même, murmura :

— Dannah... Le labo a récupéré des cheveux de Robin dans le siphon du lavabo de Linklater. Une empreinte génétique sera réalisée. Vous allez être inculpée de meurtre avec préméditation, au mieux de complicité. C'est peut-être le moment de sauver les meubles ?

— Quels meubles ? Pour quoi faire ?

Elle se redressa et déclara d'une voix ferme :

— Décidément, je ne comprends rien à votre intervention tardive. J'ignore ce qu'il convient de faire dans ces cas-là. J'appelle mon avocat ?

Ce n'était pas une menace, juste une question. Elle ferait face et se foutait des conséquences pour elle. Il se leva en s'aidant du dossier :

— Ne quittez pas la ville, Dannah.

— Pour aller où ?

John King s'installa sans un mot dans la voiture. Davies le fixait, maxillaires crispés :

— Alors ?

Parce qu'il avait du mal à respirer, John King cracha :

— Alors quoi ? Alors rien, elle n'a pas fondu en larmes et elle ne m'a pas menacé d'un flingue. Ça vous étonne, Davies ?

— Non.

L'appel du central leur parvint alors qu'ils bifurquaient dans Somerset Road. La voix de Knight crachouilla :

— Un appel anonyme. Robin Coleman se planquerait dans Granite Street à Cambridge, au 711. C'est un immeuble de condos. L'appartement du troisième. On a une équipe prête à intervenir. Qu'est-ce que je fais ?

John King hurla dans le micro :

— Vous ne bougez pas, on arrive ! J'ai dit : personne n'intervient avant mon arrivée.

CHAPITRE 31

John King s'arrêta à quelques mètres de la double porte en laque bordeaux, flanquée des inévitables fausses lampes de fiacre en bronze.

Il jeta un dernier regard vers la voiture banalisée, garée cent mètres plus bas, dans laquelle trois flics engoncés dans d'épais gilets pare-balles, armés de fusils à pompe, remâchaient leur réprobation et leur hargne depuis qu'il leur avait intimé l'ordre de ne pas sortir, de ne pas intervenir avant qu'il ne les appelle.

John King leva le regard vers l'appartement du haut. L'immeuble de trois étages, bâti de ces briques rouges qui retiennent des siècles une patine marron roussi, faisait partie de ces vagues de réhabilitation ayant métamorphosé de vieux logements insalubres ou d'anciens bâtiments industriels du XIXe siècle en luxueux condominiums. Granite Street donnait sur la Charles River, et faisait sans doute partie des premiers projets. La mutation s'était propagée au quartier environnant. De charmants petits restaurants et des boutiques d'inutilités onéreuses avaient investi les *basements* des immeubles alentour. Les briques des trottoirs avaient été restaurées. Les parterres de fleurs et d'arbustes installés contre leurs bords contraignaient les véhicules à ralentir avec une grâce qui coupait court à nombre de commentaires agacés.

Le passe que lui avait confié le Boston PD débloqua sans difficulté le digicode. La lumière dorée diffusée par les vasques de pâte de verre qui éclairaient le hall d'entrée soulignait l'escalier moquetté, engageant à la discrétion.

Lorsqu'il s'immobilisa, quelques marches avant le dernier palier, John King aurait été incapable de se souvenir où l'avaient mené ses pensées durant cette ascension. Vers Dannah, Ally, ou Robin ? Vers l'étonnante puissance de l'argent ? Sans doute pas, il y avait longtemps qu'il ne s'étonnait plus de la paix, du respect ou de l'indulgence que la richesse draine avec son évidence.

Il sortit le Colt Anaconda de son holster, se le reprochant jusqu'à l'écœurement, et se força à lever les pieds, à gravir ces dernières marches. La porte, bordeaux elle aussi, de l'appartement était entrouverte. Qu'attendait Robin ? Dannah, lui, ou une conclusion ?

Il pénétra comme une ombre dans le grand couloir. Un haut miroir de Venise, arrogant de dorures compliquées, lui renvoya le ravage de son visage, à peine atténué par la demi-clarté filtrant de la pièce située en face de lui.

Il s'avança, et attendit, au milieu du grand salon, meublé des étranges fantômes de deux sofas, quelques fauteuils, un demi-queue, recouverts de draps blancs. D'autres linceuls obstruaient les miroirs suspendus à l'un des murs. Blessante prémonition de la fuite prochaine d'une vie.

Un mouvement d'air léger, une voix grave, essoufflée :

— Je préfère que ce soit vous. Cela met un terme à un long soliloque sans issue. Avancez vers le sofa, monsieur King, déposez-y votre arme et tournez-vous.

John King obéit, soulagé de n'avoir plus à choisir ce qu'il devait faire, de ne plus devoir percer le mystère de ce qui peuplerait la prochaine minute.

Robin était pieds nus, vêtu d'un jean et d'une chemise flottante d'un bleu éteint. Les boucles de ses cheveux mi-longs, coupés en long carré, prenaient des reflets presque roux sous la lumière qui glissait des vasques halogènes. Il pointait une arme, un revolver massif, en direction de King. Celui-ci se fit la réflexion déplacée que cette longue main fine, nerveuse, tracée de veines à peine saillantes, était indiscutablement une main d'homme. Il s'entendit dire :

— Je suis remonté jusqu'à cet appartement, malgré toute l'inertie de Dannah.

Robin sourit en hochant la tête :

— La précision est superflue. Dannah se ferait tuer plutôt que d'aider qui que ce soit à me faire du mal. Ce qui m'obligeait à vous conduire jusqu'ici.

— L'appel anonyme.

Ce n'était pas une question. C'était si prévisible que King se demanda comment il avait pu passer à côté.

— Oui. (Robin plissa le front comme un petit garçon embêté et sa voix changea, adoptant un débit d'une étonnante incertitude.) Vous comprenez... Dannah m'a ordonné de me cacher, de ne pas reparaître tant qu'elle ne le déciderait pas. Je lui ai demandé quand je la reverrais, où, et elle a répondu : « Je ne sais pas, mon chéri. Je fais ce que j'ai à faire, et toi, tu m'obéis. S'il le faut, tu quittes la ville sans moi »...

Il s'interrompit, ses lèvres s'étirèrent vers les tempes. Il était avec elle, argumentant, tentant de retarder son départ ou de la convaincre de partir avec lui. Le sourire mourut, le salon fantomatique l'environna à nouveau, il avança d'un pas, juste un, retrouvant des sons pour son souvenir :

— ... Elle était inflexible. Elle m'a dit : « Ne négocie pas avec moi... Robin, tu es la seule chose précieuse qui me reste. Je la protège. Tu obéis, mon chéri. » (Il poursuivit d'une voix soudain presque joviale.) Alors, bien sûr, j'ai obéi... j'obéis toujours à Dannah. Mais voyez-vous, elle aussi est la seule chose précieuse qui me reste et je la protège. C'était bien, ce coup de téléphone anonyme, parce qu'elle serait folle de rage si elle savait que je vous ai mené jusqu'à moi... Excusez-moi : vous pouvez vous asseoir si vous le souhaitez, monsieur King.

John King se laissa tomber sur le sofa. Il se sentait soudain si fatigué que la tête lui tournait. Un truc heurta les muscles de sa fesse. Son arme. Il parvint à articuler :

— Ally... cette maladie, la pointe de son front... tout le reste, ses cheveux, son regard, la forme de ses sourcils...

Robin baissa la gueule de son revolver et composa le reste de la phrase de son ennemi terrorisé par l'hypothèse d'une victoire, n'importe laquelle.

— Oui, Ally... Le petit ange tant aimé a écrit la fin de notre histoire, sans même le savoir. Il ne nous reste plus qu'à la découvrir, n'est-ce pas ? En fait, il faudrait remonter si loin. Mais je vous épargnerai toutes ces années, d'autant que je ne suis pas certain que Dannah serait d'accord pour y tolérer la présence d'un étranger...

Il s'assit, à califourchon sur l'accoudoir du second canapé, avant de poursuivre. L'arme était maintenant serrée entre ses deux mains jointes, canon pointé vers le sol.

— ... Dannah ne voulait pas d'enfant de lui. De William. Elle n'en a jamais voulu de personne. Il aurait fallu croire que d'autres choses étaient possibles. Et la foi nous a désertés, il y a si longtemps. À l'exception de celle qui nous liait l'un à l'autre. William voulait cet enfant à toute force, sans doute pour se rembourser de Catlin, une affligeante nullité. Il disait que son horloge biologique vieillissait. Cette vie, celle que nous nous étions aménagée avec lui, nous allait plutôt bien. Nous n'avions pas envie de tout recommencer ailleurs, encore une fois. Il est parti à Londres. Un congrès médical. Nous avons fait l'amour trois nuits de suite. La ressemblance physique aurait dû surprendre ou inquiéter William, mais il avait tant besoin d'Ally. Il n'était pas odieux, mais il ne comprenait que ce qu'il connaissait...

Robin le contempla, bouche entrouverte, indifférent à tout, presque tout, ce que le présent sécrétait, ce que l'avenir réservait. Il avait rejoint le passé, le sien, y retrouvant les seules marques importantes.

— ... Allison est notre fille, notre sœur et notre nièce. Il ne s'agissait pas d'inceste, ou alors l'inceste a été notre seule façon de vivre. Il ne s'agissait pas non plus de sexe ou de désir. À part ces trois nuits absolues, nous n'avons jamais... j'ai touché sa peau, dormi dans son odeur pour ne pas devenir fou, ou pour la convaincre de continuer avec moi. (Il soupira bouche ouverte et King lutta contre le besoin de se lever, d'aller vers lui.) Je n'ai jamais aimé que Dannah et je ne me suis jamais posé de questions sur cet amour...

Il ferma les yeux, levant légèrement le visage vers le plafond. King se demandait depuis un moment pour quelle raison il devait être le témoin de cette vie. Qu'est-ce qui l'autorisait à en conserver la confidence ? Du reste, en était-il seulement capable ?

Les paupières de l'homme se levèrent, et les iris bleus cherchèrent un instant leur regard, celui qui avait fui au fond de sa mémoire. Enfin, ils se focalisèrent sur King. Robin reprit :

— ... Cet amour était ma vie, la seule qui valait la peine. Il existait, je vivais et cela justifiait le reste. Peut-être est-ce le privilège des monstres ? Je l'ignore et je m'en fous. Savez-vous ce que cela peut représenter d'avoir la conviction, non, la preuve, qu'un autre être a le pouvoir d'effacer vos limites ? Dans votre cas, c'est peut-être Dieu. Dans le mien, c'est Dannah. J'ai un inestimable avantage sur vous. Elle est magnifique, magique, unique. Je le sais parce que je l'ai serrée des nuits entières dans mes bras, contre mon ventre, parce que nous avons pleuré l'un contre l'autre, parce que je pourrais reconnaître l'odeur de ses cheveux n'importe où, n'importe quand. J'ai respiré grâce à ses poumons, j'ai vu avec son regard, elle a survécu parce qu'elle tenait davantage à ma vie qu'à la sienne. Dannah, c'est, comment dire... mon univers, il n'existe rien hors d'elle. C'est ma mère, ma sœur, ma seule amie, mon ultime amour. Ces rares nuits de sexe étaient anecdotiques, pragmatiques si je puis le formuler ainsi. Même si j'ai souhaité ne jamais en revenir, elles ne rajoutaient, ne révélaient rien. Je savais déjà tout. Dannah aussi. Alors, curé, vous avez mieux que cela ? Oui, je suis au courant... Le lieutenant Davies prend souvent des nouvelles de Dannah. On a très vite envie de se confier à elle.

John King ne répondit pas. Qu'aurait-il pu trouver qui traduise le bordel meurtrier qui cognait contre son diaphragme, qui explique ce qui n'a pas d'explication ? Robin s'enquit :

— Vous me rangeriez dans quelle catégorie ? Les sociopathes ?

— Non, les victimes. Une catégorie moins romanesque, mais largement plus fréquente... Qui Dannah a-t-elle tué pour vous protéger ? Car elle a tué, n'est-ce pas ?

— Non.

— Vous mentez.

— Quelle importance ?

— L'importance, c'est qu'on se rassure lâchement en pensant que les victimes oublient, qu'elles survivent jusqu'au jour où elles revivent à nouveau. C'est faux, mais ça permet aux autres de dormir sur leurs deux oreilles.

— C'est trop loin, trop long.

— C'est long, en effet, l'itinéraire de toute une vie. Mais ce n'est pas trop loin puisqu'on est toujours en plein dedans.

Robin gloussa :

— Écoutez, un jour, on se soûlera tous les trois. Nous vous raconterons.

— C'est vous qui avez tué William ?

Les iris si bleus s'accrochèrent au regard presque blanc de King avant de fuir vers le linceul d'un miroir, en face de lui.

— Oui. Je ne voulais pas qu'elle s'en mêle. Elle l'aimait bien. Je veux dire qu'elle parvenait à le tolérer. Tout a basculé à cause de la maladie d'Allison. Il y avait cette consanguinité dont nous étions responsables et qui allait tuer notre bébé, notre sœur. Nous sommes de groupes tissulaires hautement compatibles. Tous les trois. Génétiquement, Allison est presque notre jumelle. William s'en est aperçu lorsqu'il s'est agi de s'inscrire sur la liste nationale de dons d'organes. Il est entré dans une effroyable fureur. L'homme trahi, le mari bafoué, le père dépossédé. La conne rigidité d'un magistrat oubliant ses fautes pour juger les failles humaines. William a foncé sur le téléphone. Il a pris rendez-vous pour le surlendemain avec son notaire, refusant de s'expliquer au téléphone, nous regardant comme si nous étions des bêtes malfaisantes. Il voulait divorcer, nous traîner devant la justice. Il a exigé que nous quittions sa maison sur-le-champ, tous. Même Ally qu'il avait adorée et qui cessait d'exister en quelques secondes parce qu'elle ne provenait pas d'un de ses spermatozoïdes. Nous perdions tout, la clinique, l'argent, la possibilité d'offrir une autre vie, je veux dire une vraie, organique, à notre fille… C'est facile d'être moral lorsqu'on en a toujours eu les moyens, lorsque l'on parie sur la vie de ceux qu'on ne connaît pas. C'était un pari que je n'avais pas l'intention de lui permettre. La voiture était le plus simple. Ce mercredi-là, le lendemain, je savais qu'il avait une très lourde journée à la clinique, des opérations qui se suivaient les unes derrière les autres. Il en ressortirait épuisé. Je suis passé le chercher à dix heures du soir sous prétexte d'une dernière explication. Je lui ai proposé de conduire. J'ai lancé la voiture à pleine vitesse et j'ai sauté juste avant l'impact contre l'arbre. Je me suis traîné ensuite jusqu'au véhicule. Il respirait toujours. Je l'ai achevé. Les cervicales, une rupture, nette, rapide. Je l'ai tiré à la place du conducteur et j'ai incendié l'épave... J'avais très mal, je pouvais à peine marcher... Dannah est venue me chercher. Elle ne savait pas que j'allais le tuer. Elle s'en doutait peut-être, mais elle n'est pas responsable.

— C'est si important que je le sache ?

— Vous êtes flic, n'est-ce pas ? Un flic baroque, mais un flic quand même. Alors oui, c'est fondamental. Elle n'est pas ma complice. Vous ne pouvez rien faire contre elle.

— Qui dit que je le souhaite ? Vous avez raison, je suis un flic baroque. J'ai adopté un ensemble de lois qui me simplifie le plus souvent les choses. Mais la loi des hommes est une vision globale, il ne pourrait pas en être autrement. Et Richard Coleman ?

— Quoi, Coleman ? Richard est mort d'une crise cardiaque. Il bouffait comme un porc et puis il avait pas mal boursicoté, à tort. Il a été lessivé. Je pense qu'il a compris que Dannah allait le quitter. Marrant comme pas mal d'hommes finissent par oublier qu'ils se sont payé une femme unique alors qu'eux n'avaient rien d'exceptionnel, si ce n'est leur fric. Plus d'argent, plus de marché. C'est la loi de base des échanges marchands. L'ensemble lui a été fatal.

— Dannah et Robin Jurgen ne semblent pas exister.

Robin réprima un rire sans joie :

— Normal. Vous savez, Dannah est très intelligente et elle sait mentir avec une telle sincérité qu'elle vous fait avaler n'importe quoi. Même à vous, monsieur King. Elle vous a dit la vérité lorsqu'elle se doutait que vous pouviez vérifier les informations. Tout le reste est une fable. Est-ce encore important ?

— Ça l'est.

— Pourquoi, c'est la fin de partie, non ?

— Je veux comprendre. Aller au bout de son histoire.

— Jurgen est bien le nom de nos grands-parents du côté maternel. Pas celui de notre père, ni donc celui de notre mère. Dannah a été mariée quatre fois. Elle n'a jamais divorcé de ses deux premiers maris. Il aurait fallu les revoir, se coltiner les avocats. Elle a donc été bigame ou trigame une bonne partie de sa vie. C'est assez facile étant donné le manque de centralisation de l'état civil, et ça permet de jongler avec les identités.

— Quel est votre vrai nom ?

— Chuttt... C'est un secret.

— Étrange secret au point où nous en sommes.

— Ce n'est jamais le contenu des secrets qui compte, c'est leurs raisons.

John King sentit à l'inflexibilité courtoise de Robin que ce nom expliquait sans doute tout le reste. Deux vies de mensonges, de peur, de mort pour dissimuler ou oublier le nom du père. Il n'insista pas, le temps devenait trop court :

— Vous avez abattu Rupert Linklater ?

— Oui.

— Pourquoi ?

— Je n'ai pas envie d'en parler.

— Vous l'aimiez ?

— Les hommes ne m'ont jamais séduit. Ils ne me fascinent pas. Au demeurant, peu de femmes en sont capables. Je vous l'ai dit, monsieur King, je n'ai jamais aimé que Dannah et Ally. Je connais si bien la différence entre l'amour et ses approximations, ses antalgiques. J'ai le privilège de n'avoir jamais eu besoin des deux derniers.

— Pourquoi ne pas évoquer Linklater, en ce cas ?

— Parce que ça ne m'intéresse pas. Ce garçon m'a toujours prodigieusement ennuyé. Encore une fois, la seule chose qui compte, c'est que Dannah n'a rien à voir dans cette histoire. Je l'affirme. J'ai tué, massacré Rupert, et j'étais le seul coupable.

— Linklater a parlé d'un végétarien, d'origine italienne.

— Des petits mensonges. Je me doutais qu'il se confierait à quelqu'un. C'est Dannah qui ne mange presque pas de viande. La vue du sang la dégoûte.

Le canon de l'arme se redressa entre ses mains. Quelque chose de dur et de très certain gomma le flou des iris de l'homme si beau.

— Je ne sais pas au juste ce qui va se passer, monsieur King, mais il faut avancer, n'est-ce pas ?

Le reste se déroula selon une sorte de scénario tacite, bien rodé et impardonnable.

L'homme se lève, vise, à la tête. King roule au sol, Son bras tendu derrière lui sent la tiédeur de l'acier, celle qu'il a empruntée à sa chair reposant dessus. Il récupère son arme, se tourne et tire. Une détonation, une seule. Le revolver de l'homme blond tombe, dans un bruit de cataclysme. Il plaque les mains sur son ventre, mais la chemise en jean se tache. King, à genoux, se cramponne aux coussins du sofa pour se lever, foncer, vers l'homme qui tâtonne et glisse sur le parquet. Soudain une idée monstrueuse... Non, je Vous en prie... pas ça ! Mais il faut qu'il sache. King ramasse le revolver. Vide... pas de balle dans le barillet.

La notion que le monde devrait s'effondrer maintenant, que si la vie ne peut pas être réparée, elle ne mérite pas d'exister.

Une phrase filtre jusqu'à lui, un cauchemar. Une phrase paisible et satisfaite :

— Il fallait trouver une chute à cette histoire, monsieur King. Une chute qui épargne Dannah.

John King repêcha le téléphone cellulaire. Sa voix lui sembla si étrange lorsqu'il haleta :

— Restez tranquille. Une ambulance va arriver.

Une main, une longue main rouge vif se tendit vers lui. L'éclatant sourire de Robin lui donna envie de hurler :

— Non, reposez ce téléphone. C'est trop tard. Depuis très longtemps, je crois. Je n'ai pas envie de gâcher ces quelques minutes dans une frénésie de gestes, de bruits. Plus rien ne sert à rien. Peut-être parler encore un peu.

John King referma le téléphone et le claquement de l'appareil résonna dans son tympan. Il adossa le long corps mince contre le mur, s'étonnant de sa dureté musclée. Étrange, ce visage d'homme qu'une femme aurait sans doute souhaité, un miracle sans âge, presque sans sexe. Mais sous cette peau douce, sous ce large sourire enfantin qui éclaircissait ses yeux, la force de l'homme pouvait tuer.

Une larme hésita au coin des paupières de Robin, puis coula doucement le long de l'arête de son nez droit. Une larme d'effort. Il ne s'en rendit pas compte, absorbé par la contemplation de la paume de sa main, maculée du sang qu'il ne tentait plus de repousser dans son abdomen. Il souffla, bouche ouverte, et déclara doucement :

— J'ai toujours eu peur de devoir poursuivre sans elle. Dannah. Je pars avant. C'est bien.

— Restez tranquille.

— Pourquoi faire ? Le temps est si court.

Une autre larme emprunta la trace humide abandonnée par la première pour rejoindre sa lèvre supérieure. Puis encore une autre. Il les essuya machinalement du bout des doigts, séparant son visage d'une longue griffure sanglante. Son regard s'assombrit, devenant presque marine, et John King sentit qu'il rejoignait le rêve d'un monde qui aurait pu être si doux : Dannah, Allison et lui, sans peur, sans lutte, sans mort. L'homme qui s'écoulait murmura d'un ton anxieux :

— Je plains tant les êtres humains. Ils sont, pour la majorité d'entre eux, assez intelligents pour s'apercevoir qu'ils ne font qu'effleurer les contours de l'amour. Ça les dévaste ou ça les rend fous. Nous avons eu une chance inouïe. Qui peut prétendre qu'il a été unique pour l'autre ? Quel être peut affirmer qu'il a été le début et la fin de son amour ? Nous. C'est un exceptionnel dédommagement, n'est-ce pas ?

Robin repoussa la masse frisée de ses beaux cheveux. La sueur trempait leurs racines, les fonçant comme un début d'ombre irréversible. Les longues paupières pâles en amande se refermèrent. Un sourire très doux détendit les traits de son visage. Il repartait vers ce monde parfait, vers eux deux. Quelques secondes. Il marmonna :

— Vous avez toujours la foi, curé ?

— Oui... elle ne m'a jamais lâché, contrairement à tout le reste.

— Quelle chance, il faut vous y cramponner. C'est la plus jolie façon d'expliquer l'inexplicable, sans faire l'effort d'une pertinence.

— C'est votre vision. Pas la mienne. Selon moi, rien n'est plus pertinent.

John King hésita, puis :

— Je peux vous absoudre.

— Vous plaisantez ? L'absolution de votre Église ?

— Non, l'absolution d'un chrétien pour un autre. Je vous l'ai dit, il me reste Dieu... J'avais perdu la compréhension de certaines choses.

— Moi je sais... j'y étais avec Dannah. Et vous ? Où étiez-vous à ce moment-là ? Pourquoi votre morale devrait-elle s'appliquer à nous ? Pourquoi supporterions-nous ses contraintes alors qu'elle a été infoutue de nous protéger ? Dannah a fait face, comme toujours. Elle s'est bagarrée comme une louve, se vendant au moins gerbant parce que sa beauté et son cul étaient notre seule valeur d'échange. Sauf parfois... parfois, je m'y collais. Une nuit, dans une gare routière, pour le prix d'un double billet de car... une autre pour un plein d'essence et un panier de déjeuner, nous étions en panne, fauchés, au beau milieu de l'Arizona... J'emmerde vos bons sentiments : ça n'a jamais fait vivre ni mourir personne... Je pourrais vous raconter tant de trucs... toute la nuit. Mais nous manquons de temps... Vous n'avez aucune idée de notre vie...

Un soupir si lent que King se demanda s'il serait suivi d'une nouvelle inspiration.

L'enfant était nu devant l'homme gras. Le corps léger tremblait de trouille et de froid. La bouche entrouverte, il attendait. Il ne servirait à rien de crier, ou de se débattre. Il se ferait cogner, sauvagement, sans que cela modifie la suite.

L'homme gras s'avança, seulement vêtu de ses chaussettes. Des gros mollets blancs, hérissés de poils sombres, épais, raides. Il gloussait en ravalant sa salive.

L'enfant senti la brûlure des larmes qui dévalaient le long de son nez, mouillaient son cou. Il respira bouche ouverte. Il allait lui faire mal, encore. Il ne s'en foutait pas, au contraire, il aimait cela.

L'ordre tonna :

— Couche-toi sur la table, sur le ventre. Écarte les jambes. Magne-toi.

Le petit garçon recula jusqu'à ce que le bord du meuble percute sa colonne vertébrale. L'homme se caressait le pénis.

— Dépêche-toi, bâtard ! Tourne-toi. C'est quand même pas la mer à boire.

Un sanglot étouffa l'enfant. Il ne fallait pas en parler. Elle tenterait de faire quelque chose et il la massacrerait à coups de ceinture ou de pied comme les autres fois. Elle saignerait, gémissant les mâchoires crispées, tassée au creux du matelas du grenier. L'idée qu'elle puisse mourir, le

laisser seul, était pire que tout, pire que cela. Il se retourna et se coucha sur la table.
Il sentit le poids de la graisse de l'homme contre son dos, son halètement dans son cou. Son odeur lui fit remonter la salive dans la gorge. Il tenta de vider sa tête, de se détendre, se crisper rendait la douleur encore plus fulgurante. Un doigt força d'abord l'entrée de son anus.
L'enfant dériva, très loin, le plus loin possible dans sa tête. Tout fermer, les oreilles, les yeux, le cerveau. Partir ailleurs, plus vite. Ne jamais revenir, sauf pour être avec elle.
Un son étrange, étouffé, celui d'un souffle difficile. Un poids soudain l'écrasa. Un poids inconnu. Un truc chaud lui coula à l'intérieur de la cuisse. Pas le truc habituel. Le poids disparut d'un coup. L'écho distant d'un choc. Il resta là, oubliant de se relever. Une main tiède contre son omoplate. La main des nuits de terreur, la main qui chassait les cauchemars, qui domptait les jolis rêves et les belles histoires à dormir en ouvrant les yeux.
— C'est terminé, chéri, pour toujours. Il faut partir. Va t'habiller.
Il récupéra son cerveau, se remit dedans. Lorsqu'il se retourna, elle se tenait raide devant lui. Le devant de sa chemise de nuit était maculé de sang. L'enfant contempla la main droite de sa sœur. Une gangue d'un rouge éclatant recouvrait sa peau et le couteau si parfaitement qu'on aurait cru un seul instrument. Un instrument idéal.
Le petit garçon ne prononça pas un mot. Il se colla au ventre de la jeune fille, posant sa joue

contre le vernis de sang du porc qui coagulait, alourdissant le coton à fleurs. Il ferma les yeux de bonheur en percevant le battement de son cœur. Lent, si calme.

— Il ne devait pas te faire de mal. J'étais là pour cela. Va t'habiller. Je me lave et nous partons.

Lorsqu'il la rejoignit dans la salle à manger de la baraque qu'ils occupaient depuis plus loin que sa mémoire, elle avait posé deux petites valises à ses pieds. Bras croisés sous ses seins, elle détaillait le cadavre de l'homme mort. Il était répugnant, nu comme un gros ver blanc, seulement éclairé d'une large nappe marron rouge qui lui avait coulé du dos au milieu des fesses. Sans se tourner vers son frère, elle déclara en désignant le jerricane posé sur la table :

— Sors, mon ange.

— Non, toi sors. Je vais le faire. Ta robe risque de puer l'essence après.

Le regard bleu clair de la jeune fille plongea dans celui du petit garçon.

— Il faut arroser le bois, et les câbles électriques. Commence par le fond de la pièce en avançant vers la porte. Je t'attends. Fais vite. Sois prudent, mon chéri.

Il caressa l'avant-bras de la longue adolescente du plat de sa main, desserra ses doigts pour y récupérer le briquet et la poussa gentiment.

Il réserva les dernières giclées d'essence au cadavre.

Son père. Leur père.

King entendit Robin murmurer :

— Je t'aime tant... (Il se redressa maladroitement contre le mur en gémissant, et d'une voix plus forte poursuivit.) Je voulais... je voulais lui offrir mon cœur. Une livre de chair... de la mienne[1], les deniers de mes erreurs, un denier de chair. Je vous l'ai dit, nous sommes du même groupe tissulaire, presque jumeaux. Le protocole était simple, facile : je me tirais une balle dans la tête, épargnant les autres organes, un chirurgien de la clinique le prélevait, on le signalait, la concordance avec Allison était établie, et voilà... Je n'avais pas peur. Allison vivait et moi je continuais dans sa cage thoracique. Mais Dannah est devenue folle lorsque je lui en ai parlé. Elle m'a insulté. Jamais elle n'avait haussé le ton contre moi. Elle m'a menacé de mourir si je faisais cela. Elle l'aurait fait. Elle ne m'a jamais menti. Sa vie était de nous deux et il n'y avait pas d'accommodement possible. De toute façon, la greffe n'aurait pas été possible, mais nous l'ignorions. On ne peut pas greffer un cœur adulte dans le thorax d'une petite fille de quatre ans.

Un hoquet amena à ses lèvres une mousse rosée qu'il ravala.

— Ça coule au-dedans de moi, c'est étrange comme impression... C'est sans importance. Une course poursuite contre le temps a commencé. Deux ans plus tard, nous n'avions toujours pas de donneur potentiel. Un soir Allison a eu une nouvelle syncope, plus terrible que les précédentes. Elle a commencé à se cyanoser. Dannah a décidé au cours de cette longue nuit qu'elle allait trouver

1. Shakespeare, *Le Marchand de Venise*.

un organe, par n'importe quel moyen. Les réseaux illégaux. Tout est possible lorsque l'on peut payer. C'est là que Rupert entre en scène. Le nouveau chirurgien en chef de la clinique. Il voulait bien gagner du fric illégalement, tant qu'il pouvait se convaincre comme William qu'il s'agissait d'un simple marchandage. Le meurtre d'un autre enfant, choisi pour son histocompatibilité avec Ally, était inacceptable pour lui, même s'il faisait partie de la seule logique qu'on nous ait laissée. J'ai pensé que l'alibi de l'amour le ferait céder. Des êtres comme eux, je veux dire Rupert et William, ont besoin de croire que la passion et l'émotion les ont égarés, qu'ils ne sont pas responsables de leurs choix. Ils se confessent, on les absout, et tout passe. Il ne reste qu'un vilain souvenir au bout du compte, mais un souvenir habitable. J'ai eu tort. Rupert était si ennuyeux, si pontifiant, si certain, le petit homme. Dannah et moi avons toujours payé, sans renâcler...

Il s'interrompit quelques instants, cherchant à apaiser ce souffle qui se rebellait mais dont il exigeait encore une faveur : juste quelques minutes...

— ... Rupert connaissait les contacts. Il était homosexuel. Je l'avais rencontré quelquefois. Son intérêt était si évident que le séduire pour l'amener à ce que nous attendions de lui était un jeu d'enfant.

— Mais au dernier moment, il a reculé.

— Petit être qui veut tant vivre mais que la vie terrorise. Qui se désespère de l'existence de cloporte qu'il se programme... mais après tout, c'est bien confortable. L'abruti a eu des remords, certes tardifs mais agressifs. Il comptait se racheter une conscience toute neuve à peu de frais... contre nous.

Sa tête bascula sur le côté. Un rire étouffé par un flot de salive de sang l'étouffa, il articula :

— Je crois que c'est fini, monsieur King. Rien ne nous séparera jamais, cela, je le sais. Ni vous, ni Lui. Nous n'avons jamais cédé, devant rien. Croire en l'autre et faire, jusqu'au bout, même dans la déraison… et pourquoi pas, la folie.

John King resta là, à genoux devant l'homme si beau qui venait de lâcher sa vie. Il ferma les yeux à son tour, dévasté par cet amour absolu qui partait, se demandant terrorisé si seuls les monstres en étaient encore capables.

Lorsqu'il se releva, il se demanda combien de temps venait de s'écouler. Ses yeux le brûlaient, pourtant il n'avait pas senti qu'il pleurait. Le pire était à venir. Dannah. La louve. Le film de ce qui devait se produire défila dans son cerveau et un sanglot sec lui arracha la gorge. Une nausée le plia. Il se tourna et vomit une sorte de mucus amer.

CHAPITRE 32

Lorsqu'il la retrouva, elle l'attendait. Le regard si bleu de la femme descendit le long de la tache de sang qui maculait le devant de sa chemise.

Elle le devança sans un mot, retournant s'asseoir dans le jardin d'hiver. Il se figea devant elle, refusant d'un geste le long verre de whisky qu'elle lui tendait, le sien.

— Robin est mort. Je l'ai tué. Je n'avais pas le choix. Enfin, il faut que je le croie pour l'instant.

— Je sais. Lui non plus. Nous n'avons jamais eu le choix.

— Je voulais… je voulais vous dire…

— Épargnez-moi le couplet sur la monstruosité, c'est tout ce que je vous demande.

— Pourquoi vous l'infligerais-je ? Vous y avez pensé des nuits entières, n'est-ce pas ? Il faut me suivre, Dannah. Une voiture nous attend. Davies est dehors.

Elle hocha la tête, se leva pour se diriger vers un secrétaire en loupe d'orme sur lequel était posé son sac à main. Lorsqu'elle l'ouvrit, il se demanda si elle allait en extraire une arme. C'était une interrogation vague, presque théorique.

Dannah accepta son regard pour la première fois depuis son entrée chez elle. Il y visionna le même film que celui qu'il avait construit quelques heures plus tôt. Elle pouvait le tuer, c'était une des rares variantes du scénario. Il n'était pas certain d'avoir envie de se défendre. Après tout, n'étaient-ils pas un peu de la même race ? Croire et faire, jusqu'au bout. Une race précaire et rare. Elle sortit un petit flacon en plastique vert et en fit tomber de gros cachets oblongs dans sa paume.

King s'avança rapidement :

— C'est quoi ?

Elle rit faiblement, lui tendant le flacon :

— De l'Excedrin, ne vous inquiétez pas. Une affreuse migraine se prépare. Je crois que j'ai trop bu.

— Il vous en faut quatre ?

— Oui, j'ai l'habitude...

Elle avala les cachets avec la fin de son whisky, referma la fermeture éclair de sa longue pochette en daim et s'avança vers lui.

Une louve ne tue que lorsqu'elle protège ses petits, nul n'est alors plus impitoyable. S'ils meurent, elle tombe sans presque songer à se défendre.

— Je vous suis, monsieur King.

Il remarqua qu'elle ne verrouillait pas la porte de la grande maison derrière elle. Pourquoi faire ?

Davies s'était mordu les lèvres lorsqu'elle s'était avancée vers lui, tendant une main. Il l'avait serrée entre les siennes, baissant la tête parce qu'un truc très douloureux lui entamait le ventre.

Leur conducteur, un flic du Boston PD, l'avait menottée, malgré les protestations de John King et de Davies, après avoir fouillé son sac à la recherche d'une arme. Elle s'était laissé entraver comme une bête, sans broncher, pousser sur la banquette arrière à côté d'Oliver Davies.

King avait mal pour elle, mais il n'était pas certain qu'elle s'en aperçoive. Il la regardait parfois, un regard rapide, volé dans le rétroviseur. Le visage tourné vers la vitre, elle souriait à la ville de nuit, à ses ombres interchangeables. Davies, le regard collé au montant de la portière, respirait bouche entrouverte. Soudain, un éclair bleu-violet agrippa le regard de King. Elle le salua d'un gentil signe de tête. Il suivit le mouvement de ses poignets serrés par les menottes, sa main droite qui se tendait pour caresser celle de Davies. Celui-ci nia quelque chose d'un geste brutal de la tête, sans un son. La pochette de Dannah tomba à ses pieds. Elle se pencha et John King sut, sans le distinguer, qu'elle récupérait un objet tombé au sol. Un minuscule éclat sec. Elle se releva, lui sourit à nouveau et ses lèvres formèrent un « chut » muet, juste pour eux deux. King perçut à peine le gémissement de Davies, ce « non » qui lui faisait dégouliner les larmes sur les genoux sans qu'il fasse un geste pour les essuyer. La tête magnifique plongea à nouveau vers le plancher. Quelques instants plus tard, elle se redressa contre la banquette en synthétique bleu, puis sa joue se reposa contre l'épaule de Davies, recouvrant le corps de l'homme désespéré de ses longs cheveux blonds. Elle tenait entre ses mains jointes par les bracelets métalliques un éclat de miroir taché de rouge. Le miroir de son poudrier.

L'artère tibiale postérieure, celle qui passe juste derrière la protubérance de la malléole externe de la cheville, est assez profonde. Seule une coupure sans regret peut l'atteindre. Le pouls du cou-depied, une belle artère, une des plus grosses de l'appareil circulatoire. Quelques petites minutes seulement... quatre ou cinq, sans doute moins grâce à la forte dose d'aspirine qu'elle avait avalé plus tôt. C'était tout ce dont elle avait besoin pour se vider de son sang, de ces deux litres physiologiques dont la fuite la ferait basculer dans le néant ou la paix.

Simon. Simon était mort à l'arrière d'une voiture lui aussi, dans les bras de la femme aimée. Cette fois-là, il y avait une éternité, King n'avait pas perçu la fuite de cette vie. Aujourd'hui, il la sentait comme si elle coulait de ses propres artères, il suivait la remontée brutale du froid le long de ses jambes, de ses avant-bras, la progression de la douleur de ses cellules luttant contre l'anoxie. Il ordonna d'un ton plat à leur chauffeur :

— Prenez par Brookline Village.

— Mais ça nous rallonge, monsieur.

— Oui, je sais, mais nous ne sommes plus à quelques minutes. J'aime bien ce coin, et j'ai peu l'occasion de m'y promener.

Une peine comme une blessure lui trancha la gorge.

La voix de Dannah lui parvint. Il sentit qu'elle faisait un effort gigantesque pour la tenir ferme et audible :

— Moi aussi, merci, monsieur King. La compassion ne se comprend pas sans douleur, c'est à ce moment-là qu'elle retrouve son sens.

Il ne lâcha plus le regard de la femme dont la tête reposait contre l'épaule d'Oliver Davies. À un moment, il lui sembla qu'elle basculait, bien que le regard bleu profond le fixât toujours. Il baissa enfin les yeux.

Il entendit à peine le beuglement du flic dont le pied dérapait sur l'accélérateur, ressentit comme dans un rêve l'embardée de la voiture :

— Merde, qu'est-ce que j'ai sous ma grolle, ça glisse !

La grosse tête de l'officier s'inclina.

— On dirait de l'huile. D'où ça vient ? Bon, faut que je m'arrête, c'est pas prudent.

Lorsqu'il ouvrit la portière, que le plafonnier éclaira l'intérieur de l'habitacle, lorsqu'il constata que l'huile était rouge sombre, John King était parti de l'autre côté, abandonnant Davies incapable de contrôler plus longtemps les sanglots qui l'étouffaient.

Rejoindre Dannah et Allison, afin de les accompagner un court moment. Mais la femme belle comme un ange ne croyait pas aux anges, pourrait-il alors la trouver ?

Croire en l'autre et faire, jusqu'au bout, même dans la déraison et, pourquoi pas, la folie.

Chapitre 33

Il ne la chercherait pas. Un jour, son regard serait attiré vers le sol. Un jour, il découvrirait la pierre douloureuse qui lui manquait. Celle qui ajouterait Belle, Ezechias et le petit Morgan-Mary à son gouffre doux et rassurant. Une seule.

Il regretterait toute sa vie de n'avoir pas trouvé le courage d'y joindre la pierre d'Ally. Mais elle n'existait pas sans celle de Dannah et de Robin.

Dans la même collection

Claude Amoz	Le caveau	5741
	Dans la tourbe	5854
Brigitte Aubert	Rapports brefs et étranges avec l'ombre d'un ange	6842
Matthieu Baumier	Les apôtres du néant	6733
William Bayer	Mort d'un magicien	6088
	Pièges de lumière	6492
Stéphanie Benson	Le diable en vert	6952
Laurent Botti	Pleine brume	5579
Nicolas Bouchard	La ville noire	6575
Philippe Bouin	Les croix de paille	6177
	La peste blonde	6360
Serge Brussolo	Le livre du grand secret	5704
Philippe Carrese	Graine de courge	5494
Thomas H. Cook	Les instruments de la nuit	5553
Philippe Cousin	Le pape est dans une pièce noire, et il hurle	5764
Stephen Dobyns	Persécution	5940
	Sépulture	6359
Thea Dorn	La reine des cerveaux	6705
Stella Duffy	Les effeuilleuses	5797
	Beneath the Blonde	5766
James Elliott	Une femme en danger	4904
	Adieu Eddie !	6682
Linda Fairstein	L'épreuve finale	5785
	Un cas désespéré	6013
	La noyée de l'Hudson	6377
Christopher Fowler	Psychoville	5902
Nicci French	Jeux de dupes	5578
	Mémoire piégée	5833
Lisa Gardner	Jusqu'à ce que la mort nous sépare	5742
	La fille cachée	6238
Kathleen George	Voleurs d'enfants	6912
Caroline Graham	Ange de la mort	6511

Robert Harnum	La dernière sentinelle	6087
	Une ballade américaine	6857
Andrea H. Japp	La voyageuse	5705
	Petits meurtres entre femmes	5986
	Le ventre des lucioles	6361
Brigitte Kernel	Un animal à vif	6608
	Autobiographie d'une tueuse	6871
Yasmina Khadra	Le dingue au bistouri	5985
Andrew Klavan	À la trace	6116
Guillaume Lebeau	L'agonie des sphères	5957
Éric Legastelois	Putain de cargo !	5675
Philip Le Roy	Pour adultes seulement	5771
	Couverture dangereuse	6175
David L. Lindsey	Mercy	3123
Philippe Lobjois	Putsch rebel club	5998
Colette Lovinger-Richard	Crimes et faux-semblants	6261
	Crimes de sang à Marat-sur-Oise	6510
	Crimes dans la cité impériale	6993
John Lutz	JF partagerait appartement	3335
Bonnie MacDougal	Moralité douteuse	7349
Michael Marshall	Les hommes de paille	7407
Anne Matalon	Petit abécédaire des entreprises malheureuses	6660
Jean-Pierre Maurel	Malaver s'en mêle	5875
Nigel McCrery	L'oiseau de nuit	5914
	Effets secondaires	6012
	La toile d'araignée	6333
Val McDermid	Le tueur des ombres	6778
	Au lieu d'exécution	6779
Denise Mina	Garnethill	6574
	Exil	6176
	Résolution	7405
Estelle Monbrun	Meurtre chez tante Léonie	5484
	Meurtre à Petite Plaisance	5812
(avec Anaïs Coste)	Meurtre chez Colette	6978
Françoise Monfort	La baie des innocents	6602
Viviane Moore	Tokyo des ténèbres	6437
Béatrice Nicodème	La mort au doux visage	7314
T. Jefferson Parker	Pacific Tempo	3261
	L'été de la peur	3712

Michael Prescott	L'arracheur de visages	6237
	Le tueur des bois	6661
Danuta Reah	Toujours la nuit	6442
	L'assassin du parc	6609
	Le col du Serpent	6826
Robert Richardson	Victimes	6248
Greg Rucka	Protection rapprochée	7315
Jacques Sadoul	Carré de dames	5925
Walter Satterthwait	Miss Lizzie	6115
John Saul	La présence	5961
Laurent Scalese	L'ombre de Janus	6295
Lisa Scottoline	La minute de vérité	6953
Boris Starling	Vendredi saint	6722
Whitley Strieber	Billy	3820
Dominique Sylvain	Travestis	5692
	Techno bobo	6114
	Sœurs de sang	6573
	Vox	6755
Maud Tabachnik	Un été pourri	5483
	La mort quelque part	5691
	L'étoile du Temple	5874
	Le festin de l'araignée	5997
	Gémeaux	6148
	La vie à fleur de terre	6440
	La honte leur appartient	6913
Carlene Thompson	Tu es si jolie ce soir	5552
	Noir comme le souvenir	3404
	Rhapsodie en noir	5853
	Six de cœur	6732
Fred Vargas	Debout les morts	5482
	Un peu plus loin sur la droite	5690
	Ceux qui vont mourir te saluent	5811
	Sans feu ni lieu	5996
	L'homme à l'envers	6277
	L'homme aux cercles bleus	6201
	Coule la Seine	6994

7406

Composition Nord Compo
Achevé d'imprimer en France (La Flèche)
par Brodard et Taupin
le 10 août 2004 - 26604.
Dépôt légal août 2004. ISBN 2-290-33609-2

Éditions J'ai lu
84, rue de Grenelle, 75007 Paris
Diffusion France et étranger : Flammarion